U0141357

臺灣原住民文學選集

散文 二

孫大川 主編

目錄

瓦歷斯・諾幹

〈山窮水盡疑〉（二〇〇〇）
〈YAYAYA〉（二〇〇七）
〈舍遊呼〉（二〇〇八）
〈七日讀〉（二〇一一）

Walis Nokan，一九六一年生，臺中市和平區自由村雙崎部落（Mihu）泰雅族。師專時加入「彗星詩社」，熟讀周夢蝶、余光中、洛夫、楊牧等人的詩作；後因閱讀吳晟的詩作轉而關注社會底層的生活。

瓦歷斯曾以柳翱為筆名，族群意識覺醒後曾和夥伴創辦《原報》，之後和利格拉樂·阿𡠄創辦《獵人文化》，著重於「原住民文化運動」的實踐。他從省立臺中師院畢業後，任教於臺中市和平區自由國小，並持續參與部落田調、文學創作。瓦歷斯創作豐富，涵蓋散文、詩、報導文學、小說等，得過時報文學獎、聯合文學小說新人獎、散文獎、吳濁流文學獎及臺灣文學家牛津獎等大獎，近來嘗試漢字新解、二行詩、微小說等實驗性作品，以「二行詩」的教學另闢蹊徑，可見其創作的自我挑戰。作品譯成英文、日文與法文等多國語言。

著有《荒野的呼喚》、《番刀出鞘》、《想念族人》、《戴墨鏡的飛鼠》、《番人之眼》、《伊能再踏查》、《迷霧之旅》、《當世界留下二行詩》、《城市殘酷》、《瓦歷斯微小說》、《戰爭殘酷》、《七日讀》等書。

山窮水盡疑

一、山

有一些記者曾經毫不猶豫地問我：「你『研究』臺灣原住民文化那麼多年……」這時我也會果敢地回答著：「我從來不『研究』原住民文化，我只是回過頭來重新『認識』自己……」

通常我會先將山的距離拉得遠遠的，就像每次從都城的師專返回部落，客運車到了石岡，遠遠地就可以從車窗望見雪山南麓幾個起伏跌蕩的山勢，綠黑的山稜線宛如數學迴歸係數的線索，完整飽滿地將歸鄉的情緒拉回原點，我的旅程就像詩一般的數學語言，簡潔、不假外求，並且純粹。

如果抵達東豐大橋，最好隨著意念右轉折到新社臺地，傳說中的蜜蜂山在東首，現在已經開發成新世紀梨或者是豐美的葡萄園，肯定找不到百年前的泰雅族人來到彼時還是莽林的蜜蜂山尋找甜滋滋蜂蜜的蹤影，新建的十軍團營區跨騎臺地的脊嶺，我以為東面地震崩毀的山勢就是蜜蜂山，可老爸說還遠著呢？

站在臺地上，我的視線往往就不由自主地滑移向北，這時候你就可以清晰地望見族人口中的 blrngiau（山貓出沒之地），特別是清晨曉霧時分，你會錯以為一隻隻蜷伏的山貓正憩息在雪山南麓的邊緣地帶，後來從史料與動物誌的比對，族人稱呼東勢鎮為 blrigiau 其實應該是瀕臨絕跡的「石虎」。老人家說石虎太多了吃不少家禽，每次有客人自遠方來，總是找不到可以宴客的雞肉，咯咯咯叫不停的雞都到哪裡去啦，老人家說石虎吃去了，石虎吃去了家禽，族人才來到荒山蔓林裡找尋大型動物滋養蛋白質，老人家不說的是彼時客家族群從葫蘆墩（今豐原市）越過紅線（石岡、土牛）來到一水之隔的東勢，他們趕走了原居的平埔族人，也用長柄槍嚇退了族人。那是大約兩百年的遺事囉，當客家人將一棵棵樟木鋸下來，風簾般掛在山勢的樟樹群一經掀開，滿蓋著原始森林的山巒便怵目驚心地顯影起來，一如此刻你將裕隆速利一・三的三手車停當在通往部落的東勢出口——中嵙，北望一疊疊門神般的雪山山脈於是開展在你的眼前，客家族人驚懼的神情是可以想像的，因為是傳聞中「出草」的泰雅族人就隱遁在這群山巒之間，我卻欣喜若狂，因為抵中嵙，再十三公里就是滋養我長大的部落了。

百年前中嵙山的樟木如今換植了為數眾多的粗梨，粗梨在接苗的時節總是落盡英華，只有紅色膠布的接苗黏紙像迎接節慶般地張掛著，遠遠地看過去，彷佛是果園的假日景象。中嵙山下流有中嵙溪，它一路從三叉坑蜿蜒而下，過了牛欄坑這座粗俗的地名，原來是日據時期日警用以阻嚇族人進逼的隘勇線，客家族人卻取了個圍著像牛群般的番人之地——牛欄坑，儘管畢見種族差異識別，我還是喜歡族人稱此地為Si-on，意思是如果你要「快速通過」這條通電的鐵絲網，否則一不小心就會觸電像燒焦的山豬，我以為Si-on的名字充滿歷史感與動像，每次身臨其境，總會有歷史的風輕輕擦過肩膀，將衣領緩緩吹升旋又短促下降，我喜歡這種感覺。

進入今日的Si-on之地，藏黑的瀝青早已將古往今來的征伐煙硝隱藏殆盡，你可以看到五〇年代在山地進行的青苗運動已然煥發成粗壯的油桐樹，它們齊心一意地將山巒鋪成四月雪，來往的遊客初臨這一幕，錯以為來到了北國之境，但車窗外的高溫很快地解融了我們的錯覺，這小小的錯誤儘可以當作是美麗的記憶吧！當我帶領朋友來到隘勇線內的蕃地時，朋友自然會驚呼這就是高山，我說這只是淺山，日據時期，我們父祖的部落馳騁在雪山之中，日警卻以為那些茅草竹節搭建的部落宛如一枚一枚駭人聽聞的不定時炸彈，因而設法以武力進行遷移。為了證明所言不虛，我總是催緊油門，讓視野來到客家人稱呼的「穿龍」，我們可以想像五〇年代客運車穿過了龍脊（山脊），將文明與荒野連成一條地圖上的路線圖，人們的喜悅是何等欣喜。等到我們登臨這座族人用以通風報信的 Ginghau（中空的大樹被挫成凹陷），像電影銀幕，左右拉出了大安溪畔第一座荒野的部落，族人叫她——Mihu，意思是大安溪被兩山夾擊成為水流最狹隘之處。

我通常不會貿然帶著朋友進入部落，總會繞過通往四角林的昔時日警戰備道，在大姨丈的果園上方有個絕佳的視點，如果你從卓蘭的方向看過來，Mihu 就像一張端坐大安溪旁的椅子，但是這座山中平臺般的部落從大姨丈的果園看過去，你就知道它其實像一張撒了舒適的網一般的陷阱，難怪一百多年前清兵棟字營的林朝棟在對付我們北勢群時，望著天險般的 Mihu，只能徒呼「關門」二字，林朝棟五千兵馬始終無法越過關門一步，這一步，最後卻由世界強國日本帝國來完成。

Mihu 部落恆常保持著恬靜的聲息，族人快意地奔馳在山巒之間，無怪乎喜歡拔人牙齒順便在呼痛的拔牙時刻傳教的馬偕博士來到接近北勢群的領地時，讚美並且嘆息著族人簡直是「風的意志」；馬偕的讚美來自於親身感受到族人的快意恩仇，嘆息的是無法越過馬拉邦山來到大安溪谷傳布神的恩典。經過百年，Mihu 還是安靜地坐在溪谷旁，有時候我以為這是老人閉目養神的坐姿，不動如山的恬靜氣息仍然散發著驚人的一觸即發。我會對著友人說，你看，在老人的膝蓋上，膝蓋旁有一條瘦弱的觀音溪，溪上小果園就是我出生的地方，順著孺慕已極的手指的方向，我再次壓抑著喜悅的情緒說，你看到了嗎？

二、窮

我對童年出生的竹屋有著莫名所以的印記，它宛如一枚記憶的勛章鑄印在腦皮組織下的某一點，可我現在極目所及也看不到了，你自然也看不到我那出生的奶與蜜的竹屋，他們在九二一大地震的搖晃下摔落觀音溪底，與渾濁的溪水一同流向臺灣海峽的黑水溝。

摔落下去的不只是童年之地，許多媒體記者來到 Mihu 部落，望著部落西臨大安溪的邊崖整個掉落五到十公尺的壯美景觀，他們發出的驚怖總是飽含著對大自然鬼斧神工的讚嘆，有的說是「切了一塊的蛋糕」，有的在報紙上登錄著「遭武士之手斬斷的部落」，我獨偏愛將這摔落的地塊形容為「上帝之手」，因為它充滿著憐惜的聖音，因為老家對面的天主堂教會也在黯夜的剎那間讓上帝收了回去，它們也都掉入大安溪底，連同去歲花上一筆錢買下的果園，原來打算要蓋一座部落圖書館的計畫勢必將要延後囉！

我日後來到遭遇慘劇的三叉坑部落，眼見眞耶穌教會搖搖欲墜，老人家憐惜地說，你看，這場地震連耶穌都保不住，我只好調侃地說，在我們部落，耶穌的媽媽馬利亞也都掉下去了，何況是耶穌！大家似乎都在比較笑話的誇張弧度，愈是誇張，背後的慘烈更勝一籌！

地震三日間餘震不斷，族中老婦驚慌地安撫著動盪不安的地殼，嘴裡喊著：Daban、Daban，意思是讓地震安歇下來，但是餘震總是不厭其煩地試圖測出人們驚恐的程度，於是避走部落的、嚇出心臟病的、顧念著老人小孩安危的，就如散落在災區周圍的吉普賽人，我們將族人聚攏然後協調縣府找到一處安置的處所，我記得倉皇失措的族人在小公園登上豐原客運那一幕，離鄉背井的況味一下子撲上面頰，日後來到中興嶺十軍團軍營，遠處北面被山勢擋住的部落總是勾住族人懸念的一顆心，老人喃喃道：不知道部落怎樣了？

部落依舊在。十二月底的聖誕節我們來到親手興建的組合屋，蹲坐的老人模樣多了滄桑的氣息，雪山山脈橫臥到大雪山森林遊樂區、谷關、中橫一地全都遭到重擊，黃色的土石崩落處儼然是巨大而衰微的癩皮狗不斷喘息著，山脊在夜深發出嗚嗚的鼻息，樹林失去了土石的依護，只能不知所措地張目四顧。據說地震之前大型動物都越過中央山脈，讓東部的布農獵人有了重振雄風的契機，幾隻誤判方向的山豬曾經走入地震後迷宮般的部落邊緣，隨即讓年輕的族人像抓兔子般地進行充滿喜劇意味的圍捕狩獵，這大致是地震之後最令人忘卻煩憂的休閒活動。

有一次應大愛電視臺的採訪，我們來到了觀音溪上游童年嬉遊的果園，林務局雙崎工作站的土地宛如被地鼠翻撥了一整夜，傾斜的路面、傾斜的房舍、傾斜的庭園，我們以為大地在這裡玩弄滑板遊戲。工作站再遠一點約莫一座部落的長度就是果園，那是我八歲時第一次以芭樂枝幹做成的彈弓射下小鳥之地，也奠定了我在弟妹心目中小英雄的基礎，但這座父母親胼手胝足幾十年的果園卻被地震整得太累了，它們面目猙獰露出傷殘的身軀，幾棵殘存的海梨卻驚人地發出異於往日的翠綠色澤，它們與黃濁禿泥對比出畢卡索畫風的氣質，一時間卻令我不願舉手相認，這恐怕是我首次對熟習之物產生陌生而恐懼的感覺。我以為只有我如此！

母親早我幾日來到果園地，崩塌的產業道路讓母親舉足無措，只好沿著別人的果園前行，不料紛亂的巨石擋道，隨後一記輕微的地動，受傷的山發出崆崆的悶聲，然後幾枚碎石無害地奔跑起來，它們嬉戲著來到母親的腳邊，煙硝似的塵土飛舞了起來，母親的雙腳驚嚇地退縮著，先是一步、兩步，最後一路退回到組合屋。母親在組合屋廣場為我平靜地敘述今日所見，我想母親為我省略了驚恐的畫面，那些應該是出現在災難電影的畫面，實在不該拿來嚇唬孩子的，這些我知道。我只好安慰母親：以後就別去受傷的山上了，母親只是茫然而懷疑地瞪著似乎要反撲的山。

反撲的山不僅只出現在我們的果園，它們有時候躍出災難的框架形成少見的突梯之勢。譬如說搭建在觀音溪昔日河床上的林姓人家，主人八十歲的族老睡在客廳，地震來過之後竟然毫髮無傷地被拋擲到屋前的檳榔園，當他醒來的時候已經是日上三竿，擔任搜救的年輕族人放心地說：「Yutas，你那麼早到檳榔園工作！」我那參加過高砂義勇隊的叔公也是在搜救的年輕人一陣敲門後才呼呼醒來，年輕人說部落都快要掉下去你還睡，老人家卻緊握著掃把說我以為你們要趁著停電來打劫，至於這七點三級的地震，叔公卻嗤之以鼻地回應著還比不上二戰時美軍轟炸薩摩爾小島的震撼，聽得我們這些黃毛小子又是一次歷史性震撼。另一個陳姓長老原來在地震前一日正為日漸茁壯的日本甜柿撒上希望的肥料，地震之後來到果園，竟然已經偷天換日地變成了無人問津的梅子園，問他甜柿到哪裡去了，長老說滑到下——面去了，聽他拉長的「下——」字，你就知道它的甜柿已經滑溜得很遠很遠了，包括他的希望！

父親有一回在風和日麗的東勢小鎮經過農藥行時，曾經央著小弟買肥料，因為依照時序，觀音溪上游的果園應該下肥料了，如果還在的話！因此小弟極為難地吞吐著答：「果園不是震壞了嗎？」老爸自然是戛然若失。因此你就可以看到部落裡失去果園的老人在白日莫名遊蕩的畫面，他們像充滿智慧卻被一場無法解釋的震動偏移了經驗的軌道。老人家說看到 Vakan 樹的葉子紅得燃起來，表示颱風將來得很劇烈；老人家說你看虎頭蜂的巢築在樹的哪裡？在樹頂，颱風不來，如果愈是下方，那可要小心囉！至於地震的預示呢？老人搖搖頭，問問神話傳說吧！

三、水

我們神話裡的大安溪是男人河，大甲溪可想而知就是女人河。我一直想不通為什麼大安溪是男人河？但我記憶裡的颱風過後，我與部落的孩童總是來到邊崖處觀水勢，看著大水中漂蕩的漂流木發出與巨石相抵的隆隆聲，大人穿著雨衣也前來關心關心，老人家則是將老記憶翻出來指指點點，嘴巴裡法官似的判決著——啊，比葛洛禮颱風還小嘛！那時簡直就是全部落扶老攜幼隔岸觀水的全民運動，場面絕對不比中影公司來到部落放映露天電影還差，就只差沒有感激涕零的畫面。日後我回憶著這樣的情景，頓時明白大安溪腹地原本就較大甲溪窄一些，大雨過後，大安溪的河流氣勢洶湧磅礡，很有男人威武蓋世的氣象，這樣你就知道我們泰雅北勢群的老祖先是如何地觀察入微、洞悉世事了。

印象中族人很少近水，原因至少不像鄒族人如此樂愛圍水捕魚，也並非因為像布農族登山用的小腿肚遇到溪流就會滅頂，實在是，到溪裡拿魚的伎倆肯定缺乏在山野中遇到大型動物的刺激、興奮與驚奇，換句話說，沒有刺激腎上腺素的動力。因此老人家總是忿忿地罵著到溪裡的年輕人是十足的膽小鬼，害怕進入到山的心臟地帶面對挑戰。

我的童年總是因緣際會地與水發生密切的關係。有一次父親帶我們遠征大雪山腹地，就在層層的森林圍繞之下進行種香菇的祕密。從部落走到菇寮要花上熄滅一個太陽的時間，陽光似乎也知道我們想要以時光熄滅它，總是在步行山徑的同時發揮極大的熱力，那熱力逼得我們長袖長褲的肌膚蒸騰著水蒸氣，還好山徑裡不時竄出的山溝總有清澈沁人的山水足供解渴，我會用小番刀切割芋婆葉盛著山水，清水在嫩綠的葉上發出晶瑩的光芒水珠，滴溜溜的、活像俏皮的彈珠，你絕對想不到芋葉上的水珠是如此耐人尋味，這樣就提供了我們的腳掌撐持到下一個山溝的續航力。

來到菇寮的夜晚，有時山細密地織出森林的衣裳，我的童年的身軀總是害怕著雨水最後也會為我織出一件雨衣，我問著彼時還是獵人的父親，這雨呢，雨會將我們淹沒。這時父親轉動被火光照耀的金紅色鬍碴，安慰我小鹿失去母鹿般的心情說，雨水降到地面，然後躲進樹根的房子裡，等到我們走上山路，太陽揮動燒烤的手，雨水就會跑到山溝滋潤獵人乾渴的嘴巴，所以我們才不用帶著都市人笨重水壺。過幾年，父親向林務局申請造林地種植生薑，山溝在薑園的下方三十公尺處，每次為了中午煮飯事宜，只要聽到報時鳥第一次鳴叫的聲音，我就必須驅動著弟妹來到山溝處收水，我們依序用大小不一的孟宗竹背負到工寮，短短的三十公尺險升坡，通常是我小孩一天之中倍極辛勞的時刻，這自然也讓我們親身體悟到汲水的可貴，直到部落有了自來水管。

部落最早的水道引自五里外的烏石坑溪，烏石坑溪我們管它叫 Gnon Gang，Guon Gang 在部落的北邊，南邊是我們稱 Gornjai 的觀音溪，意思是「可憐的河水養不出幾條魚」，既然這條河水都那麼可憐了，族人自然不向它取水。那時是日據時期，水田的耕種需要活水，日警只好動用部落男丁一家一丁，石材取自百尺深的大安溪谷，父親早年失去雙親，十二歲就成為家中的大人，因此也就苦了十二歲的父親在五十幾年前跟著每家男丁出工，由於父親年紀太小，根本無法撼動背簍裡的石塊，最後還是大姑姑以一條棉被換取父親背簍裡的石頭。這條在我們家族史裡充滿心酸記憶的水道終於在七〇年代被一場颱風吹斷了，我日後也很少聽到父親對日據水道的含恨之詞，它們已經隨著崩斷的土石埋葬在大安溪谷。

之後接引的水道來自部落東邊的山谷，那是一處我們喚作「炸彈的家」，老人家信誓旦旦地說明二戰末期阿美利加的飛機轟炸日資所在，我們這區臺中廳五個模範部落之一的埋伏坪部落自然也在目標之中，所幸炸彈手是個基督徒，因為不忍部落族人死於荒謬的戰事之中，竟然私下緩了幾秒鐘按下紅鈕，炸彈最後畫出一道慈悲的弧線來到部落東面的山谷裡。更加離奇的是，那位炸彈手傳教師尋到地圖中的部落自動請纓，遠從加拿大飄洋過海來到部落第一座長老教會擔任傳教師，算是了卻一段不為人知的「幾秒鐘的人性光輝」。這個人性光輝所造就的水源地或許就是炸彈震出了水源也說不定，這一點我倒是沒有進行部落歷史的考據工作。至於水源地的水道在何年何月崩毀的卻無人可考，有人說應該還是某次的颱風吧！有人卻不懷好意地推給鄉公所自來水工程發包後的工人阻斷了水道，好讓自來水能夠透過三吋半的水管給它自己來。一九九三年拜國際原住民年之賜，我意志堅定地回到部落時，每個月就要繳交三百元的自來水費，儘管遇到天降甘霖的時節自來水就成為君不見黃河之水天上來、君不見敗葉黃泥水管來，但這總比溪底挑水、接引天水來說已經是莫大的恩典囉！自來水管理委員會的長老說簡易自來水就是這麼回事，等到沒水的時候，你就會懷念簡易也有簡易的好處！

處在這樣世代交替的全球性世紀末狀態，我只好懷念著父親在童年為我排除恐懼的故事，相信天上降下的雨水都藏在樹根的房子裡，也許我必須成為一位趕路的獵人，到了森裡的山溝，晶瑩沁人的水珠自然會滋潤獵人乾癟的嘴唇。

四、盡

九二一地震首二日，部落面臨斷水的危機。

當時整個部落的族人一同聚集在學校操場，從傾毀的家屋搶下的帆布袋倚著圍牆張掛了起來，就像在電視新聞目睹國際戰事的難民營畫面，以往我們誤以為那是遙遠的國度而覺得不那麼眞實，等到自己驚慌地從搖晃的家屋逃竄而出，等到整個部落的族人來到國小操場搭起帳篷，等到真實的難民營景象近在咫尺，你還是覺得一切宛如夢幻。一直要到口乾舌燥，那種眞實的傷痛才具體地從喉嚨裡彈跳出來。

地震首二日，學校的儲水已經告罄。

當時我們等待著救援，以為救難新聞裡的海鷗部隊很快就要飛臨部落上空，有人翹首了半天終究抵不過當空的烈日，不但海鷗部隊的救難直升機未曾出現，怪異的是似乎連小鳥也飛不進部落的天空，只有驕陽攪動悶熱的空氣，徒然讓人心像一隻鍋裡緩慢加熱的青蛙，有時我偷偷摸著心臟，心房竟然發出異於往日的劇熱。

地震首一月，水管破裂，道路凹陷，自來水無法修護。

新社臺地駐紮的軍用直升機幾次進行空投之後，我們的泡麵已經可以開博覽會了，素食葷食一應俱全，平時在超商未見擺設的泡麵也都魔術般來到災難的部落，你見過「媽媽麵」嗎？我們可吃了一整箱。

我們還記得第一次空投糧食壓壞了張家日本甜柿，他一點都不在意，到了第三次直升機還要降下食物到張家甜柿園，我們的退休張老師終於忍不住損失慘重的甜柿誓死也要與心愛的甜柿共存亡，軍用直升機見其心可感，只好改空投到堆滿廢棄物的空曠處。最讓人心疼的是一箱箱的寶特瓶礦泉水摔落地面的壯觀景象，只見晶瑩剔透的礦泉水爭相擠出碰撞後的塑質裂縫，我們乾癟的嘴唇一下子脫一層唇皮，你一定沒有見過唇皮如何脫落的，對嗎！

地震首一月，水源易位。

民間捐贈的自來水管抵達部落時，族人便自動出工。順著昔日的自來水管，沿途但見巨石壓破小腿粗的水管，到了小山洞處，無路可進，只能滿山尋找水源，水管拉到養不出魚的觀音溪上游，上游駭然出現小型偃塞湖，湖水的黃濁度差一點就可以當油漆。族人拉著水管游到出水處，站起來，儼然是一具後現代風華的泥人。

水接到部落，上部落開水，下部落沒水喝；下部落索性將水先引進水缸，上部落聞聲就要帶著家俬尋架。吵吧，吵了大家沒水喝，只好三班制，只差沒打卡，否則喝水也成上班。

地震首二月，細雨微微，第一波寒流南下。

細雨就像小說家七等生書名一般微微地下著，微微下著的雨也讓自來水管塞滿了黃泥。細雨微微其實不那麼浪漫，族人只好三個鄰一區自尋水路，像間諜戰一般展開新水源戰線，找到了水源，各區自訂收費價格，兩岸談一國兩制，我們部落是具體實踐一國三個自治區，但是不論如何自治，遇到細雨微微就要停水，誰管七等生是小說家，天寒地凍水枯的部落也許就快要石爛了。

地震首二月餘，千禧年第一日。

部落組合屋在聖誕節終於從十軍團搬進來，部落族人當我們是空降部隊，二十六戶飲水自然成了問題，千禧年前一日與上部落長老談妥水價，接著到組合屋與團隊一同迎接災難後的千禧年，宰了一頭倒楣的黑豬，在火光與溼冷的夜雨中一齊倒數千禧年的來臨，五、四、三、二、一，用油滋滋的豬油嘴唇歡呼著新的一年，之後便覺得索然無味，千禧年的夜晚其實與任何一日的夜晚並無二致，只好就寢。清晨六時許，部落送給組合屋的禮物是鋸斷了水管。

這是欲哭無淚的千禧年。一日半，團隊自動找水源接水管，水到組合屋，打破部落的紀錄，算得上也是一件欲哭無淚的功績。

地震逾六月，梅雨提早登陸，災區引爆土石流。

梅雨降下，梅子就要採青，等到梅雨一停，梅子就要變黃。這是我們部落二十年前的農事曆，如今作物改了，梅雨季降下，我們現在是守在電視機旁，像摸彩般等著新聞快報南投的某處爆發土石流，果然，新中橫下方的神木村又發生了土石流，接著是信義鄉東埔道路，然後是仁愛鄉，後來，後來，後來呢？後來我們就聽見部落東北側發出悶雷一樣的聲響，聲音穿越急雨，悶雷般的聲音後來交織著沉悶的滾動聲，宛如貝多芬來到部落演奏著命運交響曲。梅雨還在下，貝多芬早已遠颺，觀音溪兩岸東勢豪客建造的渡假別墅換成巨木墳場，想像不到一條小山溝衝出兩座操場的土石。

通往烏石坑部落的道路更見大自然的力量，烏石坑分校的水泥橋彷彿遇見了龐然巨物，土石推動火柴盒般將新橋緩慢折斷，在岸邊觀望的人們似乎也感到自己的骨骼發出碎裂的聲響，這就是土石流的聲音，它在霪雨的山中自我鳴叫，然後讓聲音摧折人們的骨骸。

部落後來也被劃為土石流災區，那些恣意奔動的土石也數度成為電視螢幕上的主角，只要土石流上演，族人就必須巡水管、找新水源，然後等待下一場土石流，如此循環的節奏，差可比擬夸父追日。

地震逾六月，梅雨提早讓部落斷水。

斷水中的部落，最忙碌的就是各區的自來水管委會。下部落的管委會吳長老是我鍾愛的族人，他有一張方正不阿的臉，九三年長老載運我的書籍來到部落，小卡車的後方右輪竟然因為書籍過重而神奇地脫落在豐勢大道，日後長老告饒下次搬家千萬不要找上他的小貨車。

斷水一日將盡長老就接通下部落的自來水，可水量太小，只能各家輪流接引，長老的堂弟喝過小酒，接水忘了時間，長老盡職地勸說，堂弟不聽，吳長老氣喘休休，返家躺在沙發上順順氣，不到一小時竟然斷氣，緊急送到東勢醫院，診斷是心臟病突發，這是部落斷水導致斷命的第一宗事件。誰都表示存疑，但肯定跟水有關係。

五、疑

少有人懷疑地震後的部落差不多到了山窮水盡的地步，來到部落的朋友總要對著震出土石的山勢憐惜著說好像是窮山惡水。

我卻是喜極了這座窮山惡水的部落。前一周我依照慣例帶著一位美籍學者來到四角林戰備道俯瞰受傷後的部落。我說經過了十個月，Mihu 部落開始煥發出翠綠的色澤，開始站穩的樹木抽長著新葉，你因此可以聽見大地發芽的聲音。族人開始忙著採收新世紀梨，緊接著是十月分日本甜柿，因此可以在戰備道上遠遠地聽見搬運車吼叫的引擎，那是勞動的聲音。族人在筆直的產業道路上相遇，總要親切地詢問對方的近況，那是心靈握手的聲音。學者說我到高處向初見面的客人解說部落人文歷史一如美洲原住民的行徑，我喜歡他如此的比喻。

我因此懷疑地震後的人心差不多到了山窮水盡的地步。

這位美國友人問起泰雅族有沒有關於地震的神話？我回答說有，我們的老祖先把地震具象化為名叫哈路斯的大巨人，然後凝聚智慧用計讓他吞下兩顆火燙的大石頭，結果將他燒死了。

我大聲地對著美國友人說，地震讓我們老祖先用神話燒死了，然後我們滿意地驅動速利一．三三手車回部落！

YAYAYA

伊娃·蘇彥從山林裡走了下來。藤編背帶負重物頂著額頭，額膚平滑似水，是歲月勞動的痕跡一絲一絲抹平的，等到額頭無力頂住裝材裝菜裝什物的背簍，很快的，時光就會添加暫置的皺紋，像深谷一樣鏤刻在臉部四周，形成一幅亙古的窮山惡水圖。伊娃·蘇彥盡量避免回憶出生之地，那是族人稱呼為「聚集樟樹的小山」之地，如今已被換為中文字眼——中科。

「科」字在早年客家墾戶命名時還保留著容易辨認的「山」部——嵙，去掉了「山」部，容易讓人聯想到離此三十里之遙的后里臺地——刻正塵土飛揚積極興建中的中科（中部科學園區）。等到中部科學園區正式啟幕，可以想像報章雜誌案牘連篇的報導盛況，金碧輝煌的中科（中部科學園區）就要取代了沒落寒傖的中科。

其實中科也早已經不是「聚集樟樹的小山」，現在豐原客運一日發車五班次的產業道路上，行經中科眾小山·三、四人圍抱的樟樹也已經調換成矮壯的粗皮大梨，樟樹急遽縮小，縮成尋常人家窗臺前的一窩盆景，委屈了習慣呼天搶地的枝枒。

父親是從「女人之河」（大甲溪）過繼到現在的部落人家，母親確確然是中科客家墾戶的女孩，不知經過怎樣的轉折，伊娃．蘇彥在小的時候就已經看見母親美如水彩的文面，嘴裡吐哺著泰雅爾語，見到粗野的客家男人卻是以客語回擊，令諸壯漢黯然失神，宛如快速變異的魔術戲法。

伊娃．蘇彥還能夠在車行產業道路上辨認著童年的稻田地，稻田圍繞著屋宇，夜暗寂下來，就與天上的星群圍繞月亮一般相映成趣。十歲遷回部落，埋伏坪蕃童教育所開始教導天皇的語言ㄚㄧㄨㄟㄛ與泰雅語就像一棵棵樟樹，只是前者精密細緻如庭園山水，後者喜歡徜徉森林之中。

父親當時已經是駐在所警部補，站立不動儼如一把亮燦燦的武士刀，有時來到十三里外的東勢角街道，父親行走在前，步姿筆挺一如漿燙的警裝，碰著都要劃出一道紅絲絲的血漬，過街轉彎必定是直角九十度，大概是日人敬禮鞠躬的延伸效應，兩眼直視前方，幾乎到了不看過去的境界，因而廁居在後的姐妹們貪看玲瓏小物倏忽一句嬉笑之後，父親已經不見人影。

蕃童教育所兩年之後，日本公務人員在某個清晨時分熱淚盈眶地離開部落，據說是一方黑匣子電晶體發出了神祕而痛徹心扉的召喚，「男人之河」（大安溪）的水流依舊發源自聖山——大霸尖山，聖山的上空卻已經經過一紙簽署而變天變節，部落族人的世界還是東面那幾座翠綠大山。那個時候，族人還無法洞悉文字的力量，特別是文字滴落在潔白或者黃黯黯的紙面上。土黃色軍裝的接收官員騎著馬匹通過四角林林場的戰備道，山林間升起陌生而罕聽的鐵蹄碰擊礫石的聲響，嚇得穿山甲抱捲成一顆鐵球滾落到大安溪河床。接收官員少了日警鼻下一節黑色毛蟲樣的短髭，卻多了雜草一般的鬍渣子，伊娃．蘇彥縮在父親的背後，詢問著接收官員發出什麼世界的語言？父親也是在短期國語正音班受訓之後才知道是「國語」，「大陸的話，以後妳就會知道了。」

十二、三歲的伊娃．蘇彥並不急著學「大陸的語言」，還是喜歡來到八雅鞍部山脈的頭頂，吹著樹木呼吸的氣息，聽著鳥獸飽含情緒的嘶鳴，然後等待夜晚披上霞衣、罩上黑銀色的披幕，遠方雪山山脈山腳下的東勢角就要點燃晶亮的燈火，一顆一顆、一串一串，宛如星星墜飾別在大地上，日本書上寫著，這就是——文明。文明來得並不很快，文明總是在遙遠的城市開花結果，想要接近文明，學會大陸的語言是條捷徑，但是想到接收官員雜亂的下巴鬍，伊娃．蘇彥就覺得倒盡胃口，於是漫不經心地學著ㄅㄆㄇㄈ，卻喜歡學著山東老教師的口音：把拔馬媽巴比Q——將京片子摺疊成嶙峋山石，五十年後年近七十之齡，伊娃．蘇彥卻接上文明的軌道，開始學起了——國語。

伊娃．蘇彥卸下裝滿鶯歌桃的背簍，兩頰抹上緋紅的桃子邊矗立著一疊包裝箱，寄送的時候必須寫上中盤商的住址，泰雅人伊娃會握住油性黑色簽字筆，有時因為工作疲累讓手指發著顫，寫下來的字跡猶如稚齡孩童的畫符，依樣畫葫蘆的練字時光在記憶的膠卷蒙上羞怯的光影，初寫字的那一年，載貨運銷車還曾經退回無法辨認字體的水果箱，經過半個月發酵成熟的果粒，在陽光催照下益發洩漏濃郁的果香，果香過盛的氣味預告果粒超越成熟的界線來到了腐敗的高度，等到開箱檢視，水果顆粒像是見光死一般瞬即癱軟破裂成為一條條蜜汁的河流，竟連收回釀酒的剩餘價值也不存，突然讓歪扭的文字摧毀勞動的生產力。

部落國小舉辦老人識字班，伊娃．蘇彥第一個報名。識字班導師是位年輕的校長，在每週兩晚的上課時間，伊娃．蘇彥經常獲致讚賞，有些老人歸功這是因為伊娃．蘇彥有位國小老師的孩子，顯然這是顛倒次序的邏輯思考，特別是學習語言這回事。

伊娃．蘇彥並不清楚孩子的求學遭遇，六〇年代的部落家長誰會知悉孩子在學校所學到的事物呢！這孩子曾經上過一天國小附設的幼稚園，那一年九月的陽光亮晃晃，照耀著開學的石子路都活潑起來，這孩子攜帶熱情洋溢的學習的心情，卻不知道自己已經有個漢名叫做「吳俊傑」，等到年輕的幼稚園女老師發放美援牛奶呼叫小孩名字，自己才驚愕地奔向牛奶桶領受白皙的牛奶，直到不小心將鐵碗傾倒在地，驚慌與恐懼漫淹在乾硬泥地上，就是這一天，孩子再次頂著活潑的陽光回到山腰的工寮處，接續了一年的山林生活。

為什麼我叫吳俊傑？

為什麼在學校不能說山地話？

我不是有自己的名字嗎？

在學校被叫做吳俊傑的這孩子並沒有獲致任何答案，但是精美的書本迷惑了孩子的眼睛，書頁裡有文字的精靈跳動著，每個字藏著一則祕密，就像山林的草叢藏匿著竹雞、臭鼠、蛇蠍，只要安上繩套，祕密會在隔天清晨揭曉。但是文字的祕密卻不是繩套機陷就能捕獲的東西，那個叫作老師的大人在抽屜裡隱藏文字的藏寶圖，寶圖清楚地記錄文字的部首、文字的發音、文字的解釋，那被稱作「字典」的書籍據說是老師的老師，老師才擁有揭密的本事，所有部落的在學小孩謹而慎之地抄錄黑板上老師的板書作業，隔天測試如有不會，行情價是一字一板，於是文字的學習伴隨著肉體的疼痛。孩子們都感到了國語文字催折磨損人類的肌膚與心志，ㄦ化韻的捲舌必須讓舌頭模仿蜥蜴舔食的能力，在一捲一縮之間發出讓老師愉悅的聲符，於是被視為方言的山地話（泰雅語）只能在校外的山野進行著，校園裡密布森林般的機陷密探，前後左右伸長了耳朵密告誰誰誰說了方言的小小探子，成果恆常是每天早上有人站在司令臺脖子掛上「我不說方言」的紙板，這類景象我們後來在臺視公布中國大陸現況遊街示眾的影片差可比擬，他方是因為說錯話，我方是因為說多了話。

六年的國小學習，山地話愈來愈生疏，因為考試不考山地話，考試只考漢字書寫的試卷，山地話成為部落之外無用武之地的語言，除了罵別族人。進入國中，十三里外的小鎮是非我族類的語言世界，從招牌到車票，鉅細靡遺地籠罩著文字的力量，伊娃．蘇彥並不知道自己的孩子舌頭變了形，不知道孩子為什麼安靜如刺蝟？刺蝟也好，至少懂得用功讀書，聯考放榜只能選讀不用花錢的師專。

孩子自從踏入小鎮，對文明與新奇早已安置心中，能夠遠赴中部大城就讀，也算是開了人生的眼界。後來每一個學期才回部落的孩子，以往馳騁山林的能力大致上被堅硬的柏油路面吸走了，怎樣看都像是山林走失的孩子，這個城市來的孩子，說起國語還要賣弄一、兩句阿美利加話（美語），以顯示自己的不同凡響。整座部落其實在冥冥中被文明改頭換面了，年輕人穿著將大腿肉擠爆的ＡＢ褲招搖在馬路上，雖然稍一用力就會綻出裂縫也不改流行的志向；女孩子穿起迷你裙迷倒一堆雄蠅似的眼睛也要春光給他洩一洩。

讀師專的孩子有一天扛著半人高的樂器稱作「吉他」地回到了部落，錚錚鏦鏦的夾塊屁可（pick）彈唱起來，有時民謠〈桔梗花〉有時世界名曲〈給愛麗絲〉有時民歌〈青鳥〉，讓音符在部落的空氣裡跌宕，說是古典吉他趁流行，實際上是一位山地的孩子為了打進閩客同學的友誼圈，不免苦練〈雨夜花〉、〈安平追想曲〉以饗同學，用以證明唱出臺語歌曲是我們一國的剖心明志。就是這樣那樣在語言的國度衝絕網羅、粉飾太平、納為一國的日常生活演藝生涯，才在進入解嚴前後驚失某些關於部落的人文傳統，毅然在國際原住民年第一個十年的第一年（一九九三年）返回部落執教，讓一位曾經被城市拿走的孩子再次成為部落的孩子。

關於孩子的這一些，伊娃，蘇彥或許知道或許並不清楚，但我們看到了國小老師剛剛才從學校回家的身影，母親伊娃·蘇彥就著餐桌練字，一副老花眼鏡快下垂到作業簿上，早上持饅頭的右手晚上握著寸管筆墨，老人識字班的作業簿要練習量詞的用法，例如：一（部）汽車、一（朵）花、一（張）紙等等，像極了國小一年級的小學生。老人伊娃有個夢想，等到學會了國語漢字，就要用文字來記錄自己的一生，展示自己在五十年前就已經知道的力量。國小老師並不致過分驚訝母親的勤學，因為自己的某些品格是得自母親的遺傳，甚至知道母親早學會了羅馬拼音。看著老人趴伏似的學生模樣，關心備至地說了一句泰雅話，他知道母親會喜歡的。

YAYA，明天給你買字典，字體很大的那種。

後記：

YAYAYA，在我的母語裡，YAYA就是母親，最後的YA，你可以賦義比興任何詞彙，比如：呀、耶、ㄟ，甚至是網路上的YA-HOO。伊娃·蘇彥就是我的母親，國小老師自然就是我的化身，我試著以小說的筆法遠距離描摹我與我的母親在語言學習的道路上所遇到的黑色喜劇。語言作為一種文化傳播，它已經鏤刻在我們的日常生活之中，我願意用數學上加法的概念面對語言文字，雖然語言也是作為一種文化霸權，特別是對原住民族來說，但我還是寧信多元獨立、花開並蒂，我因此特別讚賞西印度群島著名的黑人運動者賽澤爾（Airne Cesaire）說的一句話：「沒有任何種族可以壟斷美麗、智慧或力量。」

舍遊呼

「舍遊呼」是我們部落方塊漢譯的名字，如果使用圓滑的羅馬拼音 Sr-yux，你應該可以發音正確一點，尾音的「呼」幾乎是無聲的，大概只有我們山林泰雅人的耳朵聽得出這近乎無聲的「x」音。在我們東邊山區老祖宗的起源地，「舍遊呼」指的是一種連善攀爬的猴子都難以登上的滑溜的大樹，大樹就在部落入口處，往上看就像一座山那樣高，但它沒有一座山胖胖的腰圍，而是像獵槍一樣直挺挺伸向情緒捉摸不定的天空。我的父親、祖父、族老的口徑都一致，更重要的是，他們經常帶著飽含情感的語調進行述說，你可以從呈現著深淺不一的黃褐色澤的眼珠子感受到這口傳的真摯，但是有文字的民族總是輕易地推翻了我們鎔鑄了幾千年的記憶，所以我們部落的名字只存在我們腦殼的記憶庫裡，只要一些日子不用，記憶就像缺乏關愛的倉庫堆滿了時光的塵埃，如今在文書資料一張張的白紙上註記著「三叉坑」的黑字，至今我們都無以理解這個字詞準確的意義，就像我們同樣無法理解為什麼可以任意更改部落的名字，我們相信名字、名稱、語言、生物是有靈魂的，祂們的秩序就是我們人類的軌道，這個簡單的道理就像你不能將一隻活躍在岩壁間的鹿稱作那是一匹奔跑在草原上的馬。大家都知道並且遵循這些禁忌與傳統，就像春天的雨水滋潤草木，我們就必須來到小米田感謝苗芽吸取了養分；就像午後的雷陣雨將山溝摔成發怒的棍棒，我們就知道必須居住在石頭滾累停歇的地方。所以我喜歡祖父生前唱出從祖居地分離時的頌歌，歌聲織進了時光的梭影，也暗示著祖先與泛靈對話取得的平衡：

你們將各自掛在溪邊的角落
這樣的話，但願你們尋獲兒女腰面寬廣的美事[1]
然而，你們彼此不可忘懷，你們中間誰的袋底稍高的[2]
背網的肩帶將幫助你們，不妨去挨戶尋問[3]

後來掛著長刀與留著山羊鬍的日本人來了，他們說祖先的歌與獵槍是同樣的可怕，沒收了獵槍也沒收了我們的喉嚨。族中的男人失去了獵槍也就失去了求生的意志，部落失去了發聲的喉嚨也就失去了遵循大自然的秩序，於是大家約定Mgaga[4]，將留著山羊鬍的警察頭顱祭拜祖先，緊接著像一座森林的長槍上山啦，還有兩個生著悶氣的機器哈路斯[5]給部落種上一朵朵紅火，我們只好告別可以觀看女人之河（大甲溪）的部落，踏著山羌羞怯的腳印躲到「居住河水邊」[6]的親族，敵人的追擊讓我們只能看著男人之河（大安溪）思念家鄉，隔了幾次小米收穫的時間，祖父從裹布的嬰孩成為茅草般晃動不安的小孩，雖然想要回到Vni-Saurai（麥稍來）舊地，但舊地沾滿了Lutux（鬼靈），幸好「腰面寬廣」的埋伏坪親族迎接我們到下部落，讓族人的心跳終於有了山霧般的呼吸。我們的呼吸直到遠方聖靈的來臨開始起了變化，從太魯閣大山的族人帶來一種會震動心靈的Gaga，我們必須在「鬼火之山」（鞍馬山）鑽進岩洞啟動心靈的顫抖並以呼號接觸祖靈，據說這種「真耶穌教派」是祖先散失的弟弟傳下的，這讓埋伏坪的頭目有了

---

1 近人黑帶．巴彥在《泰雅人的生活型態探源》一書（新竹縣文化局，二〇〇二年）指出「腰面寬廣」，腰表示力量，面表示榮耀，全意即「為子孫勢力發展設想」，整個頌詞採取艱深的古語，今人多已無法解析。

2 同註一，「袋底稍高」，意指「生活比較富裕者」，全句在告誡族人不可因富驕傲，而忘記了一同遷移之苦。

3 同註一，「背網的肩帶」，肩帶如果不堅固，即使狩獵運氣好，也拿不回來。全意隱喻著「長老的賜福」。

4 Mgaga：獵首祭。

5 哈路斯：是神話中破壞大地的巨人，他會毀壞作物，引起地震，在此指日本陸軍大砲。

6 今臺中市和平區桃山部落舊址。

我們是 Lutux 的藉口將我們趕離部落，再一次，我們又唱著遷移之歌來到大型動物飲水的地方居住，祖父沒有忘記邊走邊唱著：

讓我送給你們一張布之舌和拐杖的節

願諸惡之風和荊棘的荊都閃過你們

願你們腳踏的地方平滑順暢[7]

這時候已經是三顆灶石[8]的時代了，小米的種植也已經讓肥胖的稻米取代，等到讓牛一樣喘的客運車走的路開好了，族人再搬遷到靠近產業道路的小平臺，在一根鐵柱立起的黃綠招牌上，我們第一次看見了漢人稱呼我們部落的名字——三叉坑，有人說是第一個進來經營雜貨店的漢人老闆看到這個地方插上三把番刀故名，有人以地理學的觀點說明這是因為兩條野溪匯流呈 r 狀所致，不論如何，我們還是喜歡以部落入口那一棵讓猴子爬不上去的 Sr-yux 來稱呼自己，我也喜歡祖父說心要像 Sr-yux 一樣直挺挺，做人要像 Sr-yux 的皮膚光潔坦白，但是政府開始要我們種植油桐，然後是麻竹，又接著梅子，然後是讓人吐血的檳榔，最後我們都不知道該種什麼才能讓政府高興讓家人填飽肚子，因為每一座山的大樹都不見了，清澈的河水泛著黃濁的汙泥，更糟糕的是，不分男女老幼人手一杯廉價的太白酒，誰會相信對人類有益的水會裝在鐵筒裡呢？但是公賣局的水麻痺了我們的想像，軟弱了我們的意志，也阻斷了我們和祖先溝通的話語，當我們不再唱祖先的歌，不再跳祖先的舞，不再說祖先的話，不再遵循 Gaga，我知道天空的臉就要變顏色，地下的靈魂就要不安，果然，還沒有迎接到千禧年，「九二一」先震垮了部落，這次沒有人唱遷移之歌，只有受傷的心靈和驚慌的腳步來到日據時期將我們圈在隘勇線的牛欄坑駐在所（日警派出所），為了要重建 Sr-yux，我們要學著將心弄直，要試著找回太陽下山後怎樣在寒夜裡彼此取暖，更要試著集合族人的意志成為一座矗立的 Sr-yux 樹幹，因此在四年後的「七二水災」，雖然山溝的大水再一次灌進組合屋，我們也只是將它當成鍛鍊的過程。這一次，我將重拾祖父的頌歌回家：

---

7 指祝願遷移的子孫懂得說話知所進退，並擁有排除萬難的信心。

8 國民政府到部落宣揚三民主義時說道：「三民主義就像你們山地人煮飯的三顆石頭，所以三民主義就是人人有飯吃。」

不論你們散落在任何溪邊的角落
不要渾渾噩噩過日子
不要像那掉落的葉子
願你們像星星一樣增漲
好讓你周邊的人稱讚你們、敬畏你們

看著部落打好的地基，看著族人圍坐計畫未來，記憶著祖先顛沛的遷移之路，我要說，對於部落認識的改變，就是改變部落的開始。

七日讀

第一日

在臺南某間舊書店以罕見的廉價一百二十元買下民國六十六年初版的《魂斷傷膝澗》一書，封面是狂馬酋長嶙峋岩石模樣的老年人頭照，半圓形副題以紅色字體寫上：狂馬酋長逝世一百年。

攜著宛如墓誌銘的磚頭書乘北上自強號列車，夜晚的列車冷氣彷彿是冬日，乘客蜷縮在座位，等到列車過了嘉義，自強號就像奔馳的詩劃過黑夜的平原。作者狄布朗在一九七〇年的序言不無警示著北返的旅客：這不是一本歡欣愉快的書。雖然第一個章節「他們的舉止端莊。值得欽佩」彷如讚辭，但它出自一四九二年哥倫布初抵聖薩爾瓦多島所見稟奏西班牙國王的報告：「這些人民是如此地溫順，如此地和平。臣可向陛下宣誓，世界上沒有一個比他們更好的民族，他們愛鄰如己，談話尤其愉快、斯文，說話時面帶笑容；他們全身赤裸屬實，然而他們的舉止端莊，值得欽佩。」不到十年，這一支「舉止端莊，值得欽佩」的聖薩爾瓦多島泰洛族十萬人，盡遭毀村滅族。

第二日

黑夜還沒有撕開眼睛，父親已經「碰碰碰」駕駛搬運機開上果園的道路。種作果樹已經是門賠本的行業了，父親不願承認事實，依然故我歡欣上山，像是清晨承接露水的一片葉子。

我所知道的祖父的土地是童年父親帶我狩獵的夏坦森林，中海拔亞熱帶的樹冠底下隱匿著傳說與神話的樂園，日後卻在一紙命令的包圍下早已易手國家部門，現在它已是林務局與農委會的實驗機關所在地——中海拔特有生物中心——我曾試著來到父祖之地，卻因為沒有通行的公文而被排拒在紅色鐵門之外。

狄布朗書寫《魂斷傷膝澗》一書，為了杜白人諷刺之口，大量引用十九世紀美國政府軍方、官方代表的條約會議，和正式集會中的紀錄，為狄布朗的寫作留下了繁浩的官方紀錄，這些「我們說過、做過的事」的紀錄，無論是否為隨興的瑣事，就算是早已忘懷——阿爾維托．曼古埃爾[1]提醒著——長久之後，卻還依然結出了綿遠的果實。

雖然我們（臺灣原住民族）缺乏與國家對話的紀錄，所幸還留有一支能夠吐出文字的筆，我願我的文字能夠為千百年被歷史壓伏的族人發出異於權力掌控的聲音。

第三日

你們都喝滿了白人的鬼水，就像暑月裡的狗群，跑得發瘋，猛撲自己的影子。

美國《明尼蘇達歷史》記錄了蘇族小鴉酋長在一八六二年對年輕族人的訓誡之詞，將近一百五十年後閱讀這些文字，我依然感受到小鴉酋長的絕望之情多於訓誡之意。這一年，美國政府與蘇族間的條約被撕毀，族人染上喝鬼水的惡習，蘇族日漸失去土地，政府不再遵守諾言，部落進入到人為造成的饑荒。作為前進西部的貿易商販，名叫邁立克的白人輕蔑地說：「如果他們餓，讓他們吃草，或者吃自己的屎好了。」

美洲原住民喝了鬼水就會猛撲自己的影子，在我們部落，我們稱這是「公賣局拿走的人」，什麼被拿走了呢？當然是靈魂。

我透過窗戶看到母親從暗夜中顫抖著走回來，在餐桌兼客廳的椅子上坐下，母親說

---

1 Alberto Manguel（一九四八年—），生於阿根廷布宜諾斯艾利斯，青少年時期曾為視力受損的名作家波赫士誦讀，亦為作家、編輯，臺灣曾出版過的作品有：《意象地圖》、《閱讀地圖》（臺北商務）。

組合屋被燒了。組合屋就是「九二一大地震」之後蓋起的臨時安置屋，好心的地主是長老教會牧師，小兒有個天使般的名字，是部落聞名的「公賣局拿走的人」。據稱傍晚時分又向牧師要錢討酒，「否則就燒了組合屋」——孩子向牧師父親下一道匪夷所思的恫嚇之詞，不到一小時，火光已經延燒到通往天堂的夢境裡邊，幸好鄰人拖著驚夢中的牧師。遠在五十公尺之遙的飲食小店主人老莊，曾經敘述這段火災奇觀(包括半個部落的圍觀族人)；火勢燒燙的溫度，我都可以賣烤肉了！

一八六三年「小鴉戰役」蕩平之後，美國軍方訂在「鹿脫角月」(十二月)執行絞刑處決，三十八名蘇族桑狄人的身軀，了無生命地在空中擺動，一個圍觀行刑的白人稱這一次是「美國最大規模的集體處決」。

第四日

美國小說家福克納一生經營在地寫作，像是用短暫的生命對抗巨大的歷史，他說：「過去絕未死亡，甚至還未過去。」過去其實就是日升月落，每天留下一點蛛絲馬跡，一點唾沫汗液，日久就成為面目可鑑的時間軌跡，歷史的軌跡從未消失，就像定居美國紐約的彼得·凱瑞在二十七年後返回故鄉澳洲寫下的《雪梨三十天》，重新檢視了澳洲原住民歷史，在擁有澳洲原住民血統的友人薇琪的陪伴下，才真正省悟這構成雪梨的土、火、風、水四大自然元素，長久冠以冒險精神的天然舞臺——澳洲，其實是在踩碎著原住民的胸膛所建立起來的國度。「我們的總理可以擁抱和寬恕殺害我們慈父與愛子的人（指的是土耳其），他理該這麼做，然而他卻不能也不願向我們的原住民道歉，為兩百年來的殺戮和虐待認錯。」彼得·凱瑞的歷史反省並非唯一，一八六七年美洲原住民南賽安族盡遭寇斯特（漢柯克將軍部下）率領的騎兵七團屠戮之後，一位有良心、綽號「黑鬍子」的沙朋反對漢柯克將軍的殘酷行徑，電告美國內政部長：「……像一個如我國的強權國家，對少數流離的游牧民族進行一次戰爭，在這種情形下，是一種最可恥的狀況、一種無從比擬的不義行為、一種最使人噁心的國家罪行，或遲或早，上蒼的裁決一定會降諸於我們，或者我們的後裔。」

窗外遲到的梅雨已經轉成颱風般的狂風大雨，溪水暴漲，土石流蕩，接著是，交通中斷，中南部多處成為水鄉澤國，新聞畫面剛剛警示大甲溪河水淹沒橋梁，夜晚的部落隨即停電。我只好點燃蠟燭，在黑暗包圍的雨夜中續讀一則一則歷史的隱喻，我期待隱喻也有雨過天青的時候，這樣，我的胸膛才不會傳來陣陣的陣痛。

第五日

雨水其實已經連下兩周之久，臺灣小島已然是豪雨成災的景象。父親果園裡正待發果的甜柿樹，被狂風急雨摧折墜落，母親著雨衣從傾斜不定的雨陣中突圍前進，當作背景的藏青山巒流成黃泥瀑布，溪水氾濫成一面遼闊的流刺網，收拾著山林那些曾經美好的景致。當人類的欲望張掛在災難的面前——大地到底憐憫過什麼？我記起已逝的西蒙．波娃的一句話，特別感到歷史施加於人類的嘲諷：「我發現榮耀其實瞬息即逝，頓生鄙視。」

說不定正是因為這樣，我們才在最為黑暗的時刻總是向書籍取暖——詩歌提升我們生活的質量，特別是快樂的程度乃以痛苦衡量——一八七七年美洲洛磯山下的穿鼻族進行逃亡之旅，大兵緊追在後，等到穿鼻族約瑟夫酋長被運送到貧瘠的保留區生活，他日後的演說像極了一首一首的詩句，是以全族的痛苦所釀造出來的詩歌，「讓我做一個自由人吧——自由自由旅行，自由自由停止，自由自由工作……為了自己而自由自由的思想、談話和行動。」約瑟夫酋長遲至一九〇四年於美國政府「保護」下的保留區過世，保留區管理所醫師呈交給議會斷定的死因報告是——傷心，這顯然是對「不自由，毋寧死」所做出的凌遲的極致。

第六日

通電之後，電視螢幕被政治爆料、官商勾結、族群鬥爭的新聞淹沒了水患的災情報導，部落對外的兩條交通動線已遭山崩橋斷阻卻。吃著母親從山野林地取來的野菜，父親瞪著新聞畫面，好像擔心整個島嶼的動盪就要從電視螢幕噴瀉而出，我想到的是夏多布里昂在法國大革命的動亂裡，一位布列塔尼詩人央人帶他到凡爾賽宮參觀一事的感想，「在帝國天翻地覆的時候，還有人要參觀花園和噴泉。」《魂斷傷膝澗》的尾聲僅僅是黑麋酋長的一段話，卻為這本書定調，「一個民族的夢在那裡黯然魂斷了。那是一個美夢啊……民族的希望破碎、消散了。再也沒有了中心，聖樹死了。」

我說過，這不是一本歡欣愉快的書。阿根廷文學大師波赫士的直言如劍，為我們的世界做出了美好生活的反證：「只要在世界上還存在一個有罪之人，天堂上就沒有幸福。」

第七日

上帝要休息，因為眾神編織了不幸。

里慕伊・阿紀

〈小人世界妙妙妙〉（一九九四）
〈青鳥何處〉（二〇〇〇）
〈白色恐怖〉（二〇〇〇）
〈遇見老馬〉（二〇〇〇）
〈剪髮〉（二〇〇〇）
〈就是要美美地活著〉（二〇〇〇）

Rimuy Aki，曾修媚。一九六二年生，新竹縣尖石鄉葛菈拜部落（Klapay）泰雅族。國立臺北師範學院（今國立臺北教育大學）幼教師資科畢業。早年從事學前教育，任幼兒園教師／園長十餘年。二〇〇一年起，於新北市各校擔任泰雅族語教師，迄今二十餘載。

一九九五年以〈山野笛聲〉獲山海文學獎肯定，大大鼓勵了里慕伊文學寫作的積累，作品曾多次獲原住民族文學獎項，以散文、小說見長，視角接近孩童及女性。作品譯有英文、日文等國語言。寫作之餘，近年投入青少年繪本泰雅族語翻譯、泰雅族語動畫配音工作。其中有《樹人大冒險》系列、《吉娃斯愛科學》動畫／有聲書系列等，為泰雅族語推廣與傳承持續努力。著有散文集《山野笛聲》，小說《山櫻花的故鄉》、《懷鄉》及傳統神話傳說編寫的《彩虹橋的審判》。

小人世界妙妙妙

從事學前教育的工作，由助教到園長，與幼兒手攜手一路走來，算算也十年有餘。對這漫長的歲月，我的感想是——歡喜做，甘願受，樂在其中，無怨無悔。

教育事業嚴格說起來，是個相當清苦的工作，幼教尤甚。但在跟孩子一起學習與成長的過程中，卻是充滿了感動與樂趣的歷程，這正是我甘願投身「小人世界」始終不渝的主要因素。

我永遠記得，當自己還是「菜鳥」，第一次和孩子做美勞的那件事。

「剪貼時，食指和拇指要摺、撕、貼……所以，我們用中指來沾糨糊，才可以貼得很漂亮」我說明並做示範。

我伸出中指，再問一遍——「看！這根指頭可以做什麼？」

「中指！」、「彰化！」、「蘸糨糊的！」

奇怪？怎麼會有「彰化」這種答案？我再確定一次，「這是什麼？」

「彰化！嘻嘻嘻……」這次大家竟然異口同聲地說，並且忍不住笑起來。

「為什麼是彰化？」我被搞糊塗了。

「老師！」宇威站起來，用中指一比，「這就是罵人的髒話呀！」我恍然大悟，原來不是彰化。

幼兒對事情的判斷與推理，多半是以自我的生活經驗為主，直來直往的解釋與回答令人莞爾。

相對於我們「大人」，誦恩理所當然地自稱「小人」，而不是小孩。

有一次跟沁潔聊天，說：「我們小人已經很可憐了，他們大人還要常常罵我們小人。」這就是一個小人的抱怨。

「老師，妳為什麼每天都要澆花呀？」誦恩滴溜溜的眼睛，總是閃著好奇的光芒。

「因為花跟你一樣會口渴，我澆點水給它喝啊！」我微笑看著他：「誦恩，你想澆花嗎？」他搖搖頭，卻若有所思。

「啊——它！」短胖的小手指著那盆波斯菊，「啊它喝那麼多水，如果想尿尿怎麼辦？」他皺著眉頭，非常認真地問我。

豪豪的弟弟第一天來幼稚園，哭得稀里嘩啦，助教淑婉老師抱著哄他。

「別哭啊！她是我們的林老師呀！」做哥哥的墊起腳，拍著弟弟的背安慰弟弟，「展展不要怕嘛！林老師很好喔！」豪豪看了看淑婉，想了一下，說：「她只是長得比較胖一點呀！別怕！」

母親節快到了，請孩子在卡紙上畫禮物送給媽媽。

「想一想媽媽平常最喜歡什麼，我們畫給她。」我提示他們，並將大家收集的圖片展示在桌上。

孩子非常用心地畫，口紅、皮包、高跟鞋、洋裝……琳琅滿目。忽然瞥見志宇那張粉綠色的卡片上，畫滿了一個個長方形的圖案，不知道是什麼東西。

「志宇，我看到你畫了好多長方形喔！這是你要送給媽媽的禮物嗎？」我希望他跟我分享一下他的作品。

「對呀！我媽媽最愛這個了，老師你看！」他把卡片拿到我眼前，仔細一瞧，發現每個長方形中央都用鉛筆歪歪斜斜地寫著——股票。原來志宇認為媽媽最愛的是股票。

有一天早上，四歲的靜婷神祕兮兮地閃進我的辦公室。

「園長媽咪，妳會開車嗎？」她問我。

「會！我會開車。」我放下手邊的工作，看著她。

「那妳想不想要一輛自己的車？」靜婷挨近我身邊。

「我已經有車了。可是，妳為什麼要問我這個問題呢？」我很好奇。

「我告訴妳喔！如果妳買一種餅乾給我吃，就可以得到一輛轎車喔！」原來又是一個廣告兒童。

爸媽經常開車遠從山上送自己種的蔬菜、水果、甜玉米……給園裡的孩子吃。

「媽，不要那麼辛苦，每次都開車送菜來。我們這裡買菜非常方便的。」這一天，爸媽又載來了一車的高麗菜、甜豆……。

「妳爸爸種那麼多，我們吃也吃不完。山上的菜好吃，自己種的又沒噴農藥，給孩子吃最好了。」媽說。

這時，我發現有五、六個孩子跟在我們後面，偷偷摀著嘴笑。

「咦？你們在笑什麼？」我一轉身，他們立刻跳開，「嘻嘻……哈哈……」笑得更大聲。

「園長媽咪，妳剛剛叫媽媽，還說爸爸！」孩子們笑著說。

「對呀！他們就是我的爸爸、媽媽呀！」

「哇——哈哈哈……」她們笑得更厲害，「園長媽咪怎麼也有爸爸、媽媽？她又不是小孩子，好好笑喔！」

在孩子的眼中，這個世界是那麼新奇、有趣。看他們迫不及待地探索，精力充沛地學習，看他們專注而努力地想做好每一件事，真是令人深深的感動，這世界因有了孩子而充滿希望。

每當我低低地蹲下身來，牽著她們的小手，注視著他們的眼眸，每當我靜靜地傾聽他們的言語時，彷彿自己握著的，是整個世界的未來，不由得整個人莊嚴起來；又覺得自己像個園丁，培育著幼苗，期待著他們成長茁壯，為這個世界開出五彩繽紛的、美麗的花朵。

青鳥何處

出版社的美蘭寄來一張聖誕卡，卡片中的圖畫是卡通式《愛麗絲夢遊奇境》。

我跟美蘭通過幾次電話，她那種溫柔帶點撒嬌的聲音讓我有「很夢幻」的感覺。收到這張俏皮的卡片，不禁覺得這位從未謀面的女孩是如此地特別。

美蘭在問候語之外，問我：「妳第一次聽見這個故事，是在什麼時候？」眞不愧是編輯！這一問讓我的思緒立刻倒帶，重新回到眞正如夢似幻的童年時光……。

小時候，家裡沒有任何一本教科書以外的書籍，鄰居家也沒有。想要聽故事的時候，只有靠自己的父母、長輩、兄姐，在天時、地利、人和的時候才說給我們聽。

為什麼聽個故事還要天時、地利、人和呢？因為，大人在忙碌或心情不好的時候，小孩吵著聽故事，可是會挨打的。但是，全世界的小孩哪有一個不愛聽故事呢？

還好我的父親、母親、祖母、外祖母……都擅長說故事，偶爾也會說給我聽，滿足了我愛聽故事的欲望，許多我們泰雅族的傳說故事都是由這樣的機會得以口傳下來。

上學以後，學校沒有提供課外書籍的閱覽，但我知道，學校是有許多精美的課外讀物——鎖在辦公室的玻璃櫃子裡。因為父親任教於這所小學，假日輪到他值日的時候，我就愛陪父親一起到學校值日，以便找機會請求父親將鎖在玻璃櫃裡的書籍拿出來借我看一看。

有時父親會答應，有時我會被罵（至今仍然不明白父親答不答應的關鍵在哪裡，或許也是全憑他的高興吧！）記得那些書籍似乎是「聯合國兒童基金會」贈送的。

我常常想——為什麼校長不肯拿出來給我們看呢？當然，學校也訂《國語日報》，放在辦公室裡，我就趁父親值日的時候翻閱，我最愛看的是〈小亨利〉的漫畫——後來才知道是小「亨」利。

說起故事，教堂是我童年時期閱讀故事書最重要的一個地方。在教堂裡，有許多外界的善心人士所捐贈的書籍。

我最喜歡在彌撒之前，盡情地翻閱那些精彩的故事。有些故事書還有彩色的圖畫。可惜，這些故事書因為老舊，多半已經破損缺頁，很少有一本是完整的書。

因此，我必須在半本故事書的前半段或後半段，自己發揮想像力將故事拼湊出完整的內容。這或許也正是我後來喜歡寫作的契機吧？

記得故事書裡有一則〈青鳥〉的故事，給我很深的印象。

當時，我手邊的這本《青鳥》也是零零落落的幾頁破書了。拼湊中只知道有兩位兄妹，千方百計地尋找青鳥，而且這青鳥關係著一位患有憂鬱症小女孩的生命……。我手上那本沒前沒後、中間又缺頁的故事書，在兩兄妹又發現所尋得的青鳥全都變成黑鳥時……，戛然而止。

可想而知我當時沮喪的心情，我多麼渴望知道青鳥在哪裡？他們最後到底找到青鳥了沒？救回小女孩的性命了嗎？眞是令人焦急啊！

這個疑問一直到我離開部落，到鎮上念國中。逛書局時，我特地尋找「青鳥」的故事書，急忙翻閱結局。此時，才終於揭曉了——原來幸運的青鳥就在小兄妹自己家的庭院裡。

自然的，我的《愛麗絲夢遊奇境》也是這樣的情況之下，與我做第一次的接觸。這書本幾頁、幾頁的，讓我自己在閱讀中慢慢猜測整個故事的全貌。

當時只知道愛麗絲一下子變大、一下子變小；有時哭起來差點把自己給淹沒，一下子又長成一個巨人，把房子都塞滿了。

這故事讓我有點莫名其妙，但當時的我卻好喜歡「愛麗絲」這三個字的名字，假想自己若換了這個名字，一定會像圖畫上的女孩一樣美麗。當然，最後我也是在國小課本裡，才知道這整件事只是「愛麗絲」的一場夢啊！

我喜歡購買各類書籍給自己的孩子閱讀，孩子們各有各的性格特色，喜愛閱讀卻是他們共同的嗜好。

我家現在是書滿為患，或許源於補償自己小時候的缺憾吧！眞是謝謝美蘭的一張卡片，帶給我一個上午的美麗回憶，也祝福可愛的美蘭早日找到她幸福的青鳥。

白色恐怖

最近，中班的道道喜歡跟家裡的人玩「白色恐怖」的遊戲。

每當他看見誰身上穿著白色的衣服或拿著白色的物品，就指著對方說：「哎唷！你好恐怖喔！」為什麼恐怖呢？因為「是電視上說的呀！就是報告新聞說的白色恐怖呀！」道道說。

原來，最近因為兩千年的總統大選即將到來，家裡每天收看的新聞總是會聽到一些名詞，依照中班道道的解釋，所謂「白色恐怖」就是——白色的東西很恐怖。

所以，小道道每天對著穿白襯衫的爸爸說：「呦！你的衣服很恐怖！」指著象牙白的牆壁說：「好恐怖的白牆壁喔！」姐姐提了一個米白色的提袋，道道又說：「唔！這個白色的包包好恐怖！」……。

道道不知道新聞有什麼好看，最後卻也有了結論。

「我知道了，媽咪！報告新聞就是大人的卡通影片！對不對？」他偏著小腦袋問我。

我想想，這新聞嘛！也差不多是了啦！就敷衍的「喔——嗯！」了聲。

沒想到他歪著頭看了一下螢幕，回頭張著圓圓的眼睛問我：「那妳說！妳說！到底『國民黨』有沒有『說謊』嘛！」小道道又在追問我。

這「國民黨」和「說謊」或許就是他在電視新聞中，聽得最多的名詞吧！我回過神看著一頭霧水的道道，想到他風馬牛不相及的問話，啞然失笑。

我心想自己是否應該將收視新聞的習慣改一改，就當成是限制級的影片來處理，不看或只在孩子睡著以後再看。因為，小道道前一陣子也問了一個讓我不知該如何回答的問題。

電視上正在播報一則年輕女子跳樓自殺的新聞，小道道聽了就問我：「媽咪！什麼叫做跳樓自殺？」

我嚇了一跳，原本以為他不會注意我們「大人的卡通影片」，沒想到他也聽到了。面對這樣一位初生的生命體，充滿朝氣、無憂無慮的純真的孩子。我，真的、真的不知道，應該怎樣解釋「自殺」這種連我自己都無法理解的心理狀態與激烈行為。

偏偏電視上的播報員清晰地說著：「結果，該名女子送醫後不治死亡……。」中班的道道是知道「死亡」的，於是小心靈又充滿了「白色恐怖」。

「到底什麼叫做跳樓自殺呀？」道道顯然對我的沉默感到心急了。

我伸出雙手示意他讓我抱抱，於是道道爬到我身上，像無尾熊抱樹那樣趴在我懷裡，將自己的頭貼著我的心窩處很舒服的樣子。

我輕輕地撫著他的背，感覺很安全、很安逸……然後，小道道抬起頭很認真地問我：「媽咪！妳會不會跳樓自殺？」閃爍在眼中的光芒是充滿了疑問，也掠過一絲恐懼。

我用雙手將他從懷裡撐起來，微笑地注視著他的眼睛說：「不會！請你放心！媽咪不會跳樓自殺的。」我很認真地給他承諾。

道道很滿意地點了點頭：「媽咪！妳會小心地走樓梯，對不對？」啊！多麼美妙的孩子呀！

我鬆了一口氣，他竟然把我那麼難以啟齒的「跳樓自殺」幫我解釋成了「走樓梯不小心跌下來」。我真要向天下的孩子致敬，並對成人缺憾的世界感到萬分無奈。

我再一次向小道道保證：「對！我走樓梯的時候一定會小心的走。」我親了一下他可愛的小臉頰。

「這樣妳就不會掉下來，就不會死亡了。對不對？」關於這一則新聞，小道道有了自己的結論。

小的時候，真的有許多事物讓小小的我擔心受怕。例如鋪在馬路上的礫石（當時沒有柏油路）。我每天都在擔心那些石頭慢慢長大，有一天會把路都占滿了，那車子怎麼過呢？也擔心乘坐的巴士也長大了之後，如何穿越隧道？想想看，人、樹、花、貓、狗……每樣東西都會長大，石頭、車子當然也會長大啊！

當然，我最怕的還是喝醉了酒的馬僞．沙卡（沙卡伯父）。我覺得一個人喝醉的樣子是很可怕的，不但說話變得大舌頭，身體還會東倒西歪，在孩子的眼中看見大人竟不能控制自己的身體，甚至跌倒是像大山崩塌一樣，是很恐怖的事情呢！

然而，幾乎每天晚上我都可以聽見馬僞．沙卡從山腳下唱著歌往山上走來。因為他家住在更高的山上，必須經過我家上面的小山路。所以，只要聽見馬僞．沙卡帶著醉意卻嘹亮無比，並且加上誇張顫音的歌聲，「我的家——在山——的那一邊……」我便會趕緊躲進被窩蒙頭裝睡。

五峰鄉的姨婆，也是我小時候非常害怕的人。

因為，每次她老人家年節回來省親，一定在酒酣耳熱、感情充沛之際，與父親大伯、二伯爆發一場驚天動地、抱頭痛哭的感人戲碼。

小時候不知道她是因為懷念早逝的親姐姐，而父親、伯父他們則是看見阿姨想起了母親，才會忍不住痛哭一場的。那時，只知道這個姨婆雍容華貴、大家都對她非常尊敬，說起話來「轟隆隆」的很大聲，而且每次來總是要哭的，心裡實在滿怕她呢！

有一天，道道非常認真地問我「媽咪！我什麼時候才能把名字改成『呂、建、富』（道道爸爸的名字）呢？」

為什麼要改？因為，他說：「等我變成大人，當了爸爸怎麼還要用道道的名字呢？」

為什麼不能？

「這樣，別人都會笑我，說我那麼大了，還用小朋友的名字啊！」

我終於明白：在孩子的心目中，名字還分大人用的和小孩用的，用錯了可是會被別人笑的喔。

原來，不論是過去或現在，孩子的小小心靈裡面，真的存有許多莫名其妙的「白色恐怖」哩！

遇見老馬

年前，在侄子尤浩的結婚喜宴上，意外遇見久違的老馬。她那丹田十足、震耳欲聾的說話聲，以及張牙舞爪的肢體動作，即使是在席開八十桌的大型喜宴會場上，也立刻要引起眾人注目的焦點。

這老馬，我從來沒辦法把她歸類為「良家婦女」。當然主要不是因為「不良」，而是老馬很難與「婦女」的一般形象相結合。

就說她虎背熊腰的身形吧！要真打起架來，等閒一個男子也不會是她的對手，而霸氣和「阿莎力」的性格更不亞於男子漢大丈夫。

讀小學的時候，她是大我兩屆的學姐，也是大姐的同班同學。雖然在班上的成績表現平平，但從小就生得人高馬大，跑步速度之快全校沒人可比，「老馬」的綽號也就是這樣來的。

在學校裡沒有一個人(包括臭男生)敢輕忽她的威力。當然，每次下課，操場上一切肥美的遊樂資源——學校的球、鞦韆、翹翹板、樹蔭下跳格子的場地……全歸她管。她可以自由分配給誰玩或不給誰玩，如果不想被她管轄，就只好選擇爬竿、吊單槓、烈日下跳橡皮筋……這些比較不好玩的遊戲，男生們則多半是在操場上騎馬打仗，與老馬井水不犯河水囉！

在過去的年代，鮮少獨生子女，每個家庭都是自由生產，孩子都是生到不會生為止的，除非有不得已的原因。而老馬就是我們全校唯一的「獨生女」。

這珍貴的獨生女，當然是父母的掌上明珠囉！父母親的寵溺造成了她驕縱霸道的性格。我好幾次在禮拜天去望彌撒的路上，看見她父親背著六年級的老馬往教堂走，那雙長腿在父親身體兩側晃呀晃的，都快晃到地上了。她老爸還是甘之如飴地背著，真是不可思議。

雖然她霸道的脾氣令人厭惡，但是在那個物資貧乏的年代，老馬口袋裡的可可亞糖、彩色果汁、芒果乾……卻也讓她贏得不少酒肉朋友呢！何況她長到了五、六年級以後，變得喜歡打抱不平、幫助弱小，儼然大姐大的架式，所以也就愈來愈不讓人那麼討厭了。

長大以後，各自離開家鄉或求學或謀職，彼此間便沒有特別的聯繫。只偶爾聽說老馬後來嫁到淡水，與外省籍的先生合作弄個小館子，賣些麵食、貢丸湯之類的小吃，也不知道生意好不好。

近年，又聽說老馬的先生因病去世，老馬帶著念小學的獨生子回到部落，自己在鄰村經營一家飲食店獨立撫養小孩，據說那孩子極為聰穎、可愛……。

我未曾刻意去探望老馬，但多次開車在山路上與她相遇。每見她壯碩的身影騎著我扶都扶不動的野狼一二五，載了一大籮筐採購的食品奔馳在山間的彎路上，想起這個原本是父母手捧在掌心的獨生女，竟然要如此勞累地為生計奔波，總令我對女人「為母則強」的韌性佩服不已。

「喂──喂！」在尤浩的喜宴上，酒過三巡之後，老馬遠遠地用食指瞄準我們這一桌，她手持一杯酒起身走向我們。

還沒坐下來，她便用酒杯指著大姐大聲說：「喂，同學！好久不見啦！我敬妳一杯……」仰起脖子一飲而盡。

「欸！我乾杯，你們隨意啦！」她為自己倒了滿滿一杯玉山特高，對著我們這些果汁族的姐妹們舉了舉杯子，又是一飲而盡。

人，在酒後醺醺然時似乎感情特別豐富，「同學！我真懷念以前小時候的事情喔！無憂無慮的……」老馬一把抱住大姐，眼淚簌簌掉下來。

我一向很怕那種喝酒醉後就哭的人，只好悄悄開溜。等我回來，她還在敘述著。

「他們欺負我山地人！想要把我的恩恩搶走？門都沒有！」原來她夫家大伯沒子嗣，將老馬的兒子由山上帶回淡水「認祖歸宗」並留置在大伯家打算予以撫養。這事惹火了老馬。

「淡水很冷妳知道嗎？」老馬睜大了眼睛，用力點一點頭。

「我，穿了一件黑色的長大衣，馬靴裡插著一把刀，就在大年除夕，他們吃團圓飯的時候，直、接！闖進他們家大廳。」啊！這老馬。

老馬忽然做了一個脫褲子的動作，「我一下把褲子扯下來！」她說。

「露出剖腹生產的疤痕——縫得像一條蜈蚣，妳知道嗎？」老馬說。

「我跟他們說，『恩恩，是從我這個肚子裡生出來的，看清楚！一、刀、十、六、針！』」她說一刀十六針的時候，是一個字、一個字，咬牙切齒說的。

「我拔起靴子裡的短刀指著他們，『誰？要敢搶我的恩恩，我就把誰的肚子像這樣一刀劃開！』哼！」我想，任誰也不敢阻止一個母親要兒子的決心。

「我看到恩恩的伯母和小姑姑在發抖ㄋㄟ……我，連夜就把恩恩帶回山上。」老馬的雙眼睜得銅鈴般大，說起當時的狀況還是激動不已。

「啊——哈一杯啦！妳們都是幸福的人。」老馬將手上剩下半杯的酒乾了，搖搖晃晃地走回去，即使離開五、六桌之遠，還不時聽見她「喂！喂……」的吼聲，好個老馬！

剪髮

飄著雨的下午，去梅妮的「名女人」——剪髮。

「卡喳！卡喳！卡嘖！……」隨著利剪的節奏，黑色的髮絲，一絡一絡地飄下來，散落在桃紅色的膠布圍兜上。

一直固執地留著一頭長髮，因為喜歡那種飄逸的感覺。而且，小時候哭著不願意綁頭髮的時候，母親都說：「女孩子要留長頭髮才漂亮。」這句話像咒語跟隨著我長大，從此不願剪短髮。

我相熟的設計師梅妮也是極好的朋友。每次上她的美容院洗頭，就會聽她很含蓄地說：「是說妳喜歡留長髮，不然妳剪短髮可以有很不一樣的味道喔！」偶爾，也用激將的口氣說：「那麼多年的長頭髮，如果是我早就膩了。難道妳一點都不想改變一下嗎？」而我每次總是極力護髮，這頭髮可編、可捲、可燙、可染，就是不可剪短。

最近，因為常常往游泳池跑，也許是池水所含的消毒用氯太濃，發覺自己的頭髮愈來愈乾燥，掉髮，髮尾甚至開始分岔了。攬鏡自照，想想自己早已過了那種飄逸的年紀，而且，這頭長髮在出門前的打理很是費時，做家事的時候又礙手礙腳……，不如剪了它吧！

當梅妮知道「長髮」不是這次變髮的前提時，興奮得差點跳起來鼓掌，「這次我可以好好給妳設計一下了，妳一定會後悔——為什麼那麼慢才想通。」跟梅妮認識已經六年了，她以前在電視臺幫明星做造型，又在臺北東區開過店，知道她的髮藝超群，可惜碰到固執的我，沒有很大的發揮空間。

「喀嚓！喀嚓！喀嚓！……」鋒利的髮剪像隻蝴蝶，在我髮際間快樂地飛舞著。落地窗外是綿綿不絕的雨霧，梅妮臉上流露出專注而滿足的神情，這樣的神情就像所有正在創作的藝術家，很是令人著迷，這女子也是個性情中人。

眼前鏡子裡，是自己清新俏麗的新造型。我從來不知道悠然慵懶的自己也可以是這樣俐落的樣貌。分岔、乾枯的髮絲沿著膠布一撮撮滑下來，輕輕掉落地面，頭上的短髮烏亮光滑而健康。那！我為什麼要一直留著這樣不健康又不美麗的長髮呢？

「我也不知道呀！」梅妮說：「很多人都是這樣。執著自己希望的樣子，不問適不適合，整天跟自己的希望纏鬥。」……梅妮這句「整天跟自己的希望纏鬥」，像個當頭棒喝震撼了我的心。

原來，人生的道理竟存在一個剪髮的決定裡。而這道理，也可以是由我們的美髮師告訴我們的呀！我不就為了這頭長髮煩惱了好久嗎？護髮、燙、染，變來變去，都覺得不對勁，想不到一刀剪了反而出色。

女友幽蘭與從事快遞行業的男友小鍾，愛情長跑了八年。期間打打鬧鬧、分分合合了無數次。幽蘭還為了小鍾割腕自殺兩次，至今依然沒個了結地糾纏著。我知道了，下次幽蘭再跟我訴苦、哭哭啼啼地抱怨小鍾的時候，我就帶她去梅妮的「名女人」剪髮。

就是要美美地活著

孩子一放暑假，便迫不及待地央求我要到外婆家玩。

在我家，帶他們回山上部落的外婆家，對孩子來說就是最大的獎賞。我想，世上所有的孩子都是喜愛外婆的，我自己也極愛我的外婆，回外婆家總是快樂的。

一回到家，推門不見母親，便趕緊和孩子到對面小學去找看看，因為母親喜歡帶小侄子到家門前的小學散步。

才走到學校操場邊的大紅檜木下，便見遠遠對面遊戲場裡，一位身著花洋裝的女人，身邊爬上爬下一幼兒——那不正是我母親和侄兒丁丁嗎？

天際間一抹彩霞，遠山綿延環繞著部落，母親亮麗的衣裳點綴在如茵綠草上，整個畫面看起來是那麼美麗，我幾乎要以為那是一位正在散步的青春美少女了。

當然，我一定知道那就是我的母親。畢竟，在這個年輕人口外流非常嚴重的部落中，留在部落的人非老弱即婦孺。部落裡多半的人都嘆息黯淡地過日子，而我的母親卻是個非常懂得愛惜生命每一天的人，包括她的心情、她的衣著，一直就是部落當中難得的亮麗色彩。

記憶中，在那物資匱乏的年代裡，母親就是個人人稱道的美人。不論上山、下田，她總將自己打理得清新宜人，偶爾下山到鎮上採購家用或帶孩子看醫生，更是從頭到腳仔細打扮一番。

小時候，很習慣聽別人稱讚母親漂亮，也知道自己有一個美麗的母親。長大後，翻看舊時的黑白老照片，看到母親穿著時髦的衣裙，站在我們破舊的土房子外拍照，就逗逗老媽，「媽媽，你真是愛漂亮喔！家那麼窮還穿得那麼時髦？」

母親笑著回答：「那些漂亮的衣服都是美國人給的——美援的啦！當時哪有錢買什麼衣服啊？還不是為了拍照才穿的。」還是二手舶來品哩！

「不過，我是很愛漂亮沒錯啦！難道，有人愛醜嗎？」母親說。

「生活雖然困苦，但是何必整天愁眉苦臉呢？我決定無論日子怎麼艱難，就是要美美地過下去。」母親說得好有自信的樣子。

好一個「就是要美美地過下去」。

我的朋友阿蘭，從小得了慢性肺結核，有嚴重的氣喘毛病。家貧無法得到很好的醫治，直到長大成人還是為病痛所苦。

然而，她心性卻是個樂觀進取的女孩，正好一個因緣嫁給了現任老公，可惜夫家同樣貧無立錐之地，便在部落一個廢棄的空屋住下。

有一天，我回部落娘家，順便去探望阿蘭。她養著兩條雄壯的狼狗，那狗看見我去便汪汪吠個不停。阿蘭出來，兩隻狗一隻一掌把牠們打跑了，迎我進屋喝茶。

我進門坐下，放眼望去環堵蕭然，真的是家徒四壁。突然，我眼睛一亮，被角落一張舊矮桌上的一瓶野花吸引住了，那是一種山上常見的野牡丹，花色呈紫色，花蕊是黃色的，非常美麗。

「嘻嘻——我早上在菜園旁邊採的。」阿蘭笑著說。

這瓶插花雖然置放在屋子的角落，但它的美麗散發出來，讓整個房子看起來生意盎然。也讓我在面對這位命運乖舛的朋友，升起了一股敬意。

想起母親說的——就是要美美地過下去。因而感動於世間永遠有著這樣勇敢堅強的女人，不為病魔屈服，也不為貧窮所困。在她們的內心深處，必定擁有源源不斷的活水，滋養著她們勇於面對生活的心靈。

對！不論生活多麼困苦，絕對不可以被打垮，就是要用妍麗的色彩妝點灰暗的環境。就是要用生氣勃勃、鮮美豔麗的花朵去除日子的苦澀。就是要美美地活下去。

拉黑子．達立夫

〈坐在溫暖的煙裡〉（二〇〇六）

〈很怕跟不上的明天〉（二〇〇六）

Rahic Talif。花蓮縣豐濱鄉港口部落（Makota'ay）阿美族人。現為專職藝術工作者，作品多蘊含海洋文化特質與部落傳統精神，從採集神話故事、口述歷史和踏查舊部落遺跡開始，重新學習部落的智慧。並陸續提出與海洋、島嶼有著密切關連的計畫，不只延續了他長年關注的族群文化議題，亦擴及將環境生態的問題含括進來，包括在藝術創作上的代表計畫為「颱風計畫」（二〇〇八—二〇一三）、「五十步的空間」（二〇一三—二〇一八）、「海美／沒館」（二〇一八—二〇二〇），同時透過出版著作《混濁》（二〇〇六）、《旅行在五十步的空間》（二〇一九）等書，記錄所觀察到的文化環境變遷，及站立在此特殊文化時空上的哲學思辨。一路走來，已從文化詮釋的社會性批判、思索、重省、再現等可能，邁向對藝術本質純粹性的探索。

坐在溫暖的煙裡

sacikaycikay sakora wawa. 那個孩子跑來跑去，sienaw koromiad kietec maorad. 天氣非常冷，又下雨，赤腳在泥土地上走來走去，kameleng 非常地滑。

一旁是正在蓋傳統建築的老人們，孩子的父母親也去家族親戚的家裡幫忙蓋房子。小孩兒們就在那兒，有的拿棍子，有的比劃著。

na minokay cira tata'ang ko orad mikilim to pikilidongan naitini to naloma tayra tana loma rakat to cipil no loma. 有一天中午，吃飯的時間，小孩要回家了，正好下大雨，他必須一個家一個家地躲雨。他跑到部落裡一戶非常大的人家裡躲雨，那是一種非常非常長的家，他靜靜地走著，走到一半，maaraw ya mingiroay a matoasay ira misioway. 看到一扇門，一個老人 mingiro ko matoasey，安靜地在那兒挑藤。

雨很大，風不時地從外面灌進來，小孩子被這間大房子裡的空間感覺吸引住，風不斷地灌進來，打亂了原本在室內移動的煙。室內非常暗，很安靜，只有外面的雨水，滴答滴答的，因為屋子很長，打在茅草上的雨水掉落到地上，產生許多不同的效果。寧靜中，突然有一個聲音，好像是從另外一個角落傳進來的，有阿媽的聲音，也有小孩子的聲音，但是屋內的煙好多。

好像是剝花生的聲音吧！屋子裡的煙味跟一般木頭的味道不同，小孩慢慢地從挑藤的老人身旁走進來，不敢發出任何聲音，也不敢打招呼，因為老人平常很兇。小孩繞過老人的時候，老人動也不動。

小孩知道老人的脾氣，他平常就是不笑的。小孩子也知道他每次在部落裡講話，所有的人都不說話。在小孩子的記憶裡，部落有活動，老人就會穿上全身紅色的衣服，頭上插很多的羽毛，胸前掛著一粒一粒的珠子項鍊，手上拿著一根又黑又笨重的柺杖，站在那裡。

老人在小孩子的記憶裡是非常可怕的。

老人蹲在那兒，動也不動，眼神專注地削藤，手裡拿著一把刀，兩手放在腿上，往前又往後拉，削他的藤。

小孩偷偷地瞄著老人的眼神，看著老人的頭髮，幾乎全白了，身體仍然粗壯有力。老人沒有因為小孩的出現而改變他原有的動作。

小孩子的腳溼了，踩在溼溼的地上，滑滑的，因為地上全是鋪黏土。小孩子從這個門輕輕地進來，緩緩地走向一群人發出聲音的地方，遠遠地看到一道光，那是從側門裡面發出來的一道光，原來媽媽們和小孩們在裡面剝花生。因為很餓，又很冷，小孩子被吸引了。

小孩子往前走，想要靠近大家，所有的人都看著他，只有阿媽沒做任何反應。小孩站在那兒，阿媽也沒招呼他，大家一起剝花生，剝一個吃一個。小孩子依然站在那兒，沒人理他。

慢慢地、小心地，孩子走到阿媽旁邊蹲下，靠近火堆，感覺到溫暖。但是他非常地餓，也不敢碰花生。

「mifoheci to kodasing?[1]」阿媽說，「要不要幫忙？願意幫忙我們剝花生嗎？」小孩不等阿媽說完話，一手扒進火堆邊的一個放花生的竹籃子裡，抓了一把花生。

小孩子蹲在阿媽旁邊，把花生放在前面的地上，開始剝呀剝，剝好幾粒花生就放幾粒到盤子上，一直剝一直剝。小孩子沒有吃任何花生，但是蹲在對面的小孩子滿嘴都是花生！大家都很安靜地工作，突然間，「滿嘴花生」小孩子的媽媽說，「misakalahok to kako. 我要煮中午飯了！」她一邊起身，一邊咒罵天氣，「waco! ko nacorad kietec maorar. 又冷又下雨。」她說，「manhanto komimawmahan? 我們種的農作物怎麼辦？」邊說邊拍拍自己衣服上的灰塵，離開。

小孩子的眼神跟著走出去的人往外看，真的好大。

「我的媽媽回來了沒呢？」小孩子心裡想。

花生很硬，剝好的花生一下子又滿了，拿到盤子上。對面的小孩，拚命地吃花生，所有的花生殼都扔進火堆裡，不斷地發出一種「葛呀——葛呀——」的聲音，sakosoni no ya kodasing 的香味更加深了孩子的飢餓。他終於忍耐不住了，慢慢地一邊剝一邊把手上的花生安靜地放進嘴巴裡，放了一粒再放一粒，嘴巴也沒有很大的動作，慢慢地用牙齒擠壓的方式來嚼碎花生。駝背的阿媽靜靜地看著他，他也靜靜地看著阿媽，阿媽的皺紋好深呀，又深又利，散發著一種特別的感覺。

「kaeng haan komaeng !」阿媽說，「你可以吃呀！你就吃，一直吃嘛！」阿媽沒說很多話，又繼續專心地剝花生，小孩子開始放心地吃著自己剝好的花生，還是一樣，他剝了好幾粒才吃一、兩粒，但是對面的孩子不一樣，因為老爺爺在旁邊，兩個孩子誰也不敢有太大的動作。小孩子看著對面「滿嘴花生」的小孩，他一直吃花生。

---

1 kodasing：「花生」的意思。

「ngafet[2]！」小孩子忽然間就講。ngafet 是對面小孩的外號。因為他常常用下面的牙咬住上面的嘴唇。

小孩子仍然是想著要趕快回家吃飯，好像是聽到弟弟跟一群鄰居小女孩在外面玩耍的聲音。小孩心裡想，不知道是不是可以拿一把花生回去？他站起身，阿媽也慢慢地抬頭看他。

「minokay to kiso？」阿媽問他，「你要回去了嗎？」小孩子沒有說話，只是點點頭。「alaeng konian，拿一些回去呀！」阿媽用雙手捧了一把花生放在他肚子上的衣服，小孩子馬上把雙手放在衣服下，肚子上放滿了花生。

小孩子雙手包住花生，一句話也沒說，點點頭，從後門跑出去，雞也被嚇到亂飛。因為下大雨，雞都跑到柱子的屋簷下躲雨，小孩也快速地跑到一戶人家的屋簷下躲雨，就這樣，一個家一個家地躲雨，最後跑到一個大斜坡，斜坡之後又回到小水溝的捷徑，非常滑，小孩子得不時用雙腳煞車，才能讓自己不至於跌倒，小心地走回家。

回到家，看到姐姐正在劈柴火，用刀劈樟木、檜木，準備生火。小孩子走進廚房，把肚子上用衣服包起來的花生放到桌子上。

「哪來的花生呀？誰的花生？」姐姐問，「nimaay a ko dasing？」

「ni fasang！」孩子也不知道該怎麼解釋，「一個阿媽給的！」姐姐不再多說話，專心地煮飯。

2　ngafet：「咬住」的意思。

很怕跟不上的明天

慢慢地，部落的人開始在家裡生起火來了。

哎呀！aya malifes to kita sa komatoasay. 老人說，「malifes kasinewan ito. 我們要進入冬季了！」老人說，「malifes kasienawan 的，我們要進入冬季了。」toya dadaya, alangirongiro koya matoasay 小孩子靠近火，非常非常地靠近。他仔細地看著每一個老人的眼神。屋內的燈光微弱，生著火，都是煙。

小孩子的臉 ngetec mingetec.[1] 他閉起眼睛，雙手遮著臉，mitengil to kongko no mama ato ina. 聽著老人的對話。

「哎呀！caya kasienawan ito adihay tokodamay ira to ko linalin ira to ko kakotong!」媽媽說，「開始有青苔[2]了，有黑的、有藍的、有綠的……還有榕樹菜[3]！」

「ko adihay a damay i karanaman」她更有精神地說，「人定勝天[4]那裡，damay[5]被打起來的時候，比較沒有石頭。」父母談著話，小孩靠進媽媽的懷裡。

tokatok sakora wawa. 東北季風從蘆葦梗牆面的縫隙吹進來，真的非常冷。小孩子的家是部落裡面最東邊、最旁邊的一戶人家，風非常大，加上海浪的聲音，小孩幾乎睡著了，他的父親說起話也都結巴了。

父親用還沒燒過的木頭把面前的火堆動一動，可能動作太大了，煙都跑上來，不斷地往上跑，孩子也清醒了。

「kafotito matokato ito.」母親說，「去睡覺了！你想睡了，還不去睡？」

孩子馬上很正經地搖醒自己的精神。

「還沒有想睡！」小孩子說。

孩子抬頭一看，煙燻的，還有灰，夜晚的屋頂更黑了。小燈泡微弱的光線沒有辦法照到全屋子，孩子抬頭往上看也只能看到梁柱，全是黑的梁柱，看到老鼠跑來跑去，所有的茅草也燻黑掉了。

---

1 ngetec mingatec：形容孩子的臉被煙燻到整張臉都皺起來了。

2 青苔：每年的東北季風會為部落沿岸帶来各式不同的潮間帶植物，是族人冬季採集食物的來源之一。

3 榕樹菜：潮間帶海藻類植物的一種，是族人所謂海菜的一種。

4 人定勝天：石門南邊沿岸地名。

5 damay：潮間帶海藻類植物的一種，也是族人所謂海菜的一種。

孩子一直盯著往上飄的煙，滿屋子都是煙。煙在屋子裡緩緩地移動。

他聽到老人家講著隔壁鄰居的事情，東北季風伴奏似的從牆壁縫隙裡穿進來。孩子依然專注地看著煙帶上來的煙，不斷地往上跑。好大的煙，整屋子都是。小孩子注視著移動的煙，環繞在屋子裡，大家都睡了，聲音慢慢減少，父親跟母親的對話也幾乎已經停止。三個人在那兒聽風闖進來的聲音，還有刺骨的冷。有一點海浪的聲音也不斷地拍打岸礁。

母親忽然說：「我們去睡了吧！」

「limela konalamal.」父親說，「這個火很可惜！我先坐在這裡，把火弄得差不多了，我會去睡。」母親很快速地離開位置，因為那裡真的非常冷。小孩子低頭看著火堆，頭低低的，其實已經睡著了！

「kafoti to tato tato sienaw mamaan i parok ito.」父親突然很大聲地說，「走走走，躲到棉被裡面不是很好嗎？」孩子迅速起身跑進房間裡。

「mafoti to kako.」媽媽說，我去睡了。父親沒有回應。

父親繼續在那個地方等火，火的熱力慢慢減少。父親不再去動火爐，就這樣，父親也去睡了。

molowad tokoya matoasay. 隔天一大早父親就起來，misakaranam kora matoasay ningra. 母親也是。matengil tono wawa ningra. 小孩和其他孩子一樣在房間裡面，聽到媽媽用棍子起火的聲音。

misakaranam ko matoasay ya mama ningra maratar pakaeng to ya kolong. 父親一大早就到田裡放牛，他的那把刀非常漂亮。

媽媽正在煮大家的早餐，煮完，廚房裡面全是煙。廚房的屋頂，也早被煙燻成黑色的，漆黑的。

天氣開始冷了，風很大，海浪的聲音聽起來像是要退潮了，不像昨晚的寧靜。海浪的聲音那——麼大聲。

媽媽煮的早餐是昨晚的剩飯，她摻著一些地瓜葉跟昨天的剩菜。媽媽要把所有的小孩子叫起來。

「maranam maranam ito fafoti mimaan ?」媽媽說，「起來了！一直睡幹什麼？」

「mamaan maratar mafoti ?」媽媽說，「嗯？如果爬不起來，明天就早一點睡嘛！」但是沒有一個孩子起來。媽媽還是一樣去做家事，快速地到溪邊洗衣服。家裡旁邊大約三、五公尺的地方，有一個小溪溝，水很乾淨，有一些小蝦，也是她的小孩們玩耍的地方。今天的水非常冰冷，洗衣服的時候她一樣在嘮叨孩子們怎麼還沒有起來。

「kalotnowadito！」她叫著要孩子們趕快起來，「mamaan pakaeng ito ko 'ayam ato fafoy.」她說，「啊！趕快起來，去把所有的雞放出來，趕快去剁地瓜葉養豬！」孩子們還是一樣沒有起來。因為要做的事情還很多，媽媽使勁兒揉著衣服的手，幾乎忘記了水的冰冷。她用竹籃裝洗好的衣服，快速地從洗衣服的地方走向晒衣服的地方。

這會兒孩子們幾乎都起來了。大門邊放著一個小板凳，一個一體成形的ㄇ字形板凳，靠在用蘆葦梗做成的牆面邊上。小孩子坐在那兒，還沒清醒，母親正在晾衣服，遠遠地看他。

「ciapa mamaan maranam kiso. 你這個傻瓜的孩子，趕快去吃早餐呀！」媽媽說。

小孩子遠遠地看到姐姐，已經在處理豬要吃的早餐，準備餵豬。媽媽也準備啟程到海邊。

「maranam.」母親交代小孩子要吃早餐。小孩子懶洋洋地跑到桌邊，他覺得桌上的菜跟昨天的沒什麼兩樣，新的是地瓜葉，其他的是昨晚的剩菜，有 lokiyu 醃的蔥，有昨天父親從海邊抓來的貝類，這些就是今天的早餐。

吃飯時，媽媽不停地嘮叨著小孩子，「anohoni tayra kako iriyar akapitour kietec ma'orad tata'ang koorad atofali.」媽媽說，「待會兒風很大，海浪也很大，天氣那麼冷，會下雨。你千萬不要跟！」小孩子的表情非常難過，不知道該怎麼辦？

父親吃飯的動作很快速，雙手的指甲被煙燻得黑黑的，手上的紋路很深，皮膚很皺。他不時地把飯塞進嘴巴裡，又拿 lokiyu 沾鹽巴塞進嘴裡，動作非常快速。

小孩子沒什麼胃口吃早點，他心裡想著，「每天都吃這個，不是地瓜葉，就是這個 lokiyu，要不嘛就是海邊的菜……」當他還在想著每天的菜的這件事情時，媽媽已經起身，準備好 sofok[6] 背在身後。

「aka kiso pi'ocil nohoni kiso maranam solimeten ko taheka.」媽媽又再一次交代小孩子，「等一下你不要跟著我！吃飽飯把桌面的菜收乾淨！」孩子看了看四方形大概一百公分寬、三十公分高的桌子，還有用刺桐木頭一體成形做成的，矮矮輕輕的、ㄇ字型，大約二十公分高的小板凳，地面全是泥土。

小孩兒看著桌子，心裡想要開始清理，但是媽媽的動作太快了，她已經出發了！小

6　sofok：一種長方形編袋，背在身後，古時用苧麻編，現多用現代塑膠材料縫製。

孩子馬上跑去找姐姐。

「你趕快去吃早餐！」小孩子對姐姐說，「maranam ito !」 姐姐還在那兒剁地瓜葉準備要餵豬。小孩子才說完話，根本也沒想要吃完碗裡的飯，跟著匆匆忙忙地出發。

母親順著一直流到海邊的小溪溝往下走，因為小孩兒的家是部落裡最下面的一戶人家，如果要到這附近的海邊，部落的人都得走這一條路。

下著毛毛雨，地上全是泥巴。小徑是按照自然地形形成的，有小水溝本身也是小徑，因此要不時跨過小水溝。小孩兒的動作也很靈敏快速，因為一心想要跟上母親。

「奇怪？怎麼跟不上？」小孩兒一面走一面想，「icowa to koya ina ako ?」我的媽媽到底在哪裡？

「hatira saan isasera ira koya uromaay acapa.」愈往下走，小孩子又想，「奇怪，我的媽媽呢？」邊想著，小孩兒正停在分岔的路上。

打著赤腳的小孩兒，往前看，「母親的腳印到底是往哪裡？」已經有很多部落的媽媽們走下去了。小孩兒在分岔路上，邊看邊想，「哪一個腳印是我母親的腳印呢？右邊這個小路上的腳印非常多，原來路線上的腳印反而比較少，媽媽常常都是往這個熟悉的方向……」於是他選擇了小徑，跟著。

小孩兒終於看到媽媽了！當他看到媽媽站在距離海邊大約一百公尺遠的礁岩上，好像在瞭望什麼，又好像是在判斷什麼地方適合去拿海菜。雨還是一直下著。整條路上都是樹枝，非常茂密的草捆綁著海邊岩石上的小細木，東北季風來的時候，葉子幾乎都掉落。小孩子遠遠地看著母親，又擔心被母親發現，於是找了一個珊瑚岩洞躲在裡面，就在他躲起來的地方，他發現了一個小植物 karopiay[7]。

karopiay 這種植物會長果子，旁邊又有 aripongpong[8] 貼著石壁，也會長果子，小孩子被這些植物的果實吸引了，他拔了幾粒果子之後，抬起頭，卻又看不到母親了，於是他馬上站起來，往母親原來站的位置跑去。yawa'ay saan cikay saan a comikay i karat karat caay to kaharateng no ya wawa_ko adada no waay 小孩赤腳在礁岩上跑著，因為怕母親轉眼又不見了。他幾乎忘記了赤腳在礁岩上跑的疼痛。

rariyar san satocman san amamaorar san ora fali san siyosaan. 看著天空似乎要下大雨

7 karopiay：植物名，會長紫色小果子，味苦澀，小孩子愛拿來當零食吃的植物。

8 aripongpong：植物名，林投樹。

了，滿天都是烏雲，風的聲音又大，所有的植物都被風吹著從東邊面向南邊。小孩子穿著單薄的衣服、短褲，褲子還破洞，少了好幾個扣子。站在那兒努力地往海邊看。當他跑到礁岸邊，面向海洋的浪花，他看到 aloman koya fafahiyan amidamay milkakotong milinalin，部落的媽媽們全都在那兒採海菜，nenghan koratatirengan ira roho san misiayaw toriyar. 她們的身體全部面向海洋，彎著腰 takonolkonol.

小孩子不知道哪一個才是媽媽？

媽媽們都是站在有浪花、海水後退時會有很多青苔的地方拿海菜，也是比較危險的地方。sanengneng saho kora wawa i caay pakatama to ina ningr nengneng haningra hanira orawansan. 小孩兒呢，看著看著，心裡焦急地想，「到底我媽媽是哪個呢？還是旁邊那個？」

天氣非常冷。已經開始下毛毛雨了，剛好附近有個礁岩小地形可以遮風，小孩子馬上躲進凹洞內，同時盯著可能是自己媽媽的那個人。媽媽們的動作幾乎一模一樣，海浪進來時，立刻直起身，右腳抬起；海浪退去之後，右腳便放下，彎腰。這個動作全是順著海浪的動作而做。所有媽媽們的背袋綁在腰上。慢慢地，開始漲潮了，媽媽們也跟著往後退。小孩子距離打到礁岩上的海浪，似乎只有一百公尺。

媽媽們跟著海浪做同樣的動作，她們好像懂得海浪的聲音。小孩子注意看著那個可能是自己媽媽的人的動作，海浪拍打到她身上幾次，她幾乎都沒有任何反應，一樣很專注地撿海菜。但是，海浪的聲音更大的時候，媽媽們開始後退兩步，不然的話就是要在海浪還沒打進來之前，迅速地找一個比較高的位置站好，躲避海浪。當海浪後退後，一樣的，媽媽們就往前進，回到她們原先的位置去拿海菜。這樣反覆前進、後退、抬腿、彎腰的動作，小孩子的視線沒有離開過那個可能是媽媽的人。

雨一直沒停，漲潮的速度愈來愈快，東北季風也愈來愈強。孩子想要起身，卻發現兩腳全淋溼了，幾乎麻痺了。突然間，媽媽的聲音竟然從他的左手邊傳過來。

「ciapa nengengen kiso mato maopicay a topi.」媽媽說，「你這個傻瓜，你看看你，像那個小鳥一樣被淋溼了。」原來，當小孩一直專心地注視著前方那個看起來像是媽媽的人，媽媽早已經回來，站在旁邊了。

「pinokayito mimaan kiso ihini.」母親很靠近地站到他旁邊說，「你趕快回去，你留在這裡做什麼？ masowal ako ihoni aka kiso pi'ucil hanako kami. 我不是跟你說過不要跟我嗎？」媽媽一邊說一邊快步走到有清水的地方，把綁在腰帶裡面的海菜拿下來，倒在小溪溝裡的清水重新再清洗一次，然後分類。

小孩子跟著站在旁邊看媽媽，風真的很大。

「nengneng ko wawa no tao ira ma'araw iso ?」媽媽不斷地嘮叨，「你看看別人的孩子有來嗎？mimaan kiso tayni ? 你來幹什麼呢？」

「mafana kiso maorad sienaw tayniho kiso.」媽媽又說，「你明知道下雨，又冷……」

孩子不斷地用手把鼻涕擤下來，鼻涕一直流，他一直用手擦掉。媽媽把所有清洗過的海菜裝進袋子裡，站起來，立刻用她溼掉的衣服放在小孩子的鼻子上。

「songideteng ! 用力把鼻涕擤出來！」媽媽弄乾淨小孩兒的鼻涕。

「ta ! misooy to kita minokay ciapa. 走吧！我們回去，傻瓜！」母親的動作依然迅速俐落，孩子跟在母親身後，走走走。母親的雙腳踩著礁岩，似乎一點冰冷或疼痛的感覺都沒有。身體快要凍僵的小孩兒，冷死了，沒什麼感覺地跟著媽媽。

走著走著，雨停了，小水溝形成的路變得更滑，母親快速的動作依然沒變，每次踩踏的地方都有草，她都是跨步跨步地走過去。因為常常有人走這一條路，又下過雨，小路很滑。小孩兒的步伐跨不大，都得踩進小水溝裡，他沒有辦法跨越，一下子母親又看不到了，因為小路是彎彎曲曲的，根本看不到母親了。

就這樣，小孩子又哭了，一面哭一面把鼻涕吸進鼻子裡，邊走邊哭，終於到家了。

看到媽媽正在分類海菜，小孩子吸著鼻涕跑進廚房。

「faliceng ko riko ciapa.」媽媽還是跟孩子說，「你去換衣服，傻瓜。」小孩子又跑進房裡，看一看摺好的衣服。家裡就一個衣櫃而已，衣櫃中間還有一個小鏡子，小小的小衣櫃。小孩子好奇地打開衣櫃，看到父親的衣服跟媽媽的衣服，這些衣服好像都是婚喪喜慶的時候才能穿的衣服。小孩子的衣服疊在一個牆板上，選了一樣是短褲短袖的衣服穿上，他好像也沒什麼長褲長袖的衣服，於是他穿著運動會的褲子，一樣是破洞的，T恤上印著港口國小。

小孩穿好衣服跑回廚房，母親又不見了，追到菜園找，也找不到，豬舍也沒有。小孩子又跑到部落去找，也找不到。這會兒卻看到一群小孩子在玩耍，最後他還是跟著大家玩在一起，鼻涕也是一樣，一直流下來。

天氣仍然寒冷，雨也愈下愈大，所有的小孩子都跑到屋簷下躲雨。小孩兒看著雨水順著屋簷垂下的茅草往下滴，跟著計算從茅草上滴下來的雨水，鼻涕一樣邊放邊收。

小孩兒的頭從上面滴到下面，一個上午就過了。肚子餓了，孩子們通通跑回家去吃午餐。

啟明・拉瓦

〈拉瓦上山過年〉（二〇〇二）
〈莎瑪買電腦〉（二〇〇三）
〈白毛人的前世今生〉（二〇〇三）
〈當比令碰到貝林〉（二〇〇四）
〈移動的旅程〉（二〇〇八）

徐趙啟明，一九六四年生，南投縣仁愛鄉松林部落泰雅族。人類學研究所畢，國立自然科學博物館退休，曾於暨南大學兼任講師，現為松林部落松林書屋執行長。

啟明的父親是漢族，母親為泰雅族，二分之一的泰雅血統使其認同之路走來格外辛苦，曾以十年時間走訪部落，思索「我是誰」，並展開兼具批判性、文學性、社會性的報導文學書寫。近年來經營深山部落裡的圖書館——松林書屋，藏書四千冊，大多為原住民文化與文學圖書，致力推廣偏鄉教育，期盼透過各種方式，發揚與茁壯原住民文學。

著有《重返舊部落》、《愛在伯特利：貝德芬宣教士在中國及臺灣宣教紀念專輯》、《喜樂之愛：瑪喜樂阿嬤與二林喜樂保育院的故事》、《我在部落的族人們》、《移動的旅程：啟明．拉瓦的部落報導文學集》等書。

拉瓦上山過年

元旦前幾天，山上的大哥打電話給我，叫我回部落過年。我想想，有兩年沒回山上過年了，立刻滿口答應。

第一天剛上山還滿高興的，因為終於可以見到那些四散在臺灣各地，為了生計而時時搬遷，致使我始終搞不清楚誰在何處、誰在做什麼的侄子、侄女們（以及他們那些以倍數成長的孩子）。一般人到四十歲不見得能升輩分作阿公，不過在我們早婚的原住民社會卻是常見。「Bagi（爺爺級的總稱），新年快樂，紅包拿來。」雖然大失血，不過以Bagi的身分發紅包，感覺不錯，有那麼點做長老的味道。

不過到了下午我開始無聊——甚至有點後悔：不但大哥、二哥開始酒醉，抱著我胡言亂語，部落裡也漸漸喧嘩起來：凡是認識你的人，都會拉你去喝酒，我只有虛與委蛇，遮遮掩掩；清醒的人也沒閒著，跟平地人農曆年學來的，過年要打打麻將，三家有兩家在打，洗牌聲劈里啪啦響，比外面孩子們放沖天炮的聲音更刺耳；比起平地人尤有甚之的是，打牌不必關門（歡迎參觀），並且是邊打邊喝酒呢；最恐怖的是卡拉ＯＫ之聲，部落兩端卡拉ＯＫ店裡的人，像是飆歌競舞式地嘶吼。我開始有點受不了，因娜建議要不就去鄰村走走好了，至少那兒認識的人少，清靜些。

到了萬豐，發現他們的部落安靜多了，路上碰到匹瑪才知道，原來此地布農人跟平地一樣，過的是農曆新年。他好心地告訴我，其實聖誕節最熱鬧，並建議我們應該在聖誕節來，「比你們過年更熱鬧哦。」

對了，記得前年我們去武界姐夫家過聖誕節，可真是令人難忘：聖誕夜那晚幾乎全部落的人都到教會去，不論大人小孩每人都會分配到一支火把，火把是由竹子削成竹筒，然後塡裝沾了汽油的布條所製成。在牧師祝禱及唱完聖詩後，然後點燃火把開始走部落。基督長老教會與天主教會兩路人馬在部落中央的大橋交會，雙方鞠躬握手、互報佳音，祝賀聖誕快樂，然後繼續繞走部落。族人一路高唱聖詩與聖誕歌，歌聲迴盪山谷，美妙溫柔如天籟。而綿延在部落長長的人龍火把，像是串起裝飾部落四周的燈籠，明滅閃爍，美極了。記得那晚因娜感動地宣示，以後每年都要來武界過聖誕（還說將來要信基督教）。

天色漸晚，告別友人回部落，仍是笙歌大作（卡拉ＯＫ、鞭炮、洗牌、廣播，以及更多醉客的歌聲）。匆匆溜進大哥家，緊閉門窗，趕緊入睡。隔天一早，安靜多了，不過不會維持多久，因為元旦新年對他們來說跟平地人過舊曆新年一樣——一天哪夠。

下山吧！

下山的路上向因娜聊到此行失望的感覺時，她帶點先見之明的口吻嘲笑：又不是不知道，部落這幾年的新年不都是這樣嗎？我趕緊澄清並不反對大家在過年期間喝點酒，過年歡樂一下是應該的，只是覺得有點吵，也不喜歡看到這麼多人喝醉罷了。她還是冷冷回答：反正你們過年就這樣，你姐夫不是說，聖誕節就是他們的新年，因為全家人都會在聖誕節回部落，那也是一年之中最快樂的日子。「我寧願去武界『過年』」，她斬釘截鐵地說。我覺得她預設立場，不喜歡喝酒的人，就不喜歡我們部落元旦的新年，反而喜歡過什麼西洋聖誕節的「新年」。「那不是真的過年」，我義正辭嚴糾正。她說無所謂，反正唱聖詩、報佳音祥和的氣氛，比漢人平地農曆年或泰雅元旦新年都有趣得多。

我想了想，還是提出一個「文化多樣性」的理由反駁她：生物有多樣性，文化也有多樣性，各地的人種適應不同環境，發展出多元多貌的生活樣式，加上各族群經歷不同的歷史過程，於是在不同的環境創造出不同形式的新年。而多樣性使生命或文化更豐滿、更有可能。我鏗鏘有力地確定：這就是文化多樣性的形貌與價值，我們一定要支持並實踐部落的獨特的文化形式，才能保持文化多樣性，「所以我們要回部落過年」，我再次強調。

因娜說不過我，只說反正以後元旦只有一天假，要回去你自己去，山上過年，都是酒鬼。

莎瑪買電腦

自從買了筆記型電腦後，回部落訪問就方便多了。除了當日訪問資料與影像可即時處理外，族人臨時有疑問，也可立刻從電腦裡把整理儲存的資料叫出來解決。特別是，躲在雲深不知處部落的一個小房間中，用自己的電腦接上電話線，撥接上網與收發信給全世界的感覺，真棒。

嫂嫂是我的搭檔翻譯人，她中文不算太盲，但是個不折不扣的科技文盲，主機板、CPU、網路、e-mail 諸名詞完全不懂。她妹妹莎瑪比較積極有概念，常問我一些新的資訊與觀念，上回她問的那個大哉問：「全球化是什麼？」至今我都覺得沒回答清楚呢！

我先用麥當勞全球普及的現象解釋，全球的飲食習慣的趨同。她仍狐疑：速食店如何就全球化了？我也明白這個例子其實還不能解釋充分，直到我買了這筆記型電腦，親自操作給她看，藉助網際網路與電子郵件的使用，將這個世界的距離變小、聯絡速度變快的功能呈現。這就是全球化，我說。關機了就切斷資訊，它也無法全球化，她說。

電腦對部落一般人的經濟而言，算是個昂貴的奢侈品。能買的人，大抵為中產階級或青年為主。莎瑪想買電腦很久了，直說沒有錢，結果她積極地爭取原民會的補助，竟真的給她排到一部電腦。後來才知道，公家補助有限，全部落就她一人申請到，補助純粹是象徵性的。

她抱電腦回來那天（埔里的電腦公司可不願送到山上來），我特別跑去「參觀」新電腦。電腦搬回來了，不過她笨手笨腳，一切還未進狀況，之前在學校學的一點基礎久沒操作全忘光光。倒是她兒子尤命樂不可支，直嚷著要打電動。

後來幾天我再去看她（以及電腦），上了一些軌道，無論開機、點選、設定步驟大致順利。她看到我像看到救星，抓住我要幫她解決一些功能設定的問題。能力有限，能幫的都幫了，有些I／O硬體或驅動軟體，實無能為力。最後我幫她申請一個網站上的免付費信箱，並教她一些帳戶與密碼的設定方法。最後，我抄下她的帳戶，登錄在我的電腦通訊錄中，隨即利用兩支電話就將 mail 寄送示範給她看。離開前她還要求下回是不是帶些大補帖、可以打電動的遊戲光碟來。

剛開始她與我通了幾封信，信中所提盡是電腦碰到的問題，這些問題又找不到人解決。此外，周邊硬體如印表機、掃描器缺乏，想處理的工作又不知道如何找軟體支援。讀完她的電子信件後，仍感覺距離這麼遠，還是幫不上她的忙。（這時我突然警覺：科技不是拉近距離嗎？全球化不是打破疆界嗎？）

後來我與莎瑪聯絡，信件屢遭退件。回部落碰到她，她說免費信箱早就沒去用了，電腦被納武下載一些亂七八糟的東西，好像中毒不太正常，「當了。」她說。

電腦需要持續砸下大把銀子，日後還要維修、升級，補助費用只夠買電腦基本配備，其他硬體設備則自求多福。軟體不足，有了硬體，等於沒用，而軟體是應個人需要作選擇，因此個人必須非常清楚本身的需求；電腦整體配合與程式應用需前輩指導，要不就周遭使用的人多，互相交換心得；使用能力需要時間學習，族人賺錢都來不及，時間怎會夠用。最重要的是觀念的整體提升，也就是關於科技的意義、功能、接受度的認知與準備，否則電腦又將成為一個像電子雞短暫的流行名詞。

最近發現，我的電子郵件住址裡，已經沒幾個部落族人的住址了。部落裡除了國小的幾個老師會正常回覆聯絡外，其他人不是被停用就是自己也不再用。本以為科技的發展促進全球化效應，會將部落與城市間的距離拉近，城鄉差距縮小，其實我太天真了！

部落現在要科技化、電子化，恐怕還是個遙遠的神話。

白毛人的前世今生

民前二年，日本人在此設立「サワライ」社，也有人叫「はくもい」社。當時本地是由泰雅族原住民所住，人數約三百人。民國初，有戶人家生了一個紅毛、一個白毛的雙胞胎男孩，族人皆視為異類。不久兩男均去世，全社接著發生瘟疫，日本政府遂命該社為「白毛社」。瘟疫奪走不少人命，民國十一年，將其部落遷至對岸現址的南勢村，臺灣光復後政府將白毛社原址改名「白毛臺」，現在住在這兒的人大多是客家人。

——耆老林運金先生口述

九十年一月二十九日星期一

今天農曆正月初六，第一天上班就要出差，帶著殘剩一點過年味兒不甘地出發，目的地要去臺中縣新社鄉白毛臺、一個九二一震倒的福民國小做地表調查。那是一個考古遺址，國小要重建，必須先接受文化資產的古蹟評估。

冬天出野外比夏天舒服多了。第一天的地表調查只要帶一只GPS、小平鏟、照相機和採土器就夠了。從中港交流道上高速公路北上，經豐原、東勢進入中橫臺八線。車行至天冷十三．五公里處，右轉天福大橋轉接臺二十一線，行至〇．六公里處，再左轉往北方，沿大甲溪右岸蜿蜒二．四公里，就到了白毛臺的福民國小。

圖一：大甲溪中上游的白毛臺。（啟明．拉瓦提供）

白毛臺位於大甲溪中游東側的低位河階面上，包括了頂坪、下坪與阿寸溪，行政區域分屬和平鄉南勢村與新社鄉福興村，海拔高度五百五十公尺，土質砂頁岩淡色崩積土，面積約二十五萬平方公尺。其中福民國小遺址面積約一萬五千平方公尺，座標位置東經一百二十度五十二分二十二秒、北緯二十四度九分五十五秒，方格座標E2673350／N237100。

地表遺物豐富，幾處採土皆有陶片反應，依現況及多年的經驗看來，這是個需要發掘的遺址。

2700 — 2100 B.P.、1200 — 900 B.P. —史前人

距今兩千七百年前左右，有一群人用磨製的石斧砍樹取材，用打製的石鋤耕作農地，收成了用磨製鋒利的石刀、石鐮收割農作。他們還會採集陶土，製作了一些陶質罐、缽、盆、碟型器，並在罐身拍飾他們喜愛的斜方格、圓點、矢狀、幾何等類紋式。他們可能以露天窯，不太高的溫度燒製陶罐，作為生活上貯水、烹煮的器物。他們有時還會做些石網墜，結網到附近的河邊網魚，偶爾則會製作不甚堅固的石箭頭嘗試打獵，不過成果不甚豐富。

這些史前人在這塊現在被稱作「白毛臺」的土地上，至少生活了六百年。然後另一批人（一千兩百年至九百年前）再進駐此地，又住了約三百年左右……。

九十年二月五日星期一

上週的調查回報後，經與縣府文化局協調後決定試掘。今天起我們將在這個考古遺

址，預定展開一至二週的考古發掘。

每回只要走到中橫，就會開始想像黃武雄與史英老師在天祥所提出「臨界猜想」（為什麼行車時山壁忽而在左，忽而在右？）的其他可能答案。除了越溪過橋、過鞍部、隧道以及一百八十度轉彎的臨界點變化之外，「翻車」會是我最得意的想像。在九二一震後的今天，我又想到一個新答案：天然災害造成的地理環境改變！

學校總務主任與工友劉阿姨幫我們引介了當地的工人，簡單認識和初步溝通後，今天只做些開挖前先行的準備工作：除草、整地、打樁與定坑。萬事起頭難，準備工作很繁瑣。我們在兩處開了三坑試掘。阿清、阿嫂與我一組，在學校上方檳榔園內開了第一坑（P1），屈老師帶著阿寶、阿弟等人在校門口旁的山蘇園內開P2、P3。第一層（L1）大致已整平，明天再挖吧。

一六八〇年——泰雅人移入

日人淺井惠倫從神話起源傳說地的調查，泰雅族的始祖起源地就是在現今南投縣仁愛鄉發祥村 Masitoban（今瑞岩），「我們泰雅人的祖先，據說是從裂岩（Pinsbekan）而來的。其處有一個大石頭，該石頭突然一分為二，從其中走出二男一女……他們就是泰雅人的祖先。」這個 Pinsebukan 巨岩現在 Masitoban 附近 Sibayan 臺地上。

近三百年內，泰雅族賽考列克族群的遷徙路線，就是從上述發祥村 Masitoban 附近的 Moyau-Masitoban、Moyau-Teilerao 及 Meleiba 等舊社為起點，漸漸地往西邊和北方移動，往北方的就沿北港溪匹亞南山道上行，分布到梨山、環山，甚至南山村。往西行的就來到大甲溪中游一帶……。

九十年二月六日星期二

這些工人雖是第一次做考古工作，不過畢竟是農家子弟，工具使用得極好，圓鍬、土鏟、鋤頭等重工具都難不倒他們，水準儀、箱尺、標竿、小平鏟等工具使用也漸入佳境。對於遺物認識與篩選、發掘現象的解讀等專業問題，雖有得學習，但對於本土史前的歷史，卻呈現高度的學習興致。

早在一九一一年，日人類學家森丑之助前輩在大甲溪中游調查考古遺址時，就在白毛社（白毛臺）採集了一些打製石器。一九九五年三月，中研院臺閩地區考古遺址普查研究計畫的調查顯示：白毛臺與福民國小遺址都有豐富的史前遺物，與附近大林國小、麻竹坑Ⅰ、Ⅱ諸遺址同屬白毛山遺址群。九二一將福民國小震倒，依文化資產保護法規定，考古遺址上若要新建建築物須先經評估，我們試掘的結果，便是評估的指標之一。

一八五〇年——頭目巴圖．畢候

三百多年前泰雅人往西邊移動的一批人，越過了白姑大山山系，往大甲溪沿岸的博愛、南勢及白毛社等地移入。根據泰雅耆老 Masau Mona 民國五、六十年的訪談資料可知：現今南勢村附近的稍來、南勢、裡冷諸部落，甚至大甲溪更上游的佳陽、梨山、環山等村，都是早在三百年前（一六八〇年）左右就從北港溪上游的莫瑤馬西多邦（Moyau-masitoban）等舊社出發，越過千山萬水遷徙而來的。

巴圖．畢候（Buta Pehou）與稍來社麻凱．西西（Magai Sisi）兩頭目因人口漸增，帶領泰雅族人從北港溪上游部落出走，越過白姑大山後來到大甲溪中游尋找新住地。巴圖一班人，先到 Riran（今裡冷）短暫停留，稍晚下移至 Majiiran（白鹿）一帶，然後到白毛溪上游白毛山嶺一帶居住，直到一九〇三年日人建隘勇線，最後才落腳中游寬闊的白毛臺（Ma-Pasin）定居下來。

近百年來仍持續有人從北港溪移入。南勢群的泰雅語音與北港溪福骨群的語音相近，他們都稱白毛社為 Pasin，泰雅語 Pasin 是「杉木」的意思，許多南勢村老人也都能回憶及確定其祖先從馬西多邦遷徙來的事實。

七十多歲的 Hakin 說，他的母親就是從 Masitoban（瑞岩）來的：「我在南勢出生，但小時候就聽母親和舅舅說，他們是從 Masitoban 來的。」我翻開白姑大山的山脈及等高線圖看，從北港溪的上游瑞岩及力行等地要到白毛臺，雖有白姑大山，直線距離卻沒想像中遠。Yayuts 說：「我也聽父親說，很早以前，祖父和更早的祖先就是從 Masitoban 來到 Pasin（白毛社），然後日本人來的時候才被日本人趕到現在住的地方（南勢村）。」

九十年二月七日星期三

昨天只挖到L1、L2，由於上兩層大多是擾亂層，沒什麼遺物。L3就開始出現史前遺物了，是個粗糙的打製石鋤。P3除了打製石鋤外，聽說還出土了磨製的石斧。

石鋤，顧名思義，就是以石製成的鋤頭。製作前先擊破大塊石頭，取得合用的石片，以石錘或其他工具修整石片周圍以得雛形，然後依所需要的型制大小加工打剝成型。石鋤一端為柄端，可繫於木柄之上，另一端為刃端，為耕地之使用端。石斧，製作與型制皆類似於石鋤，只不過器身多磨製，刃端較鋒利，是砍伐工具。

據《番俗六考》載：「番人……耕種則用刀斧砍樹根、栽種薯芋。」當時原住民土地的耕作方式，就是以尺長的木棍，末端係一寬數吋之尖石為鋤，開墾土地。《臺海使槎錄》：「耕田用小鋤，或將堅木炙火為鑿，以代農器。」臺灣原住民在進入現代前的農業生活形態記載中，隱約透露與史前農業型態的相似與承接痕跡。

圖二：二千七百年前白毛臺上史前人使用的農具 —— 石鋤與石斧。（啟明・拉瓦提供）

一八八七年——清人侵入

早在十八世紀漢人大量進入前，大甲溪中、下游都是原住民活動的範圍。清雍正元年（一七二三年）左右，不少漢人開始由葫蘆墩（豐原）向東入山拓墾。起初與原住民進行買賣，後因土地爭奪問題，陸續與泰雅族發生流血衝突事件。

乾隆二十六年（一七六一年），清廷為了落實漢人與番人的隔離政策，在石岡仔（石岡、東勢角（東勢）等地築起土牛溝，作為漢番分界線。乾隆四十年（一七七五年），通曉番語的漢人劉中立，於石岡仔庄開營「換番所」，與北勢、南勢番人交易山產。《岸裡大社文書》：一七八二年，「七分埔與二十一分埔……黎明時候，生番出沒約有三百餘名，圍殺民人。」嘉慶十七年（一八一二年），數十戶漢人再前進至大茅埔一帶墾殖。光緒十三年（一八八七年），白毛社首見於文書紀錄，臺灣巡撫劉銘傳率兵一萬，駐防大安溪，中路隘務統領林朝棟在劉銘傳允准下，七月時發動戰事攻打白毛社，並短暫據領。同年，砂連墩、社寮角、新社、水底寮、馬立埔、大南等地原住民因受漢人逐趕而往山區白毛、稍來、阿冷等地遷移。光緒十五年（一八八九年）白毛社人襲擊大茅埔，殺傷三十餘漢人。光緒二十一年（一八九六年），劉運祥家丁不知番人播種祭，誤闖白毛社內冒犯禁忌，被白毛社番殺害，腦丁四十五人遭殺。隔年，白毛社上已有三十餘戶人家居住之記錄。

在漢人一步步逼近原住民土地的過程中，白毛社盡是番人凶狠嗜殺的模樣！在漢人一段段的文字歷史裡，實是漢人強占豪取的侵略史！

九十年二月八日星期四

我們第一坑始終沒有精彩的遺物出土，倒是第二坑捷報連連，竟然這麼快地出了石箭頭。箭頭，以板岩或堅硬頁岩磨製而成，器身為長三角形，前薄底厚，兩側邊細磨，中鋒，或有製成鋸齒狀，有時磨中脊。底端較前端厚，有些地區出土的底端還具鋌，鋌就是柄部向內縮束，以利裝柄，綁繫於木棍之上，使能拋擲。大型的我們稱石矛，小的就叫箭頭。箭頭用途甚明，即為打獵之用。

其實近代原住民仍常用此方式狩獵。《皇清職貢》載：「大肚等社番，皆以漁獵為業。善鏢箭、竹弓，竹矢傳以鏃」。《理臺末議》：「日事佃獵，取獐鹿獐麂為生。」人類數百萬年的生活方式，早期以移動的漁獵、採集為主，直到新石器時代的這幾千年，才逐漸有農耕及定居的型態。一百多年前，臺灣原住民還持續這原始、自然、精彩的生活形式！

一八九五年——日人進入

一八九五年清廷敗戰，將臺灣割與日本。明治三十六年（一九〇三年），日人至阿冷山及白毛山附近架設隘勇線，施工的二十四天內，有一週的時間遭到南勢群（阿冷社、白毛社）之攻擊，日方巡查、巡查補及隘勇五名戰死，隘勇二名負傷。到了大正元年（一九一二年），臺北帝國大學森丑之助調查顯示：大甲溪中游南北兩側共有阿冷、白毛等南勢群七社。其中白毛社（Mai-Pasin）計有戶數二十六戶、男六十八人、女七十五人，人口合計一百四十三人，是南勢七社中規模僅次於阿冷社（Ka-aran-riran）的大社。麻竹坑耆老彭秋武先生回憶：明治三十年（一八九七年），白毛臺約有原住民三十戶人家居住……。

九十年二月九日星期五

P1悶得很，阿清看著下面P2、P3豐富的遺物出土喃喃自語：乾脆早點結束掉，我們去挖下面的坑吧。話沒說完，第三坑阿寶又拿了剛出土的石錛衝上來現寶。考古發現的喜悅，確實相當有魅力的。這個石錛很可愛，青綠磨製蛇紋岩，柄端打擊痕與刀端破損，顯見使用之痕，通體細磨，精巧細膩。

石錛，一種磨製的偏鋒端刃器，一端為柄，柄端常綁繫木柄，另一端磨有一斜刃，作為修切木質。三民《大辭典》記載：「錛」同「錛」，平木器。也就是現代的刨木工具。雖然中、西方對石錛的用途分析有造船、鋤地、砍倒木頭、取出核果、刮除獸皮上的脂肪等多功能，但在臺灣考古學上，石錛除了偶爾拿來作為祭祀或陪葬等非實用性用途外，普遍認為，石錛基本上就是一種木工工具。

周主任見我們前幾天買外頭的便當吃，遂邀我們與小朋友一起午餐。午餐時間鐘響，小朋友魚貫走入組合屋餐廳，飢腸轆轆，看到美味的飯菜便爭先找尋碗筷而亂無秩序，直到大家坐定，老師的開動聲後，才有片刻安靜。置身喧雜、混亂卻歡愉的稚情世界跟可愛的孩子們一起吃飯，真是個難忘的經驗。為我打菜的是郁頻，六年級，她說我的鬍子很帥。一般孩子很少這麼大方，我因此特別記得她了。今天星期五，辛苦了五天，戰力消退，呈現臨週末怠惰症，早早收工，明天要放假了。

一九〇五年——歸順與駐在所設立

明治三十六年（一九〇三年），日建隘勇線後，理蕃事業逐占上風。兩年後就收降了白毛社。一九〇五年八月三十一日《臺灣日日新報》載有白毛社「歸順」的紀錄：「臺中廳白毛社蕃屢番造次襲擊隘勇線而無法制止，自上月稍來社蕃人歸順之後，彼等陷入孤立之狀甚為困厄，遂由阿冷社蕃人引介而提出歸順之意旨。

臺中廳據此調查彼等之真情實意而允之。訂於月前的二十五日，派遣飯島警部至白毛隘勇線第五分遣所執行彼等之歸順儀式，當時在場的有白毛社頭目布他庫．白伊甫所率領番丁三十名，彼等只管謝前罪，爾後必謹慎投誠，並提出一個過去獵首之骷髏為信物，警部表示前罪盡釋既往不咎……隨後白毛社蕃人叩頭謝其寬大處理，依蕃人之舊慣執行埋石之宣誓……阿冷社副頭目伊帖那．歐敏亦蒞會……」模糊的舊照片中，依稀可以看出，四個荷槍警丁、兩個警官與三位泰雅族人於邊界上埋石立約。

歸順後四年（一九〇九年），日人很快地便在白毛臺設立「サワライ」社，同年，在白毛社設立駐在所一間，據林運金老先生所述，駐在所所長由吉田（よしだ）先生擔任，設教育所一間，由吉村（よしむら）先生任教。

此時，這塊土地上，出現了第一個政府型態的管理機構……。

九十年二月十二日星期一

今天要結束時，第三坑的底層竟挖到網墜，令人雀躍。網墜，類似雞蛋型的滾磨小橢圓體，中間鼓腹，兩端圓滑收束，常見是兩縊型，也就是兩端各加工出一圈繩槽，繩槽可綁繫漁網以沉網捕魚用。網墜出土證明他們有打漁的行為。

說到網墜，我看下邊那條臭水溝似、奄奄一息的大甲溪，很難聯想史前人帶著網墜、漁網下溪捕魚的景象。不過劉新興老先生的回憶給了些安慰：日人還未建八仙山林場運材鐵道時，就已經開始運送八仙山的林木了，怎麼運呢？——管流法！他父親告訴他，那時大甲溪河床廣闊，溪水滿漲，日本人在八仙山佳保臺砍下檜木後，讓它們順著溪水漂流，請幾個運木工「運送」。運木工先分段別，每人負責一段。他們在漂流的木頭上跳躍——在寬廣的大甲溪上的流動的檜木上——以長竿與身軀控制檜木群的流速與方向。他們以接力的方式，將這些直徑達一、兩米的檜木，平安地運送到土牛。

溪水滿漲的大甲溪，漂流的檜木上跳躍著運木工，多美的畫面！

圖三：一千五百至兩千七百年前白毛臺上史前人使用的漁具 ── 網墜。（啟明・拉瓦提供）

一九二二年——泰雅人遷出

日人據臺初期，各地原住民抗暴事件不斷。一九一八年，已歸順的白毛社泰雅人又發生大型反抗日警事件，日人平息後忌憚於胸，一九二〇年臺中州能高郡更爆發泰雅族霧社事件，於是計畫性地大規模進行高砂族移住計畫，將住在深山的原住民部落逐一遷至淺山，以便監視與管理。

大正十年（一九二一年），日人首先移住強悍的北勢群。先把埋伏坪上武榮社與稍來社的七十四戶、三百一十五人，移至防線內警戒所前的平地。接著是羅布溝社的四十四戶、一百九十八人，也移至羅布溝駐在所附近。到了大正十二年（一九二三）便完成所有住屋、水圳、墾殖田等安置工作。這些北勢群的移住經驗立刻轉注到南勢群這邊。一九二二年，日人加以瘟疫之由，開始強行將白毛臺上居住數百年的白毛社人，迫遷到大甲溪左岸的南勢、稍來坪一帶。

一九二七年七月，白毛社頭目烏敏・玻汶率二十二戶八十九人，與阿冷社頭目維蘭・諾幹所率阿冷社十一戶三十六人，共三十三戶一百二十五人被迫遷至南勢，到了一九三〇年，稍來、白毛與阿冷三社合併稱為南勢社。

南勢村耆老 Hakin 和 Shiwa 都曾聽父親講述，當年部落遷出白毛社時，雖僅約幾十戶，但在遷社前白毛社強盛時，曾高達近一百戶，二、三百人的規模。無怪乎日人急於將其遷出，以免後患。陳義和與林運金先生說，泰雅人遷出後，他們（客家人）進來時，只留下駐在所與童教育所兩座較完整的建築，據現地主林先生說，二十年前還存一些屋基，不過在翻修房子時就給拆除掉了。

白毛社，現在我們只能從伊能嘉矩的影像紀錄裡緬懷了……。

九十年二月十三日星期二

每次發掘都有個奇妙的經驗，那就是一旦決定結束的日期，重要遺物會一股腦出現，打亂預定的計畫。今天石錘、砥石與石刀接連出土。

石錘，錘物用，一般為長柱型，柱寬約適於手握，表面光滑，一端或兩端用於敲或打擊用，常用來修整石器或擊碎硬殼食物。砥石，相似於砧板或磨刀石用途，用來打磨製其他功能的石製工具，通常一面光滑略凹，會有明顯的磨痕。

石刀，扁平無柄的單刃石器，刃部於器身長邊之一側，刃線為直刃或外弧，大多為磨製，偶有打製。遺址出現石刀，石鋤等遺物，特別是有帶穿的石刀，都被考古學家指出是收割時繫於手上的收穫工具，農耕的型態更明確。

圖四：一百多年前日治時期，在白毛臺上耕作的泰雅族人(引自伊能嘉矩，一九九九年，頁一二五)。(啟明．拉瓦提供)

圖五：一百多年前日治時期，白毛臺上耕作的泰雅族人及其建築(引自伊能嘉矩，一九九九年，頁一二七)。(啟明．拉瓦提供)

一九二四年——人去地空

一九二二年白毛臺上泰雅族人被遷出，僅剩駐在所吉田與吉村守著荒蕪土地。偶有白毛社人回來打山豬，和一、兩個從東勢角來探看是否能在此討生活的客家人……。

九十年二月十四日星期三

經費與時間的限制，八天的發掘工作在今天暫時中止。今天的工作就只是掘坑結束、回填、地形關係圖繪製及工具清點收拾等收尾工作。

雖然考古工作暫時結束，但日後學校若發包進行重建，其間，我們每月仍要進行一至二次的工程監看，以確保重要現象與遺物不會遭到破壞。

離別時，工人們熱情邀約餞別。我選擇婉拒，但與他們約見夏季葡萄成熟時。

考古發掘雖然停止，我卻開始了白毛臺歷史的訪查工作。自從四月地表調查時確知會來此地發掘時，就對這先前住過泰雅人而如今是客家人居住，又兼具史前考古遺址身分的白毛臺歷史產生興趣。特別是白毛臺地名的來源。

兩千多年前的史前人初次來到「白毛臺」，不知道她們是怎麼稱呼此地的？大平臺？還是杉林區？早期稱「白毛社」之本地客家人口傳故事的確有趣，除了前述林運金老先生的「泰雅人生白毛之子」的傳說流傳在本地人的口中外，張敏夫先生也回憶父親之說：因一個日人警察頭髮是白色而稱之。

另外，今年七十六歲、八仙山林場退休劉新興的觀察滿有趣：大甲溪中游沿岸的原住民部落名，都有個「白」字，「白毛臺」上面有「白鹿」，白鹿上面有「白冷」，他猜想是不是日本人為區別日、漢、蕃地而加個「白」字。

在泰雅族部落生出所謂的「白子」，也不是沒有可能。不過我卻從未在南勢及稍來部落（前白毛社人）聽過所謂生出白毛孩子的事蹟。也就是說，白毛社泰雅人生出白毛孩子之說，僅僅流傳在現在白毛臺的客家居民之間。這傳說故事內容有真有僞，但傳說總是說得玄才有趣味，或者說，才會令人印象深刻，才能流傳久遠。我倒是注意到臺灣地名專家洪敏麟教授的看法，他認為是客家人將泰雅族人稱白毛社 Ma-Pasin 語音上的諧音而來。由於 Ma-Pasin 前段的 Ma-pa 之客語譯音漢字為「毛白」（Mou-pa）近似而倒換為「白毛」所致。洪教授的推論並不是沒有根據，我仔細查證附近新社鄉及和平鄉的其他地名，確實都與原住民語譯音漢字、客語譯音、日語譯音漢字有關。例如南勢村的阿冷社，原住民稱為「Kukusiya Aran」，Aran 就是「家」、「部落」的意思，而「阿冷」就是由「Aran」直接翻譯的客語譯音字；博愛村的久良栖社叫做 Kurasu，那是因為過去有一位頭目的日本名字叫 Kurasu Watan，Kurasu 日語譯音漢字就是久良栖。

我認為「白毛臺」一詞絕不是因有人生了白毛之子而命之，別忘了，三百多年前泰雅人就來到此地，一八九五年日本據臺，一九〇五年白毛社歸順，直到一九二二年才將他們遷出。如果依泰雅人生出白毛孩子後發生瘟疫而遷徙（即一九二二年稍早一、兩年），那麼，自一八九五至一九二二年三十多年的時間裡，日人如何稱呼此社？我判斷白毛之子故事應為後期發生，倒果為因的傳說故事。

從各地原住民命名的經驗推論，我認為此地會被叫成「白毛」，應該與最早居住此地泰雅人如何稱呼自己，以及如何稱呼居住地有關連。洪敏麟教授也以新社鄉「馬立埔」地名為例：認為「馬立埔」地名可能出自泰雅語「Maleppa」一詞，Maleppa 是北港溪上游泰雅族賽考列克亞族 Maleppa（馬立巴）群，Maleppa 意指高地。而馬立埔一地會在清乾隆末葉是 Maleppa 人的勢力範圍，因而稱之。據下坪的陳義和、林永鐘、彭朝

益與麻竹坑的彭秋武幾位老先生回憶，當初他們會聽日人稱此地為「はくもう」，「はく」是「白色」的意思，「もう」是「毛」之意，「はくもう」直譯是「白毛的人」。

這是個關鍵，我認為「はくもう」應該不是日人稱此地名，而是稱那群人，那群人並不是長了白毛，也不是有人生了白毛孩子，而是日人依其族人自稱或來源稱之，我大膽地推測：「はくもう」應為泰雅語的 Xakut（福骨）群！世紀初，不少日本人類學家開始調查並分類臺灣島上的原住民系統，三百年前，從北港溪上游遷至白毛臺的泰雅族人就是 Xakut（福骨）群。Xakut 泰雅語為「深山」之意，文獻上稱「白狗群」，居於北港溪上游，即遷徙來的起源地之族群。泰雅族懷念祖先，命名時常以祖先之名沿用之，新地名也常以起源地原地名（或系統）命之以為紀念。Pasin 是指這林地沒錯，但「白毛」應是泰雅人以 Xakut（はくもう）自稱，而後日本以音稱轉譯所致。

一九二九年隨徐春龍第一波進駐白毛臺的人潮後，一九四五年臺灣光復，更多的客家人湧入此地，他們在白毛臺上兼植白茅，滿山白花花的「白茅」花隨風飄搖，有更多的想像神遊在這塊充滿未來的土地上……。

九十年五月十八日星期五

福民國小的重建工程依居民與學生的渴望，已於上月發包完成，並於本月十日正式開工。依規定，施工單位與受託單位都要監測施工過程是否破壞遺址重要內容。因此我們每個月一至二次的工程監看，還是不可免的。

上月底來監看時，就發現在原司令臺旁進行的圖書館地基工程，剖面有些異樣，今天再看就確定是個「灰坑」無誤，其中遺物堆積甚厚。灰坑就是史前人的垃圾坑──史前的垃圾坑，可是我們後代考古人的寶物坑呀！

灰坑附近的工程必須稍停，回報後決定：需展開二度搶救發掘。

一九二六年──客家人遷入

一九二二年白毛社的泰雅人被遷至對岸後，隨即有客家人陸續遷入墾殖，「最早只有八戶，羅呂、林俊、彭阿隘、林萬福、賴清金、廖吉、傅錦章與江榮龍。」白毛臺泰雅人被移住那年（一九二二）出生的林運金，可算是最熟知白毛臺客家人遷入史的耆老，他的記憶清晰，內容中肯：「民國十五年時我五歲，就隨父親林俊來到白毛臺，那時候白毛臺上只有八戶人家！」由於大石板、大木頭難取，泰雅人遷出白毛臺時，大部分族人連原房屋的材料都拆走，因此那時，白毛臺上是荒野漫漫、毫無資源。

初到白毛臺的客家人住在下坪，白毛臺原址的頂坪作為耕作農地。當時頂坪土地貧瘠，野草多，只能種些番薯，後山的林子裡還常有山豬、野猴出沒，破壞農作，收成並不理想，僅能餬口。除了討生活而來的人以外，當時日人有徵募臺兵，也有為了逃兵而來，林清德老先生就是。

圖六：一九二二年泰雅族被強制遷移走了，一九二六年客家人進來了。（啟明・拉瓦提供）

一九二二年泰雅人遷至對岸時，駐在所尚未建好，原東勢郡警察課白毛警察駐在所仍在白毛臺上，警員是吉田（よしだ）工友吉村（よしむら）先生，直到一九二七年南勢那兒建好才遷過去。但日人另建麻竹坑派出所（光復後改名福忠派出所）管理客家人，巡查是光森要市（つみもぃようし）先生。在一九二九年東勢角企

業家兼大善人徐春龍先生帶著大批客家人進來墾殖前，林俊老先生，被指派為這八戶的甲長(十戶設一甲)，過著有一餐沒一餐的拓荒生活……。

九十年六月七日星期四

在屈老師領軍之下，我們再度來到白毛臺，為求效率，這回我們找回以前埔里的考古老班底。半年前發掘時冷得邊烤火、烤地瓜的，現在就熱得要打赤膊下坑工作了。除了上回發掘的斧鋤型器陸續出土，少見的石球也出現了。石球，如球圓，打、磨製。很難確定它真正的用途，一般推測仍為狩獵工具。想像力豐富的老巫說它是玩具。

一九二九年——善人徐春龍

一九二九年，一位關鍵人物出現了。東勢的客家文人、企業家、慈善家徐春龍先生，見白毛臺一地寬廣人稀可利用，於是向東勢郡役所申請三十甲農地種甘蔗，通過後徐先生帶了大批客家人進入白毛臺種植開發。很快有了成果，一九三一年，白毛臺一枝三十斤的甘蔗奪得全臺灣甘蔗比賽第一名。隔年，下坪彭阿隘種出香蕉比賽的第一名產品。過幾年他們又種植稻米，也培育了可向日本天皇進貢的葫蘆墩米。土地善植，農人勤奮，加上由徐春龍引入資金與技術，使得白毛臺物豐之名遠傳，更多的客家人聞名遷來此地生活。進入大戰期間，由於盟軍炸毀甘蔗運輸的鐵道（須運至潭子製糖），白毛臺又轉向種植香蕉，直到光復。

農產品銷售成功，首賴交通運輸工具發達。大正四年（一九一五年），日人開發八仙山林場的林木資源。大正六年（一九一七年）開始鋪築八仙山林場運材森林鐵路。從佳保臺、久良栖、白鹿、麻竹坑、馬鞍寮、水底寮、土牛，共建立了七個驛頭、三十四公里的五分運材鐵路。這鐵路除了運材外，並協助運送沿途區域的農產品外送。徐春龍所開發的白毛臺甘蔗、香蕉等農產品，藉由這鐵路，逐步建立了客家人在此發展的基礎。除此之外，稍後的昭和三年（一九二八年），為協助大新社地區農業灌溉功能的白冷圳，也全靠此鐵路運送建材而完成。

一九五八年的八七水災，加上隔年八一水災肆虐，將整條扮演大甲溪中游運輸活脈的鐵路完全沖毀。鐵路改為公路，農業型態也逐漸轉變……。

九十年六月八日星期五

灰坑果然是寶物箱，上午不但挖出了三、四件較完整的斧鋤型器，還出一個相當完整漂亮的石刀以與幾件有刃石器。

有刃石器，基本上是類似石刀的用途，但型制較不規則，刃端也製作得粗糙些。刮削器，利用打剝下來所得石片之鋒利刃邊，用於軟性的切割或刮削用途。根據一些實驗考古學家的使用試驗發現，一個未刻意磨製鋒利的刮削器，也能輕易地切割鹿皮或分離獸皮與肉。

有箭頭、有刮削器，打獵的生活模式更加明顯。

圖七：五十多年前，設立在白毛臺的八仙山林場運木臺車檢查站。（啟明．拉瓦提供）

一九五一年——學校設立

一九五一年八月，和平國小在白毛臺設白毛分班，教室由稻草蓋成，學生人數八名。一九五三年林運金、林運平兄弟捐贈校地近一公頃土地，教室改為白鐵皮二間。一九五五年九月一日，三班學生人數超過六十名，獨立改制為和平國校白毛分校。一九六九年葛樂利颱風來襲，白鐵皮房屋全吹垮，林運金先生再度提供二間房屋當作臨時教室。一九七一年七月建教室二間、宿舍一間、廁所一間。

一九七五年八月一日正式獨立為臺中縣福民國小，由鄧錦龍先生擔任第一任校長，同年建司令臺一座。一九七六年新建綜合球場一座。一九八三年改建普通教室三間。一九八八年新建廚房一間。一九九三年新建保健室一間。一九九四年新建蓄水塔一座。一九九五年新建護坡駁坎一座。一九九六年新建木屋式單身宿舍一棟。一九九八年與臺灣省立美術館合作成立福民國小種子美術館，新建美術館一間。

十年樹木，百年樹人，五十年的建設，毀壞卻在一夕間。一九九九年九二一，將上述歷年建設，毀之一震……。

九十年六月十一日星期一

我仔細觀察出土的陶片，大抵為灰黑色粗砂為主，少數紅褐色。陶質粗糙，少數有斜方格文或矢狀劃文。陶土選篩或燒製都不理想，年代可能滿早的。

製作陶器第一步是採陶土，將陶土摻砂加水後再揉土練土。如果是手製泥條盤築法須先將陶土搓成泥條，將泥條環環相疊盤築成所需的碗盆型制，然後修整器型，以墊石及拍板修整罐面，有時還在罐身飾以各式花紋裝飾，待短時間陰乾後再以柴火燒成陶罐。陶罐大都用來裝水、儲水或煮食用，就像我們現在的鍋碗瓢盆。

夏日午後雷陣雨惱人，跟小朋友講解陶器製作後，乾脆一塊兒玩起泥土來。

一九六三年——巨峰葡萄

白毛臺在一九三〇年種出名號的甘蔗、香蕉、稻米的農業傳統並未在此持續發揚。一九四五年光復後，白毛臺僅種些稻米及白茅低價值的經濟作物。一九五五年，又有兩個改變白毛臺歷史的人物出現——陳新發與林天送先生。

一九五五年，大名「葡萄陳」的陳新發與豐原的企業家林天送先生，看好白毛臺的地形地貌，帶著「老巨峰」、「美麗Ａ」等品種的葡萄種子，拜訪詹明雄的父親詹水旺，鼓吹種植葡萄的前景。如同祖先進入白毛臺的冒險精神，詹水旺先生勇於嘗試，成了白毛臺第一位葡農。幸運地，試種成果相當理想，三年後大豐收，張敏夫、張維新等人再跟進。數年後，整個白毛臺幾乎全種了葡萄，白毛臺成了葡萄臺。不到十年，將原日本老巨峰品種改良為名聞遐邇的「白毛巨峰」，創造新的經濟型態與榮景。

白毛臺海拔高度五百五十公尺，倚白毛山面大甲溪，晨間日照充足，夏日山風吹拂，即使入夜，乾燥的東風還會吹起，通風佳，露水輕，完全避免了葡萄最怕的露菌病。山坡地形將水分調節得宜，不致使土壤過溼，根毛就不會重生。三十多年技術經驗累積，百分之八十農戶的共同種植，創造了全臺品質最好的巨峰葡萄品牌。

這塊土地原本並不肥沃，位置偏遠，聯外產業道路又小又曲折。但客家好漢挺起硬頸，栽培出遠近馳名的葡萄，除了成功的內外銷，日前還打入國際班機客艙，成為佳賓的頂級食物。這些成就，全在於葡農掌握地理環境特色與發揮不屈不撓的硬頸精神。現在，他們是鄰近幾個村子欽羨的對象……。

九十年六月十二日星期二

一早來上工，就聽到半年前因校園重建擴充被徵收山蘇園的地主張先生來抱怨。聽他說，學校重建為增加校園面積徵收他的土地，原本他很樂意為改善新校園環境而配合，不料縣府徵收過程粗糙，先是地上農作物山蘇由高經濟作物評為一般作物，每樹株的補償金也降到最低價格，特別是每平方公尺的樹株，由最初談定的二．五株失信改為一．五株一事，最令他憤慨。

事實上，臺灣的重建（或發展）過程所看到的許多成就，其背後都有不少無法釐清是非而值得探討的問題。半年前發掘時，我們也在考古遺址保存與地方建設需要之間猶豫。遺址保留重要，但社區也需要學校；過去是值得追尋，但現在所做一切，也會成為未來的過去，這些取捨困境放大到整個社會現況，不也是這樣嗎？

一九九九年——崩塌

一九九九年九月二十一日發生九二一大地震，校舍完全震毀。地震發生時，白毛臺上僅有幾戶家屋倒塌，幸無人員傷亡。最嚴重的就是福民國小建築物全倒。那天，整條中橫柔腸寸斷，通車的老師進不來，住校的老師出不去。教務主任迅速聯絡本地村民，尋著小路，勉強穿越通過農田、果園而得以進校。學校的梁柱斷裂，不堪使用，於是緊急停課，搬救器材、資料，十天左右才復學。師長持續整理校園，學生則在車庫改建的克難臨時教室上課。到了一月，簡易教室才蓋好，開始冬冷夏熱的組合屋教室生活。

「九二一大地震來的時候我們的學校倒了，我們沒有教室可以上課，不過老師先叫我們到沒倒的車庫上課；那裡很不方便因為沒有黑板也沒有電燈。」四年級邱瑞敏這麼說。「學校變得亂七八糟，整個景色被這個很生氣的大巨人一直踩，踩到我們的世界都東倒西歪的。」四年甲班張合延的作文寫著……。

九十年六月十三日星期三

碳十四年代測定出來了，令人意外的是，有更早的文化層！除了已知上層文化是一千二百年至九百年前外，下面更早的一層是二六九〇年 ±一一〇〇年。也就是說，此地有不同文化的兩批史前人住過，最早的一批比原先所知的年代還早，可往前推至約兩千七百年前左右！雙喜臨門，今天P5挖到兩件玉飾，其中一件螺旋體，中有一穿，另一件為長約五公分細磨的玉棒，一端穿有一孔，可用來穿戴。玉飾，玉器製成的飾物，最常見的是生活上的玉玦、玉管珠、玉環等飾品，在某些文化生活中，這些玉質飾品常常是墓葬裡的陪葬品。

一八七二年，馬偕來臺，他觀察到臺灣土著的靈魂信仰：「平埔番與生番崇拜自然，然彼等無寺廟神像或牧師，因而信仰鬼魂。」東部的卑南遺址發掘出大量墓葬，墓葬方位一致，略成南北向，皆指向都蘭山，墓葬中也多有玉玦、管珠等葬品。我們挖掘出土的玉飾除了表現白毛人的審美觀及製作技術，可能也隱含神聖的信仰與墓葬儀式。

二〇〇〇年——妾身不明

經濟生活的穩定並未讓白毛臺上的客家人寬心：整個白毛臺地區包括了頂坪、下坪與阿寸溪三地。在大正九年（一九二〇年）時地名為臺中州東勢郡上水底寮，一九四五年光復後改為臺中縣新社鄉福興村。現在白毛臺共有六鄰，分屬臺中縣新社鄉與和平鄉。屬新社鄉的有福興村一鄰（下坪）、二鄰（頂坪）、十九鄰（阿寸溪）。而屬和平鄉的有南勢村一鄰（頂坪）、二鄰（阿寸溪）、三鄰（白毛尖山，頂坪之上）。換句話說，白毛臺的戶籍上有一些戶口（約四十二戶）是屬新社鄉管，有一些戶口（約二十戶）是歸和平鄉管。這個情形也發生在一個家屋內的不同戶，也就是說，同是一家人各屬不同的戶籍，一戶掛有兩個門牌號碼。

這還只是戶籍，在地籍管轄權上更是混亂！下坪的地籍號碼全屬新社鄉上水底寮段，管轄仍屬新社鄉。但阿寸溪與頂坪的地籍號碼雖屬新社鄉上水底寮段，但管轄權（放領權）卻是屬於和平鄉的原住民保留地。

讓我們再回顧歷史吧。一九二九年，帶著大批客家人進入白毛臺的徐春龍先生，他能夠申請到白毛臺的耕作權，是因為當時白毛臺被日本人規劃為「不存置林野地」。

一九四五年光復後，白毛臺先編屬為新社鄉。一九六〇年，和平鄉公所向省政府民政廳申請將白毛臺三百甲土地為「山地原住民保留地」而批准。隔年（一九六一年），新社鄉長陳葉貴與地方耆老以白毛臺現在並非原住民居留地之由，希望將該地取消原住民保留地之名，並反對納入為山地鄉的和平鄉，但遭民政廳「政令不可朝令夕改」之由緩議。稍後，和平鄉為了擴大鄉域，吸引人口進入和平鄉，遂以土地免賦稅條件，力邀白毛臺居民入和平鄉籍，吸引了若干戶加入和平鄉。

一九五五年一月十四日，新社鄉與和平鄉共同勘測鄉界，白毛臺編屬和平鄉一、二、三鄰。一九六四年七月十一日，原和平鄉白毛臺鄉界劃編時又增編新社鄉戶籍，編入福興村一、二、十九鄰。三處地籍都是新社鄉下水底寮段，但頂坪與阿寸溪卻都屬和平鄉山地保留地。

下坪的土地在民國四十幾年就放領，而頂坪的土地卻仍是屬於原住民保留地。下坪意謂於頂坪之下，住得稍高的，就屬原住民保留地，一個現在完全沒有原住民居住的原住民山地保留地……。

九十年六月十四日星期四

發掘工作明天就要結束了，還是經費的問題。考古學家永遠都覺得錢不夠、時間不足、挖不完。而近年臺灣，文化考古工作在面臨經濟優先的建設時，幾乎都是挫敗者，從北部十三行遺址、中部清水遺址到南部的南科遺址，都是不忍回首的大規模毀滅。

多年的考古工作經驗，益發相信考古發掘其實就是一種破壞，因為珍貴的史前遺址一經發掘，就永遠無法回復。唯一能彌補其破壞的方式就是妥善安置發掘出來我們老祖先的遺物，以及發現與建立我們所不知道的史前歷史。不論如何，搶救發掘算亡羊補牢，兩次發掘、約二十個工作天，六個坑的收穫算是豐收。考古學知識的累積是在田野建立出來的，我認為最大的樂趣就是在田野中，第一手與史前人的親密接觸與發現。考古之樂不是收藏家所能體會，收藏只對精美的「物」有興趣，考古工作則是在一日又一日的田野中「發現」：發現遺物、發現現象、發現史前史！

回到館內又要開始漫長的遺物整理工作，首先是分坑分袋，用軟細毛刷清洗標本，然後將標本逐一編號，描寫標本型態特質與登記資料。可拼合者則耗時拼黏，破損者也要修復。最後在登錄後，進入恆溫恆溼的庫房中保存。將標本分類、編號、記錄雖是神聖有意義的工作，但過程卻是枯燥而單調，若非有上述的使命感支持，一般人是很難安分其無趣瑣碎的工作內容。整理與記錄每一件千年前史前人製作或使用的器物時，不論是磨製的刀刃或錛刃、陶罐內部的拇指捏印、打砸或燒烤的獸骨，已早有物外之情，親炙這些古物，有時感覺彷彿穿越時空與他們相會。

二〇〇一年——重建

一九九九年十二月，中華民國紅十字會認養福民國小，重建經費三千九百萬元。二〇〇〇年發包。二〇〇一年五月十日動工興建……。

九十年六月十五日星期五

今天是第二次發掘的最後一天，按學校重建工程進度，我想這也是最後一天發掘。

若非發現的驚喜與學術報告的歷史釐清，考古的田野工作其實是疲累而枯燥的。用女人生產形容考古工作是最恰當不過的了：尋找遺址就像尋找對象，必須是確定考古遺址才有發掘的價值；確定後發掘前，須仔細探勘地表，以期能在有限的經費中挖出更重要的史前遺跡與遺物，就如同父母選擇在最佳的經濟、生理及心理的條件下孕育新生命；在烈陽的曠野中發掘、分類、繪圖、照相、測量、記錄，一連串重複而瑣碎的田野工作，一如產婦懷孕過程裡的害喜、疲勞、產檢、食物控制、謹慎等；觸碰到即將出土遺物的驚喜，就如同母親初聽胎兒心跳的驚奇；最後，室外發掘工作的結束，像是母親產房的分娩；標本整理與報告書寫的工作，像是母親對孩子成年前教養工作，漫長的責任與義務；考古報告的影響與流傳，一如新生接續死亡，在家族的譜系中，源遠流長。而二者最大的差別是：生產是創生、對未來的喜悅，後者特別對古老的過去有興趣。（另外，考古生產者可以是男性。）

然而我不知道，常常學術報告與標本管理在知識正確與專業優先的威權下，亦出現令人作嘔的粗暴與自大。在整個人類知識積累與對未知追尋的需求下，在矛盾與欣喜中，我們永遠在那裡重複與呻吟。這不是更像母親了嗎：重複著新生的喜悅與走向毀滅之路的憂慮。收拾工具上車。再見了，白毛人，地下與地上的。

二〇〇二年——葡萄成熟時

履踐了一年前的約定，一年多來逐一拜訪了去年一塊工作夥伴的邀約，並貪婪地饗饜鮮美的巨峰葡萄……。

圖八：千百年來，曾居住在這白毛臺上所有族群的人們，來來去去，這土地始終溫柔地對待我們。（啟明．拉瓦提供）

二〇〇三年五月十五日——新的開始

在所有白毛臺人的期待下，福民國小終於要在今天正式落成啟用，特地前來參與盛會。活躍的舞獅表演與道地的客家美食，熱鬧地鼓動了每顆歡愉的心。臨走前即將畢業的鄧郁蓉跑來跟我說：大鬍子叔叔，下個月的畢業典禮，你一定要來喔！郁蓉是郁萍的妹妹，兩年前發掘後的那個夏天，參加了姐姐郁萍的畢業典禮，那時就答應妹妹郁蓉也要參加她的畢業典禮。

兩年了，好快。在忽左忽右蜿蜒的回程上，我暫時放棄臨界猜想，想的是白毛人的前世今生：兩千七百年前，第一批史前人來了又走；一千兩百年前，另一批人來這住了幾百年；三百年前泰雅族人住下來了；一八八一年清人來了又走；一九〇五年日本人來了；一九二二年，泰雅人被趕走了；一九四五年日本人又走了；最後，是一九二六年來的客家人住下來了；一九九九年學校倒了；二〇〇三年今天學校重建落成，而未來要繼續在這片土地居住的主人翁，即將從這裡畢業。

一八四一年亨利．梭羅的日記寫道：「樹到岸上來了，來看河水流過。這一條古老的河、人人熟悉的河，時刻在更新；只有河道未變……它們沖洗著遠處的河岸，透過薄薄的霧靄，農夫的耕種與收割，都帶有了他們本身從未曾見過的美。」土地與人，休戚與共。兩年多來，每回在公路上俯望那涓涓細流、苟延殘喘的大甲溪，總會激動地想起百年前管流法中「在滔滔如大江之大甲溪上流動檜木間跳動的身影」。不論古今東西，自然總靜靜地在那裡釋放一切，是人類不安地蠢動著。土地是人類的母親，白毛臺無私地養育了所有曾經在這片土地上居住過的人，二年、二十年、二百年、二千年，對她而言，不過是一瞬。我們要永續生存，就必得溫柔對待。

後記：

不甘看到曾經在七、八〇年代風起雲湧、波瀾壯闊的報導文學，逐漸沒落在當代嘈雜呻吟的多元文學中，特別是它確是一種臺灣文化田野調查兼抒情的利器，即便舞臺漸失，近年來仍心醉遊走於這類寫實報導與心靈反省的文學書寫，一路寫來，心曠神怡，香酣淋漓。

多年的人類學（民族與考古）學習讓我了解：歷史的主角可以是人，也可以是物。史前老祖先遺留豐富的遺物巧妙地述說史前史，我以報導文學形式結合近代的文字歷史與訪談口傳，就這樣串構與呈現了白毛臺的歷史。

另一個重要主角是土地！白毛臺不過是臺灣歷史的縮影，幾千年來，土地上的人因食物、疾病、戰爭、政治、災害等因素而來來去去。二年多來我在白毛臺體認到，土地無私地養育了所有曾經在這片土地上居住過的人，我們膨脹的人類史，二年、二十年、二百年、二千年，對她而言，不過只是一瞬。

土地是人類的母親，我們要永續生存，就必得溫柔對待……。

當比令碰到貝林

那天我陪比令到霧社之東的中央山脈爬山，順便查訪附近幾個泰雅族起源地，半路碰到從秀林鄉來打獵的老友貝林，我拉他來聊天，他倆雖不識，但一見如故，立刻聊了起來。

「有獵物進你網袋嗎，貝林？」比令關心道。

「還須祖靈指引，你們呢？」貝林回問。

「有收穫。對了，聽說最近你們正名成功了，恭喜！」比令說得酸溜溜的。

「哪裡哪裡，大家的努力。」貝林自豪地說。

「說實在的，我認為以神話、歷史、宗教、語言、文化、生活習慣等族群分類的基礎來看，我們是同出一脈無疑，為什麼你們非要說你們不是泰雅人？」比令首挑戰火。

「比令，你說的那些分類基礎也對也不對，比如說你說的話，有一半我聽不懂，我是用猜的，而你卻要強調其中有一半是相同的。」貝林憤憤不平。

「不是嗎？有至少一半是相同的，表示起源相同，三百年前你們從 Truku-Truwan 出走後所演化出的差異罷了。我們的神話、文面、語言仍是大同小異的，怎能說你們是新的一族呢。」

「沒錯，我承認系出同源，但請注意，你也承認畢竟已經有了『差異』，如今我們的語言有一半是不同的，有些字我們還得用猜的；我們神話傳說的起源地不同，你們起源於Pinsebukan或Papak-waka，而我們起源於石樹共生的Bunobon，就連你說的文面形式也不同，你們的是銳角的V字型，而我們是近於弧形，十字交叉內容也不同……不是嗎，已有太多的不同了。」

比令急了：「話不能這麼說，歷史文獻與田野調查都證明，泰雅族有泰雅亞族(Atayal)與賽德克亞族(Sediq)，你們賽德克亞族裡再細分為托魯閣(Truku)、德奇達雅(Teke-daya)與道澤(Tauda)三群，你們『太魯閣族』只不過是三百年前從托魯閣出走的另一支群，再怎麼有差異都不能說你們不是泰雅族……」

「喂喂喂，」貝林搶話：「以前相同，現在已經大不同，你們怎麼還這麼大泰雅沙文主義，老堅持教別人承認跟你們一樣。」

我發現他們都在自說自話，堅持己見，同義反覆。

比令見溝通無望轉而述他：「坦白說，你們花蓮『泰雅人』要尋求自己新的認同我也沒意見，只不過怎麼選個『太魯閣族』實在有點好笑，不論是你們早期所選的『德魯固』還是現在大家所通稱的『賽德克』或『托魯閣』，都比『太魯閣』好多了。」比令非常不以為然。

「一言難盡。我們都知道不論德魯固、托魯閣、賽德克或太魯閣，其實都是泰雅語『Truku』的譯音，賽德克是語言學家創造，德魯固是音最準譯文，托魯閣是泰雅族寶廖守臣的用字，」貝林委婉解釋道，「要創設一個名字當然是選擇對人最有利的。」貝林再強調，「所以我們選了全世界都認識的『太魯閣族』。」

「可是臺灣所有的原住民族期採用的族名，都是以該族語言中自稱為『人』的那字作為族名，連誤稱幾十年的『雅美族』都已正名為『達悟族』，你們竟還走回頭路，以地名或起源地為族名，不怕貽笑大方嗎？」比令語帶譏諷。

「你沒聽過『住民自決』嗎？你懂不懂後現代？我們要用什麼方式、什麼族名，都由我們自己決定和選擇。」貝林哈哈大笑：「有什麼好笑的，好笑的是你們自己吧！這是什麼時代了，誰還要那些學術的老規矩，誰還用日本人和漢人的那套。」貝林反擊。

「拜託，再怎麼不讀書也該看看耆老馬紹．莫那（廖守臣）集畢生精錘之鉅作《泰雅族的文化》與《泰雅族東賽德克群的部落遷徙與分布》兩書吧，那裡頭可說得清清楚楚。」

「哈，族老是這麼說，但他可沒說我們不能尋求獨立！」貝林不耐。

比令與貝林漸吵漸大聲，溝通毫無交集，似乎也都忘了我的存在，他們大概也忘了我是個中央山脈以西、講話跟「太魯閣族」一樣，跟「泰雅族」類似，現在卻自稱「賽德克族」孤兒的存在。不過我卻知道他們的名字之間的同異：「比令」就是「貝林」，「泰雅族」的單字重音一般都在後段，而「太魯閣族」是在前段居多，因此，泰雅族人名的「Bi'lin」（比令）經過若干演化及重音的置放使得比令變成了「'Bi lin」（貝林）了。

我們互道珍重，我與比令往東續尋祖源地 Bunobon，貝林則往西更高處獨行去了。

移動的旅程

坦克車

小時候最喜歡玩坦克車了。我們玩的坦克車可不是什麼模型玩具車，是鋼鐵鍛造真正能戰鬥的那種坦克戰車。眷村的伯伯大多是從裝甲旅退伍下來的老兵，跟著他們南征北討多年而不堪使用的老坦克車，也跟著退役置於村子後的軍醫院內。這些老坦克車雖不堪戰鬥，但部分機械的運轉卻仍是正常。放學後村子裡弟兄們最愛躍入成排的坦克車內模擬戰鬥，幾個人擠入一車分飾角色，有人操縱旋轉砲管，有的透視望遠鏡觀看敵情，大哥級的那人頭戴蒙古大帽與模仿通信設備扮演指揮官，吆喝下頭的弟兄左啊右啊、上啊下啊、測量、瞄準，然後下令「發射」，最後大家衝出車外，高喊命中命中、勝利勝利。

所有模擬與習仿都為真實作準備。軍醫院裡有一部由老萬保管還能跑的坦克車，只要聽到它隆隆響起溫車時，不論我們正在玩什麼，都會立刻爭先恐後衝去排隊，哀求老萬讓我們上車。雖然機會不多，但偶爾也會大發慈悲點頭，讓我們登車過過乾癮，作個威風的戰士。

坦克車行進時驚天震地，殺氣騰騰，恰似眷村裡所有老兵前半生的寫照。我在這竹籬笆內雄壯威武的氣息中成長，跟著陶醉在剿匪抗戰的事蹟，感動於憫人的流離故事，也聽說對岸有著無緣相見的爺爺奶奶。直到，直到反攻無望，直到這唯一能跑的坦克車也退休下來，我才發現，這土地上還有許多與我血脈相連的另一群人。

客運車

也不記得從什麼時候開始的，母親就帶著我搭客運車往返於臺中眷村與南投部落之間，每年總有個七、八回吧。通常我們一大早就要趕第一班市公車出發，半個小時到火車站，然後到車站右前方轉搭臺汽客運去埔里。那時只有臺汽跑「臺中—埔里」線。四十五人座的客運有直達與普通兩種，家裡經濟不好，搭的是綠牌的普通車。車內左右兩排座位，每座兩人，座椅包墨綠塑膠皮，普通車的座椅大多有些割裂，而椅背也總會有學生塗鴉，或是寫些某某人愛某某人什麼的。上車後，順著臺中路往東，經大里、霧峰到草屯。普通車見站牌有人揮手就停，才到草屯就已經花掉一個多小時。幸好那個年代，我們的時間還不等同於金錢。

客運停停走走，乘客上上下下，純樸的年代，老百姓人際之間距離很近，見面不論親疏，都會相互點頭致意。但我確知，母親與我是在某種隱形的界線之外，那些流動的眼神，有意無意地閃焦在母親那異於平地人的臉龐，以及她身上的披衣。這山地衣她有好多件，都是親手一經一緯以泰雅傳統織布機織成。披衣上織飾有她最喜歡的紋式：白裡滾黑邊的線條，線條間夾有成排大紅色串接的菱形文樣，每個菱形中又有實心的菱形，紅、白、黑三色相間，斜交成大大小小醒目的菱形紋。母親最愛這種圖紋的披衣，上山都會穿著它。當時年小幼稚的我，一路都不安於這眾多好奇眼神而又陌生的氣氛。而母親卻一直處之泰然。

過了草屯，開始有山的味道，公車沿著烏溪右岸山壁蜿蜒上行，沿路綠蔭清風，涼爽的山風灌進悶熱的公車，好舒服。行經雙冬，司機不忘停車買包檳榔提提神，到了柑子林則靠站停休幾分鐘，讓大家下車活動活動，舒展筋骨。過北山坑不久，遠遠望見一個形似大船進港，雄踞在南港溪畔的愛蘭臺地，埔里就不遠了。這時若仔細巡視車內，就可能尋見一、兩個面貌像母親的原住民臉龐出現，雖不相識，卻有份親切感。行過愛蘭橋，母親開始收拾行李，不一會兒，就抵達終點客運總站。這一程又是一個多小時。

下了車，母親牽我手急急從總站先到圓環。埔里圓環的印象是清晰的，因為外地人到埔里，大多約在此地會合，圓環四周有農會、有麵攤，又有噴泉好看，非常適合相約。仁愛鄉境內部落的族人，亦以埔里為集散中心，下山購物辦事，也有默契地在此碰頭，傳遞山上山下、某甲某乙的訊息。母親來此，也是看看有沒有熟人，碰到了，就命我開始認人叫人：bagi、bayi、yaki、yudas，還有mama、yada，都是長輩，大家都是一家親。他們短暫閒聊後，母親攜我再走趟市場，買些豬肉、魚肉，最後大包小包地晃到中正路的「東美旅社」候車。

小貨車

那時仁愛鄉各部落聯外皆無公車行駛，交通全靠部落自己想辦法，有車的人便可跑這載送乘客的生意。還記得往紅香是在隔街的一間山產店，往力行、在圓環附近，我們松林就在東美旅社搭鐵木的客貨車上山。早到的人在旅社門口席地而坐，聊天說笑，有的人還喝起酒來。旅社老闆雖是本地人，但似乎不以為忤，有時還跟山地人有說有笑。剛開始我怯生生蹲在一旁，聽著他們跟母親嘰哩咕嚕講著我聽不懂的山地話，然後總會有個老人叫我坐下，或者將我擁入懷裡，撫著我頭用國語說：很乖很乖。

鐵木的車是十多人座的小客車，車內座椅搖晃不定，有些還得用小板凳在下面墊高。儀表板上有些零件連著線路脫落搖晃，像是老舊玩具的彈簧失效下垂。族人下山，大多會採買食物或弄些可用之物上山，而每個人所攜帶的東西之多，往往不小於一個人的體積大小，種類紛雜，有肉、有茶、有鋤頭、有工具，有時還有舊冰箱、舊椅子。母親也從臺中帶些都市時髦的衣服和玩具，送給山上的媳婦和孫子。每次發車前必花好一頓功夫先塞進這些雜貨，人然後再填進去，人太多的時候，還得與貨物擠作堆。小客車十一點半左右出發吧，但向來不會準時，因為花太多時間在搬運和裝置這些貨物上。即使如此，還是有人趕不上車，錯過的人，今天就回不了部落，這就是為什麼母親從客運總站下車後一路疾行的原因。（這也是日後我想通，為什麼會選在旅社前發車了。）

一個上午就在這上車、下車、等車中度過。

埔里到部落還得一、兩個小時呢！出了埔里，行經險峻的人止關，也是公路陡上盤旋的起端，滿車的族人不畏搖晃，一路有說有笑，我與母親卻開始暈眩不安。車至霧社旋即沿湖下行，接著是震盪更厲害的產業道路，我倆在東倒西歪的貨物中輪番嘔吐。這段路程，浮沉在人貨混疊、異味雜陳的車廂內，是到達部落前最痛苦的一段，也是全程幾乎沒有記憶的路程，或說，只有痛苦的記憶。我在想，這是不是就像母親生產前必經的陣痛，當孩子出生後，最刻骨銘心臨盆那一刻的痛，卻可能遺忘，或者，過於疼痛而選擇遺忘。

三、四公里後有個入山檢查哨，按規定所有車都要停車檢查。時值戒嚴，警察都嚴格執行，他們會上車或從窗邊仔細視察有無可疑分子，慎防歹徒與匪諜混入山。跟著母親毫無疑難，但記得國中有次暑假自己搭車上山，一位平地警員先生把我叫下車，用嚴厲的口吻指責我說：「你戴眼鏡，不是山地人，不准入山！」車內有人說情也無效。那時部落家裡沒有電話可聯絡，待鐵木車回到部落通知大哥後，他騎摩托車噗噗趕到檢查站拜託才放人。從那次起只要我一個人上山，過了霧社一定立刻摘下眼鏡側頭裝睡，隱藏在緊閉雙眼內的是竄流的血液及超過一百的心跳。等熬過了檢查站才起身坐正，直到抵達部落，才有平安的感覺。

那一次，我鐵青著臉像被罰站似的站了一個多小時，叛逆得既不想、卻又膽小得不敢跟他解釋什麼。那個大聲斥責、怒目相視的壞警察，則是我走過威權、封閉年代的代表印象。

手推車

到了部落就是天堂。母親與我總會在部落住上兩、三天，父親調防或出差就可能待得更久。母親偶爾會下田幫忙工作，我們的田在河流對岸的山上，徒步要走一個小時吧，有時大哥會準備一臺手推二輪車上山。田裡沒種太多東西，因為在滿布小碎石的土地上不容易種植，土壤貧瘠，只能種些時蔬。我幫忙挑撿土裡的大石頭，哥哥忙些水源水管的活兒，母親則在工寮內生火、煮食。

大家的話都很少，就是忙來摸去的。印象中最喜歡去採收梅子，山坡草地上鋪上大帆布，哥哥甩起他的長竿，劈里啪啦大梅小梅落地，母親負責將被打下的梅與樹枝剝離，我的工作則是將那些活潑飛躍出帆布外的小鬼丟回布內。一家人合作的成果，都是豐收。

一天很快地就過去了，我總是坐上手推車回部落，哥哥要我看好這摘回的茶和梅。

現在想起來他們平時是背了個包包就上山下田的，這推車原是怕我累著了而準備的。

其實回部落最常是到處走走，去探訪多得始終記不清楚的親戚朋友。母親總是不厭其煩地說明誰是我伯伯、誰是我阿姨、誰是 bayi、誰是 bagi，我應該叫他什麼，他應該叫我什麼。小時候實在不明白母親為什麼會有那麼多親戚，為什麼她要花那麼多的時間帶我上山，而每次來只為了看看他們而已。

那時候實在不明白。

轎車

日月如梭，伴我成長的眷村已隨時光消逝，坦克車也不知何去何蹤。現代交通工具普及後，老式客運車早已淘汰。自從買了轎車後，一趟原本七、八個小時的旅程，現在也可以快捷到只需兩個小時出頭。公路拓寬建設後，路程不再坎坷難行，族人擁有多樣現代的汽、機車，早已不須到東美旅社前排隊擠那又臭又擠的貨車。但，旅社前與族人席地而坐的溫暖、山路崎嶇的搖晃、母親著象徵祖靈眼睛大紅菱形披衣的身影、凶悍的警察、鐵木貨車裡汗穢的空氣與族人朗朗的笑聲，揉雜而成晦澀的聲光味音，已是生命僅剩而又最珍貴的母親記憶；駕著快捷的轎車，依著這些點滴的記憶往根尋去，我重新認識了母親，也更明白與確立了：我是誰。

十多年的返鄉尋根，我漸漸明白一些事：母親來自仁愛鄉福骨群紅香部落，初嫁至瑞岩，先生加入高砂義勇軍南洋戰死，她攜一幼子被迫改嫁至托魯閣群的松林部落，再生一子一女，夫病逝後遠嫁至臺中作漢人婦。她的親族散布在整個泛仁愛鄉內許多部落，就這樣，她帶我去大哥家、二哥家、阿姨那兒、舅舅那兒，往返部落城市之間好多年，直到她老了走不動了。

三十多年前的回憶啊！多年來，回憶起童年時那一次又一次、耗時又暈眩的旅程，盡是懵懂、猶疑、拒斥與苦澀。母親謝世的震撼後，開始發現這與我相關的這一群人，對我而言竟是如此重要，更驚覺對母親的不識與自己身分的無知！而那些懵懂苦澀的記憶，卻成了我與彩虹橋那端母親的連接之線。這幾年跑遍仁愛鄉大小部落，除了走訪親友，以及進一步學習與研究自身的泰雅文化外，似乎只為抓回一絲一縷關於母親的回憶。然後我才更明白：從小所熟知父親的歷史與漢人光榮的戰鬥史之外，山上與我血脈相連的這群人，有著另一種美麗與偉大；母親早年默默地上山下山，只為其身為泰雅人一份根的認同；領我走訪親友，可能只為一個二分之一泰雅血統的孩子在未來身分認同必然面臨的困境，預作安排。

歲月如轎車般疾速來到今日，眉目已學會拒絕隨蜿蜒的山路扭曲。物換星移，檢查站也已於近年撤除，如果現在再有警員出來盤查，我定會揚起嘴角大聲跟他說：我就是山地人！

從雄霸隆隆的坦克車、庶民多元的客運車、鐵木擁擠溫馨的小客車，到安詳搖籃般的手推車，這一站一站移動的列車，搭載了童年顛簸的記憶，也陪著我走向族群認同艱澀的旅程。

後記：

〈移動的旅程〉寫的是我小時候與母親回山上部落家的經驗與故事，這些歷程與經驗在日後深深地影響了我的一生。至今，我仍在這（認同的）旅程中不斷地移動著。

「日子雖然痛苦，但所有的人都這樣活著。」一強調一切往前看的主流價值不斷掏空心靈時，像考古者頻頻回顧、殷殷觸撫過往之舉，似乎顯得多情與迂腐；重溫與挖掘這些溫暖的過去，卻是支持我繼續走下去的生存動力。

感謝族人，當然也感謝我堅毅卓絕的泰雅母親，雖然不識字的她在文中沒開口說過一句話，但她是本文及我一生中最重要的主角。

達德拉凡・伊苞

〈藏西　部落〉（二〇〇四）

〈唵　嘛　呢　叭　咪　吽〉（二〇〇四）

Dadelavan Ibau，一九六七年生於屏東縣瑪家鄉青山部落（Tuvasavasai），排灣族。求學期間就對排灣族文化傳承感興趣，從花蓮玉山神學院畢業後到長老教會工作，編輯兒童主日學教材。一九九二年因憂心原住民文化流失問題，回部落從事排灣族母語寫作。

伊苞曾任中研院民族所學者蔣斌的研究助理十多年，投入排灣文化的田野採集與紀錄，常接觸族中長老與巫師，滋養、豐富其文學創作。伊苞一九九九年加入優劇場（優人神鼓前身）後從事表演藝術工作，曾隨團到世界各大藝術節演出，編導過《祭，遙》、《搭藍：我們的路》。著有《老鷹，再見》。

藏西　部落

一

她走向湖邊，彎下身來飲用湖中之水。

風起，枯葉飄落湖中，她聽見聲音，開始哭泣。孱弱的靈力受著環境的牽動，秋風、落日、夜雨、季節變換，孩子的靈四處遊走。

當我從母親的雙腿鑽出來的那一晚，巫師作了這個夢。

按照習俗母親將我的臍帶埋在屋裡的石板下，她把我抱在懷裡，接受祭師的祈禱、祝福。我的搖籃紮著巫師祝福過的鐵片，衣衫裡縫掛著來自天上神靈庇佑的鷹羽；如鷹般迅捷、敏銳，好讓我的靈力增強，不受惡靈侵擾。

「有一天我走了，妳拿什麼做依靠。」

這是父親生前常跟我說的話。從小我和父母終日與山林為伍，父親在生活中總是費盡心思地要我學習大自然生命力，父親總在山林的生活中，傳承祖先留下來的生活智慧。

父親從小教導我辨認各種植物，什麼能吃、什麼不能碰、什麼可治頭痛、什麼草葉可治癒我常患的腹瀉毛病。黃昏，我和父親會走到樹林裡，觀察樹上的松鼠或在地上尋找山豬野獸的蹤跡，父親稱這個時間為「拜訪」。

我們父女倆在雜草叢中像兩隻豹，蹲伏著「拜訪」松鼠在木瓜樹的果實和樹幹間跳來碰去。父親說：「妳看那隻小不點，個性很急躁哦。妳的捕鼠器放在牠的『跑道上』，牠一定被妳抓到。」果然，松鼠在一顆酸藤覆蓋的樹上，咚咚咚地跳到橫長的野桐樹幹再一股腦地跳到紅透了的木瓜上。吃了幾口，左顧右盼地循著原來的路徑爬上爬下，然後又出現在那顆木瓜上。

「木瓜好吃耶！」父親盯著吃木瓜的松鼠說，「松鼠給自己補營養呢！」好像真的好吃。我依照父親的指示，捕鼠器設在「跑道上」，第二天小不點果然來報到了。

父親是個獵人，是這種觀察入微的心性吧，每次打獵回來，他的網袋一定裝滿獸肉。每當部落出入口響起呼嘯聲，人們就知道是父親帶來的好消息。

按照分享的傳統，長老們聚集在我家，一起將獸肉切塊分送到每一家。籠子裡的小松鼠慌張張地尋找出口，父親看了看說：「這個小不點，不懂事。」然後打開籠子放牠走。

有一天，清晨才醒來，我就抱著玻璃珠罐跑到阿里母家找他。阿里母一醒來，我們就在他家的前庭玩。滿罐的玻璃珠後來被大孩子通通贏去，我無聊地看著別人玩，到了中午才悻悻然回家。父母已經出門，我打著赤腳，一個人跑到父母的山上。

翻越一座山嶺，部落已在我身後消失無蹤。

穿過相思樹林，我來到少妮瑤奶奶的休憩小屋。

小屋前種植香蕉和檳榔樹高高佇立著。

陽光下，我循著平坦的路徑一路唱著歌，野牡丹和長穗木開著美麗的花朵在風中搖曳，踩著小腳奔放而輕快。就在右腳著地的剎那，我看見一條巨大的蛇盤踞在路中，我全身僵住，因為害怕而拚命向著山頭哭喊。

父親聽見我的呼喊，飛奔而來。

鄰近耕作的族人身繫番刀聞聲趕到。

「怎麼了?孩子。」他們來到我身邊撫摸我的身體和頭部。

「有蛇!」我噙著淚水說。

父親揮動手中的番刀,小徑兩旁的草葉頓時在空中翻飛起來。最後,父親撥開我腳前的雜草說:「牠走了。」我一個箭步就跳到父親跟前。

父親手中握著番刀指著眼前遼闊的土地說:「怎麼妳的腳不會轉彎,這——麼大的土地,蛇在妳的前面,妳這樣繞、那樣繞,都可以繞到父親母親的山。」

父親說時,一陣狂風忽地吹向樹林,傳來葉梢被風拍打的聲音。

叔伯阿姨在我頭上哈氣,靜默地離去。

「孩子,來,蹲下。」父親蹲在地上,就地以藤製作一個草環說:「林子裡散布的精靈被妳那樣的哭喊驚擾了。」

我猛地回頭看望身後飄搖的鬱鬱蒼蒼。

什麼也沒看見。

父親把草環戴在我的頭上,一面唸唸有詞:「剛才的哭喊是外地人在說話,沒人聽懂她的語言。」然後,神情嚴肅地在我耳邊小小聲說:「人的靈魂有兩個,一個主要的靈魂寄附在妳的右肩,一個在妳的左肩。如果妳感到害怕,妳右邊的靈魂就會被精靈引誘離開身體，它會被帶到外面到處遊玩，然後找不到回家的路。妳是它的家，所以，妳要全神貫注用左邊的靈魂守住妳的右邊。」

父親看著我衣衫裡母親縫掛的鷹羽說：「想想老鷹從那麼高的天空飛下來，抓走我們的小雞，那是因為牠的靈力很強很大，現在妳是老鷹，妳的身體裡面充滿靈力。妳只要一跑——」父親的手在空中一劃，「咻——沒有人發現妳，可是妳已經穿越眼前的那片相思樹林，跑過那座油桐子樹。然後，蹲在陽光照射的那個山坡上，等著我。」

「父親。」我望著他，淚水在眼眶裡打轉：「老鷹有被你打下來。」

「我是拉卡茲，什麼是拉卡茲？是守護部落的勇士和獵人。鷹羽製成頭飾是一種彰顯老鷹的靈魂和勇猛的行為，配戴的人必須是上等的人，是值得族人尊敬的人。我把這個榮耀獻給照顧族人的頭目。妳長大了也會因為我的身分和事蹟而在頭飾上配戴鷹羽，受人尊敬。」父親說：「妳頭上的草環會遮蔽妳，哭，只是削弱妳的力量。來！起來，記住巫師老人的禱詞，『像老鷹一樣，動作迅捷、眼睛敏銳』。」

我擦乾眼淚，讓父親把頭上的草環綁緊，弓著身，望向前方陽光照射的山林。然後，擺盪雙臂，不顧一切，奮勇前奔。

蹲在山坡上看見父親的身影，我飛奔過去。

突然，父親隱沒山林裡。不一會兒，他出現時，手上、滿懷都是番石榴，我開懷地笑起來。

「妳看，有什麼好怕的！」父親說：「如果有一天我走了，妳怎麼辨呢？」

二

八月十一日，清晨五點鐘，我站在尼泊爾飯店的落地窗前，望著灰暗中尼泊爾疏落有致的屋宇。

季節雨紛然飄落，隔著玻璃，我聽不見雨聲，萬籟寂靜，是什麼觸動了生命深處已然崩塌、被掩埋的原始。透過無聲雨，彷如一片片石板，層層堆疊的記憶，重回歷史現場。父母的吟唱、巫師的禱詞，伴隨著山上的景物、踩在土地上的雙腳、割傷的小腿，從遙遠的故鄉呼喚著異國遊子的靈魂。

三

尼泊爾多山的地形在我們離開喧囂的城市，完全顯現在山林間。路的兩側有時一邊是滔滔江河，有時路一轉，陡見飛瀑從天傾瀉而下，山林、道路處處水到渠成，充滿驚奇。一個轉彎，路旁的村落家家晾掛著結實飽滿的玉蜀黍，間或有依山坡而建的土磚矮房。

土磚房前的門廊坐著一群人，雨滴從屋簷上滴落。

車外的人看著車裡的人，車裡的人望著窗外，你看我我看你，這景象也成了風景。窗外空氣清麗，山坡上一塊塊收成的玉米田，牽牛賦歸的老人，霧雲飄渺的山林裡，山上人家炊煙升起。

偶爾我閉起雙眼，巴士冒著黑煙吃力地在蜿蜒山路緩緩前行。好幾次當我睜開眼的時候，我總以為自己在回家的路上。

「去哪……裡啦，你！」

「撿蝸牛啊！有平地人要買耶。」

「嘿！陳梅花我們去撿蝸牛，賣了蝸牛我們就有錢買王子麵。」

我們一群孩子手中拿著麻袋，浩浩蕩蕩向著山野一同出遊。大家在山溝裡嬉鬧，忙著爬上芒果樹上搖芒果、吃芒果，丟石頭打落芭樂、百香果；遍野滿山的各種果實，吃得不亦樂乎。黃昏，一群出遊的孩子帶著滿身泥巴和飽飽的肚子回家。至於，賣蝸牛買王子麵，大家早就忘了。

我出生的山上是一個陽光充足、雨水豐沛的地方，父母在豐沃的土壤種植芋頭、南瓜、小米、玉蜀黍、花生和番薯。

每當落日燦紅，我和父親從溪谷撈魚回來，加在母親燉煮的樹豆湯裡。微風輕吹，我和家人坐在耕地小屋前，望著紅陽鋪成美麗的層層山巒。

溪水潺潺，飛鳥歸巢。

母親的悠悠歌聲揚起：「多麼地好，在這山中，誰帶來我的思念。」

父親回唱：「是哥哥我，妹妹。我看見天空的彩虹，我追著彩虹而來。」

傳說，大武山的創造神是以唱歌的方式創造排灣族人。我的父母，在一天的辛勞之後，唱著歌撫慰土地上的作物。

母親講一個關於部落的故事，我躺在母親懷抱裡，母親淒楚動人的聲調吟唱著：

「很久以前，有一對姐弟，姐姐撒凱依是部落的頭目，她的丈夫撒達一爾入贅到她的部落。有一天，撒達一爾對小舅子撒比力說：『我們去芋頭田拔草吧！』於是，兩個人就上山去了。途中他們經過一片竹子林，撒達一爾對撒比力說：『我們以掘棒來挖掘竹子的根，比比看誰的速度快。』

「撒比力年輕氣盛，一心想要贏過姐夫，所以當撒達一爾話才說完，他就向著竹林，開始埋頭挖掘竹根。撒達一爾是個具有神力之人，他手上的掘棒一拍地，竹林應聲連根翻塌下來了。

「『我們抽個菸斗吧！』撒達一爾看著狼狽的小舅子，若無其事地說。他們坐下來抽著菸。一會兒，撒達一爾又說，怎麼我的菸熄了，也點不著火。其實，撒達一爾有意要謀害撒比力。當撒比力過去幫他點火時，撒達一爾就把撒比力的頭給取了下來，裝進背袋裡。

「撒達一爾回到家。『怎麼沒看見弟弟?』撒凱依説。『不知道，他明明比我早回來。』『到那裡去了呢?晚餐都已經涼了。』撒凱依怎麼著急也盼不回弟弟的蹤影。

「此時，撒達一爾說：『撒凱依，我要抽菸!請把我的背袋拿來。』撒凱依走到石柱上，把掛著的背袋拿下來。背袋異常沉重，她拉開一看，是弟弟的頭顱。

「撒凱依保持鎮定，不發一語。心中縱然萬分悲痛，她仍然不動聲色，默默想著對策，心底不停地問，為什麼遭受如此對待。

「這完全是撒達一爾的嫉妒心。身為頭目的撒凱依，備受人民愛戴和尊敬。在收穫祭當天，撒達一爾眼見遠從其他部落來歡度慶典的人們，如螞蟻般湧來，他們將獻給頭目的貢品、獵物，掛在榕樹上和家屋四周。榕樹因為貢品繁多而垂掛著。撒凱依的威望竟然勝過自己，撒達一爾心生嫉妒。

「撒凱依召集人民，商討下一步。

「最後，撒凱依宣布：『再過三天，就是收穫祭了。每家每戶都要殺豬，要拿最好的酒，每個人要像以往一樣，熱熱鬧鬧來過節。然後準備好要帶走的家當，當晚，我們就要離開這個部落。』

「收穫祭當天，如往常熱絡，人們盛裝唱歌、跳舞，飲酒作樂。

「他們將豬的油脂沾在一把把的小米梗上，當作是照明的火把。當撒達一爾一醉倒，人們便挨家挨戶敲門，聚集在頭目家前庭。每個人手上燃起的火把，如天上的星辰閃耀著大地。

「是夜，撒凱依帶領她的人民離開她生長的地方。」

四

蜿蜒的山路，每過一個轉彎，我的記憶就都鮮明了起來。

臺灣六〇年代的部落生活是充滿快樂的山林生活，人與大自然共為一體。隨著莫名的巨大力量湧入，部落不自主地受著影響，生命中原本最初的東西也漸漸褪色消散。

「透過遷移，新的事物不斷在妳眼前湧現——那個時候，只有心靈覺明的人才知道風所帶來的訊息。」

我第一次離家到外求學的那個早晨，巫師來家裡為我祝福時對我說：「若我從大武山回來人間，你會知道是我回來嗎？」

父親在廚房燒火，爐鍋裡的樹豆和山豬肉散發著香味。母親坐在巫師身旁，我背著窗口坐在矮凳上向著她們。

清晨的陽光從窗口照在我的背上，落在客廳的石板上。

當時我並不明白死亡意味著什麼，但我的離開對於部落老人家而言，就是一種「死亡」。

「妳今天離開，我不知道明天或後天會不會再遇到妳？」老人家這樣對我說著。

「離別是死亡的其中一個面孔。」

從小到大，無論在那裡遇見老婦人，她們總是先用雙手輕撫我的髮，檳榔染紅的嘴唇親吻我的額頭、臉頰、撫摸身體，然後，事情就像應會發生似的，她們會以哀傷和思念的語調說：「孩子，我們死後，妳會記得 vuvu 嗎？」互動的形式像是我們的歌，她們是領唱者，當她們領唱完，該我展喉回應她們的歌聲時，她們隨即改變旋律。拉起裙角擦拭著眼淚和鼻涕，回頭以愉悅和俏皮的音調跟同伴說：「朋友，我們別老是站在太陽下。晒黑了屁股，男朋友會不理睬我們的。」然後哈哈大笑。死亡從不曾以沉重的低音大喇叭聲出現在我耳畔，它是以輕快的旋律，像陣旋風，輕輕拂過我的身體。

我低著頭，心裡想著死亡。它是像黑夜時靜默的山林？還是白天裡燦爛的陽光？透過黑夜，生命才得以延續，但陽光下一張張縐褶的臉孔也有深沉的哀思啊！這是個難題。我抬頭仰望，看見巫師雙手環抱著膝蓋，面容慈祥而平靜地朝著屋外凝視。

「我們老人家知道自己的方向，我們死後一定會回大武山祖靈所在地。但是你們呢？你們會迷路。」

「孩子的離開，必然有她清楚的想法。我們從小教導她的，會是她一輩子的陪伴。」母親說，「那些被撒凱依帶走的人民不是也有人回來嗎？」

我側耳傾聽著。

「他們想念故鄉的樹豆。」巫師說，「難忘樹豆湯的味道，他們從遠方遙望故鄉，看見炊煙裊繞，於是離去的人們再度踏上屬於自己的地方。」

父親提著湯鍋進來，特別地道，香味四溢。地瓜、芋頭、小米飯也都一一端出了。

母親走出屋外，一如往常請來左鄰右舍的老人家共同享用。

「透過遷移，新的事物不斷在妳眼前湧現……。」

果然，七〇年代部落的生活充滿變化與哀傷。有時候覺得部落的命運必然衰亡，造物主決定如此，生命如此，萬物亦復如此。

事情從貨幣帶來的力量開始。

七〇年代初，部落陸續有人往平地工作，賺取百數（錢）我們開始有了許多平地用品，如電視、電冰箱。貨幣帶來的不只是這些，還有新的價值觀。很快的化妝品美白之類的流行話題在部落中流轉，有人開始注重保養。蛋白敷臉可使皮膚變白是一種，吃食品永保青春是一種。已經少有人願意再待在山上工作，大家都不願意曝晒在陽光下。族人黝黑的膚色變成我的罩門。我對上山工作也變得意興闌珊。

「有一天我走了，妳拿什麼做依靠。」父親對著不願隨他上山工作的我這麼說。

父親再說同樣的話時，我已經閱讀了三毛的《撒哈拉歲月》這本書。於是，我以父親完全聽不懂的語言（漢語）回答：「我要去流浪。」

五

將近五小時的車程才到達寇達里，寇達里是西藏和尼泊爾的邊界，我們在此辦入境手續。一下巴士，我們被一群「親戚」包圍，大人、小孩、婦人、年輕人，女女男男，他們手指著背包要幫我們背，我們的大行李已由當地負責人分配安排了。我搖搖頭，比了一個「很～～大」的手勢，然後，手指著人群中他們的「頭頭」：一位頭戴淺紅色鴨舌帽，臉上有著淺淺笑容的年輕人。眉濃、大眼，而且皮膚黝黑，神情、長相與部落裡大我三歲的依笠斯完全一個模樣。

小時候我和依笠斯一起放牛，一起跟著父母到耕地幫忙，他的父母是敦厚溫和的人，工作的多半是依笠斯的母親。他父親常來我家喝酒，喝到哪裡倒在哪裡，經常見到依笠斯削瘦的身形扛起他父親的肩膀，在石子路上顛顛倒倒。

依笠斯的家位於部落最上方，風最吹得到、陽光最晒得到的地方。後方有片陰鬱的大樹林，是族人上山耕作的出入口。到了晚上，傳說那裡會有一堆鬼在行動，所以，太陽下山的時候，留在附近玩耍的小孩，一定要急速跑回家。

到他家有兩條路，一條是路面坑坑洞洞的陡坡，碰上雨天就變成瀑布區，泥濘難行。一條是部落引接管線的集水區，接管線在砌高的石牆上攀爬，時常有蛇從水管洞口中出沒。

除了依笠斯他爸爸會出來喝酒外，依笠斯的其他兄弟姐妹很少出來玩。看到他的人會說：「依笠斯來找爸爸嘍！你爸爸躺在這裡啊！依笠斯。」

他都會露出早熟的微笑。

有一次，我和同伴在辦家家酒，為新娘採牽牛花當花環，看見依笠斯站在屋外一個人在笑著。

「依笠斯你笑什麼？」我說。

「叔叔把別人的管線切斷，還說別人的水管太大，水流不到叔叔家。」依笠斯笑著說。

有時候，依笠斯的媽媽看見我在他家附近玩耍，回頭就跟依笠斯說，怎麼不招呼妹妹進來家裡。依笠斯怯生生地喚著我的名字說：「進來我們家玩。」

我和同伴湧進依笠斯的家，幾個小蘿蔔頭，擠在一張椅子上，彆扭地吃著桌上的烤魚和地瓜。

吃完東西，天還很明亮，依笠斯的母親要他送我回家，並且到菜園拔了一大把菜，要依笠斯帶著。

雨季，父親在山上抓到一隻烏龜帶回來給我當玩具，他在烏龜背上鑿洞，然後用一條繩子穿起來。溼濡的大地，我穿著乾淨的衣裳，在清麗的空氣裡，牽著我的烏龜散步。

依笠斯和他弟弟手上各提著一個袋子走過來。

「啊！妳在溜烏龜。」他看到烏龜高興地說。

他和弟弟蹲在地上用手摸摸烏龜的背，觸觸牠的頭和腳，然後從袋子裡撕一片筍子餵烏龜。

「請你吃。」他對烏龜說。

烏龜不理。

他斜著頭問：「你吃什麼呢？」

烏龜沒有回答。

依笠斯和弟弟起身離去。不久，我聽見媽媽呼喊我的名字。

「哦……」我向家的方向回話，快步回家。

依笠斯竟然在我家裡。我到廚房拿竹籃子給媽媽，媽媽將依笠斯袋子裡的竹筍傾倒在籃子裡。然後把百香果、香蕉、地瓜，一籃一籃拿出來裝滿他的袋子。

「妳的烏龜跌倒了。」他說。我回頭一看，才發現被我一路上拖回來的烏龜，已經四腳朝天。

依笠斯的父親在一個平靜的早晨離開人世。

我國二時離開故鄉，很多年過去，始終沒有再遇到依笠斯。

有一年豐年祭回部落，在路上遇見依笠斯的母親。這位慈祥、勤奮的婦人說：「依笠斯和瑪拉武德（我哥哥）兩個人在一起喝酒，別人是愈喝愈多話。他們像結穗累累的小米垂向土地，兩個人頭對著頭不發一語，愈喝愈掉下去。」

「妳有多久沒來家裡了，妳的路，看起來，是愈走離我們愈遠了。」她看著我不發一語，心中好像還有什麼話要說，卻就此打住，她牽著我的手，一路走向坑坑洞洞的陡坡來到她家。有幾個年輕人圍坐在她家屋前的石板上唱歌、喝酒，我走近一看，原來全是兒時的玩伴。許多年不見，我這個人像是消失了一般，現在突然出現，他們在驚訝之餘，難免要審問我。「快點結婚啦！依笠斯等妳很久了。」梅花手指著檳榔樹，樹下果然是面對面低垂著頭的兩個人。梅花說：「妳看依笠斯和妳哥哥，他們感情很好，每次喝酒就變成熟睡的小米。」惹得大家都哈哈大笑。

「依笠斯，小米要採收了。」

我走到他身旁問：「我是誰？」

依笠斯慢慢抬起頭，睜開一隻眼睛。他看見我，臉上露出笑容。他這一笑，歌聲伴著吉他就響起來了，大夥高唱著：「妳的微笑就像春日風／吹開了愛的花朵／那樣美／那樣好／使人間處處歡笑。」

我一坐下來，依笠斯就站起來，跌跌撞撞地走向屋裡，端了一盤烤魚出來。

「昨天我爬到山裡的深河抓來的。」他說，「吃不夠的話我晚上再去抓。」

「我今天就要走了。」

「喂！我要到民國幾年才和妳坐下來談。」他非常失望。

我不知道哪裡說錯。「談什麼呢？」我看著他說。

「談什麼？」一雙濃眉大眼，迷茫地看著我。

「把媽媽找來！」他兩手插在褲袋裡，喃喃地說。

「妹妹，妳從小身體不好，我們的父母已經說好要讓我們結婚的。」

「你說什麼？」

「我們從很小的時候，父母就這樣約定好了。」

「別開玩笑。」

「我們來問媽媽，妳問這些人。國小畢業那年，我拚命工作兩年，才換取到我的身分證，老闆一毛錢也不給。我拿到身分證之後，跑去當捆工，跑了三年。那是我這輩子存最多錢的時候，那年我歸心似箭，特地從北港包計程車回部落。到了家裡才知道妳父親走了，而妳也失去了聯絡。雖然如此，我們還是帶著小米、檳榔、年糕去妳家呢。這些年，妳都在哪裡呢？」

「老人家不在了……我們的耕地妳看過沒有，一條又寬又大的柏油路從中間開過去。以前要走一天的路，現在五分鐘就到了。妳說，這樣是好還是不好？」

我不知道如何回答，只好舉起杯子，默默喝著小米酒。

悲傷的心情總是讓我抬頭仰望天空，一隻蒼鷹在空中展翅翱翔。

「你們看，有一隻老鷹在天空。」我說。沒有人回應。

我拿起一瓶小米酒，把身旁垂頭喪氣的依笠斯叫起來，暫別這喧鬧的一群。我們走向以往族人通向耕地的出入口，坐在一塊大石頭上。眼前的天地一片遼闊，心胸也舒展了。

「你看那隻老鷹。」我說。

「那有什麼稀奇！」牠每天都在這個時候出現。

「告訴你一個祕密。」我說，「我是那隻老鷹，喜歡和風和雲對話。故鄉變了容貌，我仍然是愛著這個變了樣的婦人。我領受了土地的祝福和巫師的眷顧，我要開墾我的生命，放自己流浪。」我說著，自己也心酸了起來。

流浪，流浪到異地。從這人身上到那人身上，也許是遊走在無明的情感激流中，或者流浪只是放縱自己的藉口。

老鷹在空中盤旋嗷叫。

我倒滿酒杯，一杯給依笠斯，一杯給自己。兩人碰杯，一口仰盡。

「也許，你應該要有老鷹的翅膀。」我說，「生命才有力量。」

「力量從那裡來。」他看著前方：「我不知道妳說的祕密，但是，我知道，一根竹子，若削去了竹節，要剖開它，多麼輕而易舉。」

「根在，還可以再長啊！受過的傷或失去的東西，就讓它走。回到內在生命的原點，重新思考。」

依笠斯搖搖頭。

「妳說的都太深奧了！」他說，「我只想問妳，妳什麼時候才會想回家定下來。」

「當部落的火把重新燃起的時候。」

「妳喜歡烤火？」

關於部落，有一則故事是這麼說的。我一面倒酒，一面把撒凱依帶人民出走的故事講給依笠斯聽。

「我可以天天起火啊！」他說。

老鷹沿著山谷飛翔，漸漸消失在眼前。

我望著前方沉默不語。

許多年後，站在尼泊爾和西藏的邊界，千里迢迢，看見另一個依笠斯，我望見內心的故鄉。

在寇達里完成入境手續之後，我們步行走過中尼邊界的友誼橋，過橋後，一一交出證件接受檢查，背夫們背著我們的大行李直接通過，斜坡路上沿路是貨車和販賣各種日用品和衣物的商家，前方一陣騷動，一群人扛著一件被捆起來的「大行李」運下山，我一看便知道被抬著的是一具屍首。是去轉山的人，吵吵嚷嚷的人群裡，我聽見這樣的話。是轉山人的遺體。

拉薩來的車隊和導遊已經在此等候，我們坐上車，以為就此暢行無阻，誰知還有更嚴格的把關在後頭。

樟木是外國旅遊團和登山探險隊主要通道，設有中國海關和動植物檢疫所，經過冗長的等候和檢查之後，一出鐵欄，蜂擁而至的是年輕的男男女女拿著紙鈔換人民幣，在尼泊爾邊界的屋頂上用餐時，樟木，這隱沒在煙雨濛濛中、令人神往的美麗情景，就在此時，竟然消失。

我們坐上吉普車前往聶拉木。

進入荒蕪高山、峽谷、漫無人跡的荒原上。

離開樟木約一個多小時的路程，我們到達海拔三千八百公尺聶拉木，日夜溫差大，空氣稀薄。平時鍛鍊出來的體能，在此已毫無招架之力，旅店主人把我們的大行李一一送到房間。我背著背包踏上階梯一步一步地爬上三樓。我覺得胸悶，不斷喘著氣，心臟要跳出來似的──撲通、撲通地撞著胸口，有人說當你聽見自己的心跳聲，表示你的聽覺變得靈敏了。若是在臺灣，我相信這句話，但此刻的現象卻是高山症。高山症讓我們每個人看起來都相當疲憊。

我坐在床沿，閉上眼睛，把量著脈搏並且放鬆心情來調節呼吸。看起來，西藏的第一晚，不是能不能適應跳蚤的問題，而是如何讓心跳聲平緩下來，然後再睡個好覺。

旅店沒有熱水供應，沒有衛浴，有一間可以沖水的廁所。

為了慰勞疲憊的身軀，我們享用了豐盛的晚餐，晚餐有炒蛋、高麗菜、苦瓜炒鹹蛋、雞肉、青椒炒牛肉、番茄蛋花湯。

刷完牙，我躺在床上數著自己的心跳聲。

冷風灌窗而入，一會兒，巴薩巴薩地下起雨來。濁黃的燈泡下，阿金閉著眼睛，默不作聲地坐在床上。

「阿金，下雨了。」我說。

她嗯了一聲。

屋外，河水滔滔。「屋子後面是一條河耶……」我說。

「對啊！」阿金仍然閉著眼睛回答。我把手放在胸口，聽著雨聲。

漸漸地眼皮愈來愈重，雨聲愈來愈遠，我呼著氣，沉沉入夢。

我第一次離家到外求學的那個早晨，巫師來家裡為我祝福時對我說：「若我從大武山回來人間，妳會知道是我回來嗎？」

父親在廚房燒火，爐鍋裡的樹豆和山豬肉散發著香味。

母親坐在巫師身旁，我背著窗口坐在矮凳上向著她們。

清晨的陽光從窗口照在我的背上，落在客廳的石板上。

唵嘛呢叭咪吽

八月二十日

昨夜，我不確定自己是否找到一種舒適的姿勢，然後睡著了。兩腿一伸直，腳底就踢到冰水，全身發著冷顫。

夜雨在地上結成冰塊，浸溼了腳底的睡袋，穿在腳上的兩條襪子也溼了。我起身，忙亂地自背袋裡翻找出其他可禦寒衣物，從頭到腳將身體緊緊包裹住。

我好像一個酒鬼，一輩子過著混沌的日子，有一天喝死了，被裝在冰庫裡。由於還不是該走的時間，身體底層的微細部分和外界有了連結，冷空氣吸入肺部，突然甦醒過來。張開眼睛，發現周遭是冒著白煙冰庫，醒來之後，還發現腦袋變得十分清明。

「喔！我活著。」當身體冷得像跳舞般顫抖的時候，這是發自內心的讚語：「喔！我活著。」

銀灰色的天空十分迷離，峽谷、山野、轉山之路，人影幢幢。

我披著毯子，坐在帳篷口仰望，山谷裡流動的人們，宛如一條綿長、恆動的流水。流水逆流而上，順勢而下，不起任何的激流，不起任何音聲，恆常流動，恆常靜謐。

我彷佛聽見巫師的吟唱，從銀灰色的天空傳來。

有些事情，內心所產生的疑惑，不去弄明白它，就像蒙塵的鏡子，愈是逃避、不擦拭鏡面，愈是看不清真實的面貌。

我記得那個清晨。

雞啼第三聲後，老人家一如往常醒來，走到廚房裡生火。另一個聽見雞叫聲的老人也醒來，來到朋友的廚房。隔壁的奶奶嗅到升起的煙火，背著檳榔袋也來了。動作輕緩、私私竊笑、是老人家獨有的節奏，黑暗中看見，以為鬼鬼祟祟，她們總是喜歡一起早餐，然後配上關於舊部落那座山的神靈奇事，對她們是一件樂事。說笑聲音都壓得低低的。

那天，與其說是個意外，不如說是震撼吧！

她們談起不久前回舊部落的事情，已經四十年沒有再回去了。施洒奶奶說：「一回到我殘破的家，人家叫我唱歌，我一直哭，回想過去美麗的家園，我唱不出來，我只有哭。」

她說她一直哭，而我卻懷疑她那麼樂觀，我甚至看不見她的臉上顯露一絲的痛苦和不捨。「石頭還在嗎？」奶奶說：「那個我們小便的石頭。」

「有……」施洒奶奶唱歌似的回應。「從前我們上山的時候，只要經過那裡，我們一定到那上面小便。我的朋友，我的尿，有誰贏過我的尿，它總是又直又長的在那石頭上溜滑梯，然後很捨不得地滴落到地面呢。以前的人不是說嗎，在那上面小便，尿愈長，表示妳活得愈長。」

「呀，嗚～～依（是），葉子都落光了，樹上只剩一枝葉與風殘鬥，那就是妳這個長命的人，妳何不乾脆說妳的尿會邋鞦韆呢，哈哈哈。」奶奶摀著嘴笑起來。

「就是那兩個好朋友發現彼此的大石頭。」巫師說。

「發現什麼？」我說。

巫師唸一段古語，睜開眼睛，敘述它的意思：「有兩個女孩，是好朋友，她們在大石頭上面玩耍，發現彼此的陰戶，她們很好奇，非常好奇，兩人互相逗弄著彼此的陰戶，後來死了。」

「就這樣？」

「就這樣。」

這是什麼意思?太陽還沉醉在黑夜的擁抱裡呢!怎麼這時候講這種故事。這三個人在胡亂說什麼,我十分不明白,這樣聽起來相當荒唐的故事,也像詩詞般被吟誦。

巫師閉著雙眼,又是一段我聽不懂的古語。

我好奇的問,「那又是什麼?」

「就是在述說那兩名女孩,她們在石頭上玩耍,看見彼此的陰戶。很快樂、很快樂,然後死了。」

在場都是老奶奶,我難為情地滿臉通紅,甚至有些生氣,氣這些老人天還沒亮就跟我開這種玩笑。

她們都是年輕時候失去丈夫,施迺奶奶年輕的丈夫被日本軍徵召到南洋打仗,就再也沒有回來,她們獨立扶養自己的孩子,她們生活得很快樂,非常地快樂。

白天,我親耳聽見一個篤信基督教的長者說她們是撒旦,是頑劣的石頭,是讓人迷失的黑暗森林。

迷信,他們說,以前的人過的真是魔鬼的生活,早上上山,半路上聽見鳥叫聲,就要折返回家。真是迷信。

我說給她們聽，她們一副隨人家怎麼講的態度。

我的耳朵聽慣了大道理，最好能告訴我，事情要那樣做這樣做。而她們從來不說道理。她們的頭上有一棵樹，樹上長滿故事，隨手一抓，「很久很久以前……」這就是她們要說給你聽的道理。

我憤而離去，再也不想知道關於她們，關於部落的種種。

我迷迷濛濛的雙眼，在彼此侵擾的歲月裡翻轉，瘋狂捲入在這麼多的悲傷裡，不停地翻轉。悲傷的酒、悲傷的歌、悲傷的道路、悲傷的家園、悲傷的生命。好像一個傻瓜，被吸光的精力，再去尋找另一個枯乾的生命相互取暖。

世界以本來的面目自然地運行，究竟我生氣著誰？憎恨著誰呢？

恐懼。逃離是因為恐懼。生氣和憎恨是因為恐懼。

美麗的清晨，我接受一件美好的禮物。是，我明白。靈魂在左右兩肩，無論它遭遇了什麼，它在，一直都在。

我對著她說。

我的體內，有一股溫暖從肚腹、流經大腿緩緩流出。月經，我的月經提早報到。沒有任何疼痛的感覺，沒有牽動身體任何一根神經，在這樣異常清醒的清晨，她溫柔而安靜地告訴我，我來了。她的溫柔害羞，竟然讓我笑了起來，這是生為「女人」以來，第一次感覺到月經是「好朋友」呢。

我戴起口罩，踏著輕快的腳步，走向山坡上的方便帳。

走出方便帳，看見天空布滿銀灰的顏色，我站在高處觀望著轉山的人們。山坡下嬰孩的哭泣聲，吸引我的目光。

昨天，天色開始昏暗的時候吧！這一家五口人在這裡卸下家當，燒起犛牛糞。睡夢中，在隔壁帳篷裡聽見安可咳嗽不停，愈來愈急促的咳嗽聲，聽得我胸口悶痛起來，他拉開帳篷拉鍊，向外面呼叫，醫生，醫生，快拿氧氣桶來。我聽見綠色帳篷走出來的腳步聲，安可的咳嗽聲停止。不一會兒，腳步聲離開他的帳篷，漸漸走遠，安可鏗鏘有力的話飄到耳朵裡：「請他們不要燒犛牛糞，我不能呼吸了。」

我蜷縮在睡袋裡，地勢不平，腰部以下剛好「掉」在一個斜面上，身體怎麼擺都不對，如果身體能支解了還好，偏偏它們是連在一起的。

夜雨，叭答叭答下著，帳外嬰孩在嚶嚶哭泣。小郭深沉的呼氣聲，我輾轉難眠。

我像一隻狗蹲在山坡上，仔仔細細地注視著這一家人的一舉一動，嬰孩醒來不停地哭著，聲音細小非常微弱。

我思索著，每天給犛牛背馱的大背包裡，除了睡袋，裡面裝了什麼，一罐羊奶粉、薑茶、一包餅乾、一件棉質衛生衣、衛生褲、紙褲、雪褲、襪子和高領毛衣。

還有什麼呢？背包裡還有什麼東西可以拿出來送人家的，他們有熱水可以泡嗎？這麼小的嬰孩會不會對羊奶過敏？

我看見婦人坐在地上抱著嬰孩，男人在收拾帆布袋，地上是夜雨結成的冰塊，昨晚，原來他們是蓋著帆布袋躺臥在地上與草葉同眠呢。老先生從河邊提著水壺過去，坐在地上燒起犛牛糞。這一燒，煙霧四起，直竄著我過來，我只好站起來往帳篷的方向跑去。

坐在帳篷口，我小心翼翼地從背袋裡取出羊奶粉、薑茶、一包餅乾，要送的東西已經拿在手上，我卻坐著沒有行動，要是小孩對羊奶過敏，我沒有藥，餅乾也許好一點，可是，我僅剩這一包，怎麼夠人家吃。

有一中年男子向我這裡走來，他頭戴著呢帽，長像英挺而斯文。我以為他是來聊天，或來尋求幫助的。遠遠地就盯著我的眼睛不放，有幾次，我把視線移往別處，再看到時，他已來到面前，「需要什麼嗎？」我們眼神短暫交會，我的視線還是移往別處。他看著我，撿起地上的犛牛糞，從那眼神我看得出他對帳篷有莫大的好奇心。「說句話吧！我也想和你聊聊！」我內心發出這樣的聲音，然後，我的眼睛找到理由直視他的右眼。

他摸摸帳篷的繩條，探頭往裡頭看。

「有人在裡面睡覺。」我說。

他一言不發地走了。

我有些失望，在排灣族的習慣上，直視對方眼睛不放，是視作輕浮、無禮的舉止，尤其是對年輕女孩，除非你真心真意愛戀著對方，付出時間和勞力在女方家裡工作，還要三不五時地吆喝一群朋友到女方家裡互唱情歌。

中年男人一走，又來了兩個年輕人，年紀較長的戴著呢帽。也是一路盯著看過來，我站起來，直視他的眼睛。

「會說普通話嗎？」我說。

「這個帳篷還要嗎？」他說。

「還要。」

「這個帳篷還要嗎？」

「還要啊。」

「這個帳篷還要嗎？」

「要，裡面有人在睡覺。」

「這個帳篷還要嗎？」

「這不是我的。」

「這個帳篷還要嗎？」

「要的。」

也許他們真的沒見過這種橘黃色、看起來十分可愛溫暖的帳篷，在我和他對話的同時，他的另一個同伴，已經好奇地往其他帳篷拉開拉鍊探看，剛好被攝影回來的達瓦看見，把這兩人大聲斥罵走了。

吃過早餐，正在拔釘收帳篷的時候，來了一個穿著西裝外套的中年男子。摸著腹部，但不知在說什麼。經理指了一個方向，指向鄰近正用犛牛糞炊煮的轉山人，那人過去，又回來，找來吉林當翻譯，才知道他肚子疼，來要肚子疼的藥。我們有維他命C、人蔘茶、就是沒有這個藥，我患有胃潰瘍，這時候才發現，我一包胃藥也沒有帶在身上。

熱心腸的拉醫師給了他一帖藥包。

小米穗般美麗的金色陽光照耀著山谷，同伴們背起了背包互相吆喝打氣。臨走前，我一時興起，回頭跑向山坡上，摸摸正在低頭吃草的犛牛，我才發現草原上，沿著山麓流淌而下的清澈溪流，被遊客任意丟下的方便麵袋覆蓋著，一條細細長長的清澈溪流，長長的、滿滿的垃圾。（這是個神聖的地方吧！聖地我們會留下給族靈的小米酒和獸骨。）

我不禁悲從中來，女孩，我昨天看不見妳一張明亮動人的眼睛。原來，妳被埋藏在一堆垃圾底下。美麗的女子，人們把妳弄瞎了。

吉林看見我走回來，對著麻袋裡的垃圾躊躇不安時，他告訴我，這一袋垃圾他們會一起帶走。我對著他傻笑。算了，我說。他那裡知道我想的不是他眼中的這些垃圾。算了。我說服自己，別想動手清理。我的背包塞不了這些垃圾，一個麻袋、兩個麻袋、再多的麻袋也清不了，我攤攤手，算了。

在這趟「靜靜流淌的河水中」，我已經上路了，不再是昨天坐在河邊觀望的人。**我在轉山人潮之流中，正經歷朝聖之路。**

爬上急陡坡，有一處地方橫掛著風馬旗，地上高高地堆疊著各類衣物，這些都是轉山人為病痛無法同行的家人帶來此做祈禱、驅邪之用。帽子、鞋子、衣服、褲子，紅的藍的黃的綠的，與紅白黃藍的風馬旗擺在一起，充滿靈怪的感覺。

有些散落在一旁的紅上衣、毛衣、黃色棉質運動褲、褐色的帽子、西裝褲、綠鞋子，看著這些躺在地上衣物的形狀和顏色，好像我認得這些主人，站在那裡佇立很久。縱然橫掛著經幡，就是沒有人走過去把這些散置在一旁的衣物堆放起來。我來自多神靈的民族，沒了解之前，我也不敢靠近。

吉林不知道什麼時候跑到身邊，問我背包要不要讓他背著，我看見他背著麥可的攝影器材。

「我可以的。」我自信滿滿地回答。

達瓦說的一點都沒錯，這是考驗的開始。他昨天勸過我們要好好休息，而昨晚，正是這幾日以來身體最難「擺平」的一夜。

當不斷有轉經輪，一面口念「六字真言」的老先生、老太太、背嬰孩的婦人、一群嚷嚷的孩子，以及不時投以好奇的眼光打量過來的年輕小伙子從身邊經過，我才發現穿著名牌登山鞋的腳，愈走愈拖慢了下來。我們開始時，是保持著可以看見夥伴的距離，後來，距離愈來愈長。

看看手錶，從出發到現在，足足走了一個小時又二十五分鐘，走不動，已經不是體力和耐力的問題，而是隨著高度的攀升而出現的吸氧量不足。算一算，我是每走五步，就覺得胸悶，氣喘不過來。我回頭看小郭和經理，雖然手上有手杖的輔助，那也是每走兩、三步就要停下來呼吸的。

歌。

「忍耐，忍耐。追求幸福妳要學習忍耐。」我望著我的同伴，腦子裡竟然出現這首

有一個大石頭，它的身上長著大小不一的洞，大人小孩掛在動物身上似的，爭相要爬進洞裡，輪到一個身材壯碩的男子，他毫不衡量自己的身材就鑽進石頭洞裡，開始還好，到了裡頭洞口小了，進也不是、退也不是，那粗腰、肥臀啊，在狹小的洞口可憐被卡住了，大大的身軀要經過一番扭擺、拗折、蠕動，和吼叫，才一點一點前進。

我這人拿不準對什麼反應快、對什麼遲鈍。有時候朋友講的一則笑話，要在一年後某一天的公車上，笑話自己跑來了，我才對著窗口嘻嘻笑起來。

對其他事情也是一樣，會有個冬眠期，一年半載的，甚至更久。母親的歌也是這樣唱的：「我的愛，是追隨著陽光而來。」

「那沒有陽光（愛）的地方，怎麼辦呢？」

她唱著：「瞌睡的蟲子爬滿我的眼睛。」

「要睡多久呢？」

父親這樣答唱：「那等待我們的晚餐，已經布滿蜘蛛網了。」

就是這樣了，我睜著大眼看著那男子。好不容易，經過一番掙扎之後，他的上半身從我這頭的洞口出現，然後蛇一樣鑽了出來，並且做了一個深長的呼吸。突然，我的心臟，不規律地狂跳起來。我吸著大口大口的氣，轉頭離去。吉林不知從哪冒出，來，叫住我，「來啊！來。」他的臉上掛著笑，「這很好，來玩玩。」

「啊！」我摸著胸口，過了好一會兒才回答，「我……不……行。」

他露出跳水選手，在跳板上雙手向上高舉的姿態，連同背上的攝影器材，一溜煙鑽進洞裡。他打從一爬上這山頭開始，臉上就一直掛著燦爛笑容，彷彿這裡就是他的天堂樂園。

我的心臟只要還跳動著，我領受的世界就隨時隨地要從我的胸口、我的頭上，爆裂開來，我很難受，非常難受。

兩邊的太陽穴，疼痛欲裂。

人們在刻有佛手的石頭上觸摸、親吻，我也將手恭恭敬敬貼在佛手上，當沉靜的老人轉著轉經筒，口唸著：唵、嘛、呢、叭、咪、吽。我低著頭，輕輕開啟我的雙唇，心無掛礙地誦唸著：唵、嘛、呢、叭、咪、吽。唵、嘛、呢、叭、咪、吽。

兩腳踏踏實實地踩在碎石路上，吸呼開始平穩，一直喊頭痛的聲音逐漸在身體裡縮小、縮小，不斷地縮小，最後她落到腳底變成影子，我不理她，她就不干擾我。

宇宙大地究竟存在著什麼樣的音聲密語，渺小如我，在這世界屋脊正感受了一種來自內外連結而產生微妙的震盪。

巫師曾經告訴過我，只要我開口誦念經語，存在天地日月的萬物眾神會幫助我……。

「靈力。」她說，「走路，石頭、草葉、深林、風吹、蟲鳴鳥叫、天上的星星月亮太陽，這一切都是靈力。妳只要學習接受，眾神會幫助妳開啟與生俱存的靈力。往妳的裡面凝視，妳感知到他們的存在，是妳感知到他們。妳相信，所以妳會明瞭宇宙啟明語言的奧祕，一點都不困難。」

「有鳥經過，妳怎麼忽略牠呢！烏鴉不隨便停留在部落的樹頭上鳴叫，樹林也不是隨便長成深林密意，被蛇咬是偶然的嗎？」

「一個人若是了解這些，他就是謙恭之人了。妳是排灣，是嗎？」巫師突然這樣問。我點點頭。

「那就是了，」巫師說，「我以為，我的同路人都在墳墓裡呢！」

我終於明白，我具足的能力，它在那裡，我從未失去它。只是後來加注太多的想法和評斷。別人告訴妳，妳這個不好、那個不好，隨著空間時間的移轉，自自然然流失掉自己珍貴的部分。

此刻，我又重新回到那個「老我」本身。問起自己八歲時候問的問題，為什麼出生在部落？為什麼我是排灣族人？

這是巫師說的嗎？貫穿全身的力量，自內底的種子湧生出的力量。

吉林和拉醫師坐在地上休息，我卸下背包，坐下來吃餅乾、喝水，拉醫師自動站起來離開我三尺遠的地方，「聽說妳討厭菸味，哈哈。」我指著鼻子說：「啊！這裡出問題。」

「妳看。」吉林要我看前方，我只看見獨立於神山的一座白雪覆蓋的山。這是神山的那個方位，我心裡這麼想。

「那座是觀音座。」我不知道吉林說的準不準。我因為疲累，眼睛看不遠，也不太願意說話。不管他和拉醫師說什麼，我都是「嗯！嗯！嗯！」地答著。

「有沒有像觀世音菩薩。」吉林轉過頭來，高興地問，「像不像，像不像。」好像是他發現似的，一定得給個回答才行。

「嗯！」我喝了一口水，瞇著眼，又看了一次。

「是。」我說。矗立眼前的，正是觀世音菩薩。

我的左手拿著一包乾糧，右手一瓶礦泉水。我坐著，兩腳向大腿內彎曲成散盤座。如快門卡喳的瞬間，我脫離軀殼，對面看見自己的身形。

「這就是妳。」聲音說。

出其不意地，像貓頭鷹從黑暗的樹枝上飛過來，撞到心房

我還來不及回神用腦袋思索這是怎麼回事，一連串的聲音又出現。

「我是誰？怎麼會在這兒？我不是攝影家，不是天生熱愛冒險的探險者，我怎麼會在這兒？我躲著誰？在假裝什麼？」

「死亡，死亡如影隨行，只好遺忘。遺忘那沒有了儀式，沒有了神話的部落，遺忘

昨天的前天的。遺忘從前過去，以為這樣，眼前就沒有死亡。妳哼唱自己的歌來，愉悅的思念的句句是死亡的哀思啊！死亡的哀思是延續族人的命脈是潛藏個人生命裡巨大無比的力量。」

腦海突然閃現族人在墓園集體掃墓的情景。一個人，需要多少時間的洗禮和痛苦煎熬，方能真正了解一個「明白」。在這個高山上，我應該坦承並且接受，在內心深處無法癒合的傷痕。

寒風吹拂，低低切切的音聲圍繞著周遭，再次，我抬頭凝視前方。內心一陣交戰，我垂下頭來，漠然地哭泣著。

我一起身，吉林趕忙拿走我的背包，交給一位老先生，「他是我們的人，看犛牛的，妳看。」他指著拉醫師從隊友身上卸下來的背包說：「醫師也幫著人家背。」我只好點頭跟老先生說聲謝謝，朝著卓瑪拉山頂繼續前行。

走著走著，我又變成一個人，小郭不知道在後頭哪條彎路上。

卓瑪拉山頂已經在望，我放慢腳步，走到人煙稀少的地方，那裡有一堆堆如大象一樣大的石頭。

犛牛工口哨聲四起，我從石頭縫上站起來。看見犛牛群背馱著貨物，壯觀的犛牛隊，牠們低著頭背馱著貨物，像一大塊一大塊的石頭在我眼前流動著，看起來是那麼寧靜而強壯。

犛牛從早工作到晚，任勞任怨，卸下了貨物，也是低著頭吃草，就是不像我小時候放牧的小黃牛，老愛抬起頭來「哞——哞——」叫。

有一頭犛牛是我出錢來轉山的呢！人轉犛牛轉，我心中升起一種賦歸的喜悅。

爬上海拔五千七百公尺高的卓瑪拉山頂後，不再是那麼費力。因為是馬年，人潮聚集，旗海飄飛，沸沸揚揚。裊裊蒼煙，憑添了許多人們對於神山的虔敬與寄託。

一幕幕充滿虔誠臉孔的靈魂，抛灑著紙馬風旗，隨風飄揚。大夥排排站列，由導遊和經理代表，將每個人寫滿對家人的祈禱祝福的風馬旗橫掛起來。那兒已有太多轉山人掛上的風馬旗，他們得踩著別人的風馬旗上才能掛上。層層疊疊、如絲網交錯的風馬旗，善念盈滿，當我們的祝福被掛上，自然雙手合十，誠心祈禱。

我頓然了解堅持的意義。

卓瑪拉山頂上有一個小碧綠的湖泊，湖畔結冰，我想這裡就是溼婆之妻烏瑪女神的沐浴湖了。我凝望著湖泊，那裡，有一個人在結冰的湖畔上跌跤了，我身旁的老人發出咯咯咯的笑聲。

導遊說要先回搭青處理車子的事，隊友有人想跟他一起回去，導遊認為我們當中恐怕沒有人跟得上他的腳程。但是，有人堅持提早離開，誰跟得上就走，要不，就留下來。這是祈福過後，人類面對問題的一個小爭論。最後由經理的這句話作結論：「一起行動，不要分散。」導遊走了，一行人望著那離去的背影，沉默不語。氣溫驟降，受不住山頂上的凜冽風寒，我們急著下山。

從小就走慣了懸崖峭壁，爬山涉水，在樹上猴子樣地攀爬嬉戲，一點也難不倒我。下山的路是個峭崖，這裡發生過什麼事，應該是長滿樹叢的山，怎麼是一柱柱林立的石頭呢。

我站在那裡躊躇好一會兒，心想等小郭來了，再一起下山吧。

唵、嘛、呢、叭、咪、吽，清脆響亮的歌聲，從遠處陣陣傳來，流水般不曾停斷。誦唱的小姑娘穿著藏服，腰間束著腰帶，手持唸珠，健步如飛。經過我身邊時，路窄，她跳過一個石頭，頭顱大的石塊被裙擺夾落，絆住了腳，小姑娘失去重心，我扶了她一把，圓潤的雙頰淺淺一笑，即邊唱邊輕快地往峭崖走去。

唵、嘛、呢、叭、咪、吽，高亢的歌聲迴盪在高山上，彷彿剛剛扶起她的是一塊石頭。

山下的人們一如散狀的小溪流，找到歸家的路，男女老幼、小孩、年輕人，都各自朝著溪流走。我前顧後盼仍不見小郭的身影，人們從身邊輕風走過，咚！咚！一到峭崖，就不見了。我探頭看了老半天卻見不著路，陣陣寒風吹拂，這地方不等人的。

萬石障、萬石障。我心裡這麼想，過了這一障礙，就是英雄好漢。於是，自己摸路下山了。

一下山，就下冰雨，不久，雪花片片飄落。我坐在石頭上，觀賞這生平第一次看見的雪世界，漫天漫地的雪花。

伙伕遞給每個人一袋塑膠袋的午餐，發燒的小雄，靜靜坐在雪中咀嚼馬鈴薯，小郭和經理出現，眾菩薩果然保佑英雄好漢。

從地圖上看，好像就在前方不遠的地方。實際走來，不知走了多少草澤地，跳過多少個石頭，我們飢腸轆轆地望著草原上搭帳篷的牧民，那裡一定有東西吃，小郭臉色蒼白，呑了紅景天，還是頭痛難耐。我們頻頻回首仍看不見犛牛群。伙伕們還在後頭，那表示我們到達搭營地之後，還要挨餓一段時間。我的背包裡摸不出可裹腹的東西。休息的時候，麥可交出他的私藏——德國香腸。我不吃肉，只好躺下來閉目養神。

一入夜就開始下雨，我和小郭做了例行的臉部保養之後，早早就躲進睡袋裡。小郭蜷縮在睡袋裡問我，我們的帳篷是不是搭在河床上。我說是。

雨這樣一直下，我害怕河水氾濫，萬一我們在睡夢中被沖走，怎麼辦？小郭說出她的不安。

我側著身，雨聲是細細綿綿，時而是冰雹劈劈剝剝捶打著帳篷、草地上。鄰篷的伙伕們聊著天，談話的聲音和在雨聲裡，聽起來格外熟悉。

媽媽雙膝俯跪在地上，她的手緊抓著木窗，頭埋在雙臂下。就快到了，就快到了。身旁圍繞的家人撫摸著母親的背、肚腹，安慰著。聲音低切，生怕驚擾屋外任何生靈。

父親屋裡屋外，來來去去。這孩子也許等我出去透透氣呢，說不定這孩子等我再出去久一點呢。

父親抓起水桶，悄悄地避過任何會遇見族人的路徑，朝著水源地的方向去。有一個女孩站在父親來時的路上，這長頭髮的女孩是誰家的孩子，父親提著水一路跟著女孩，他想看清楚那女子到底是誰家的女孩，他再怎麼加快腳步仍然追不上那烏黑長髮的女孩。女孩一到部落的入口就消失無蹤，父親回到家門，我的頭從母親大腿鑽出來，自然落在母親兩膝間開展的黑布上。

我跟小郭說，放心，我們躺在世界屋脊，是世——界——屋——脊呢！不是在臺灣，你聽，他們在雨中談話的聲調，就像是守護的勇士。

沒多久，傳來小郭小小的鼾聲。

清晨，我在大山的呼喊聲中醒來，拉開帳篷口一看，天，我們已置身在冰天雪地裡。地上結冰，圍繞的山嶺、峽谷，白雪覆蓋，眼睛所見全是皚皚白雪，真是美麗至極。這難得的雪景，我們拿起相機拚命拍照，興奮極了。

早餐過後，我們最後一次收帳篷。收起帳篷，格外有一種即將歸去的感覺。再不需要搭帳篷、收帳篷了。

回家的路很遙遠，雖然是平緩的坡道，上路之後，早上的興奮之情早已煙消雲散。一山繞過一山，爬上山坡，走下坡，以為就要看到村落，看到的卻是山，永遠走不完的山，一個人走著，和隊友的差距越拉越長，吉林跛著腳出現，我和他聊起他在拉薩的生活。他說：「沒事就上茶館喝茶，再不就騎著摩托車到處晃晃。」追女孩呢？我倒是忘了他怎麼說的。後來吉林腳痛先走了，寒風襲來，我戴上口罩，一個人走著。

永無止盡的山脈，永無止盡的峽谷，行過一山又一山的路，繞過一座又一座的山。以為離開了山區，就可看到搭青，轉了彎，眼前又盡是黃褐色的山脈。

天氣轉陰，冰雨報到。我的胯骨、腰椎、整個背部劇烈疼痛，我和小郭、大山三人同行，沒有人提議停下來穿雨衣，我們心裡都明白，只要一停下來，那支撐的最後堡壘就要垮了，咬緊牙根，任風雨吹打，一直走、一直走。

桂春・米雅

〈山芙蓉〉（二〇一八）

〈當雨滑落髮梢〉（二〇二二）

Kuei Chun Miya，一九六七年生，臺東縣白茅寮部落阿美族。創作是她找到安居之所的方式，也是獻給大自然和 vuvu 的靈歌。曾獲第十三屆臺灣原住民文學獎小說、散文首獎。

長期關注原住民族傳統文化，致力記錄臺灣南島族群文化，潛心努力實地探訪、採集和記錄原住民族風情文物。目前居住於雲林，並擔任臺灣原住民族文化研究室研究員，寫作踏查之餘任職於長期照護機構。著有《米雅的散文與詩：種一朵雲》、《邊界　那麼寬》等書。

山芙蓉

交界處
遙祭遠海的浪濤
幾朵山芙蓉
依伴菩提樹搖晃
將冷空氣打個結
指尖瞬間化作白骨
岩石燃燒著腳印
抹上幾瓣流雲四散
流光幾次越過長橋
散落念珠和星辰
我搖動著芭蕉葉
託付給彩虹的雙眼
問　山芙蓉還在嗎？

山芙蓉盛開了，在每年九月末了一道冷風吹過之後，山腰下及河床邊處處可見。假若你在清晨遇見山芙蓉，清露襯著一朵朵白色芙蓉花，那便是和朝陽一樣光閃閃地發亮。

這時候的我和 vuvu 會比較辛苦，其實只有 vuvu 辛苦，我只是在旁邊幫她拿著一個瓢瓜容器而已。瓢瓜是菜園子裡 vuvu 親自栽種的，每年都能豐收，收成的時候，vuvu 會將背簍裝滿瓢瓜，沿路送給族人，但總會有一些來不及摘下的，放老了只能當水瓢用。我今天把瓢瓜當帽子頂著走路，對於一個小小孩來說，一大清早在林間走動真的算是辛苦的了。

我實在是想睡覺的，睡眼惺忪地一邊打瞌睡一邊拉著 vuvu 的衣角前進，今天我們要採集大地的眼淚，那必須走進林子裡採集會比較快。每當 vuvu 說要採集眼淚，那麼今天的儀式必定是很嚴肅的，所以即便我瞌睡難熬，還是得打起精神來才是。

採集大地的眼淚，必須在清晨陽光灰灰的時候才行，但又不能在三更半夜，我和 vuvu 只好早早就啟程。

vuvu 今天的背籃裡，帶著一些小米飯糰還有芋頭，月桃葉裡包著蜂蜜巢還醃上生薑，那是我們今天的食物。至於喝的水，vuvu 會在最後一道河裡撈一些放竹筒裡，等到了目的地再燒開來喝就行了，竹筒煮的開水感覺甜甜香香的。總之不能亂喝生水，肚子會有蟲，有時候鼻子也會有蟲，這是母親說的。

這些食物裡，我比較喜歡蜂蜜巢還有小米飯糰。

清晨的山腰下，薄薄的一抹輕煙漫布，河流緩慢地皺起幾紋水波，陽光還沒來得及跟上來，不然這河面應該可以看見摔下來的星光。

這樣的時間點，是動物活躍的時間，幾隻山羌從山腳下出現，山豬真的很沒禮貌，橫衝直撞地追螃蟹吃。我得小心一種胸口黃色的動物，比貓大一點，總是兩、三隻一起行動，牠們是出了名的小偷，喜歡偷我的食物，還會獵殺山羌，是有點可怕的動物。

我好玩地追著一隻小山羊奔跑，卻忘了母羊媽媽就在附近看顧著小山羊，追小山羊的動作肯定是激怒了山羊媽媽，差點被母山羊衝撞。我飛奔地逃走，跳入河裡才躲過了山羊的攻擊。

一大早就把全身弄得溼答答的，幸好出門都已經習慣多帶衣服，以便有些時候我們需要過河後可以更換。

vuvu 今天很少說話，在太陽發亮後，她便開始在一棵大樹下綁鞦韆，鞦韆上綁滿了花草，那是 vuvu 自己園子種的紅花還有絲線。做絲線是很費神才弄好的，那是一種叫做「le'ele'／樂痾樂／苧麻」的樹皮做成的，為了要有好看的色彩，還敲了很多不好吃的黃薑，加上其他樹葉，煮好久才有那些漂亮的黃色。

昨天，我和 vuvu 在綁好的麻花辮子上綁了小銅鈴，現在整個鞦韆看起來好精彩，還拉著一條長長的白色尾巴。

儀式和往常一樣進行，花好長的時間唱著熟悉的禱詞，只是我累了，偶爾會頑皮地偷偷亂唱，還被 vuvu 敲頭處罰，或是直我接坐在草地上嘟嘴，那樣也許就可以被允許先吃一點蜂蜜或是乾芋頭，我實在餓了。

「會死掉有沒有會怕？」vuvu 開口說。

「死掉？聽不懂。」我現在只想吃。

我是真的不懂 vuvu 說會死掉的意思。

vuvu 把我背在背上，再拿一條三角巾緊緊地把我綁在她的背上，vuvu 左右搖晃了幾下，又上下跳了幾次，確定將我綁得牢固之後，將地上的一個籃子遞來背上給我。籃子裡面裝滿了在園子裡栽種的紅花，還有早上收集到的大地的眼淚。

「走，來去天空上，在上面不可以叫，不可害怕。」

「喔！好的！」

我看著 vuvu 單腳站上了鞦韆，然後開始擺盪，起初是緩緩的，vuvu 用盡全力的讓鞦韆擺盪起來，我在背後也不經意地跟著使力，頭頂上粗粗的樹幹掉落了些黃色的種子，咚咚咚地打在頭上，那感覺讓人滿開心的又令人緊張。

我緊抓著籃子，深怕不小心讓花掉了。

鞦韆的高度隨著時間愈長，擺盪得愈來愈高，那感覺讓人心驚膽跳，我們整個人幾乎飛在半天上。我望下看去，鞦韆原來在半崖上，當鞦韆盪在高處衝出了斷崖，那真是極為驚險又可怕的經驗，而山下卻是滿滿一片閃閃耀眼的芙蓉花，好美啊！

隨著鞦韆擺盪的高度，我開始懂得 vuvu 說的「會死掉」是什麼感覺了。

此刻我的毛孔和所有的細胞是緊繃的，心臟追不上身子的擺盪，它被拋在半天高的山崖上，我開始感覺死亡的害怕，全身正在發抖，閉上雙眼緊緊地抱住花籃子，祈禱 vuvu 可以趕快盪完。

就在 vuvu 盪上最高處時，她下一個指令，讓我把大地的眼淚還給大地，還要撒下紅花。

我半睜開雙眼，用顫抖的手，將大地的眼淚和紅花從半高的天空胡亂地撒下，鞦韆追著一陣清風吹過，風又領著紅花從天空飄過了山崖，一片片、一片片鋪滿著大地，鞦韆上的銅鈴響出了奇音，聲音像一種靈鳥的叫聲，是天空的歌。

我在高高的上方，內心有股莫名的激動，我既驚奇又想大哭，望著山腰下的山芙蓉正一朵朵被染紅，又緩緩地蔓延了整個山崖，緩慢的像清風的速度，抓住一點光的線條，隨著落日染紅山溝，山芙蓉全紅了！

我好想大叫，卻又想起 vuvu 說的：「不可以叫，不可害怕。」

我只能緊咬著雙唇，不敢發出聲音，此刻時間彷彿忘了前進，感覺過了一個世紀鞦韆才緩慢地止住。

我們站在高處望著布滿紅花的山溝……風、停了，靈鳥的歌聲伴隨著落日消隱，群鳥回巢，獼猴們在樹梢依偎著，萬籟俱寂……。

「妳看紅紅的山芙蓉，是族人的一顆顆人頭落地，他們死後化作山芙蓉，在這裡做印記的。」

我震驚地睜大眼睛，看著紅色山芙蓉，驚恐地聽 vuvu 說，在古老的時代，在這個季節裡，遠在海拔一千公尺上的族群，他們會潛入交界處獵首。

這是族與族之間的一場戰役，異族他們的番刀冷冷揮過天空，染紅了寂靜，沒有淒厲喊叫，只有貓一般冷靜地躡步，當一抹雲彩換了顏色後，他們便會無聲地離去。從來沒有人知道對方何時出現，也許只是一個轉身，就可能已是天人永隔，沒有怨恨、不會重來。

vuvu 淡淡地說著以往的故事，我卻驚恐這種血腥的美麗，緊緊拉著 vuvu 不敢往山下望去。

vuvu 對這些事情，沒有過多的敵意傳訴，對於 vuvu 來說，這些只是常態的輪迴定律，怎麼死去都是形式而已。

她一次次地做儀式，一次次地唱同樣的禱詞，為著每個不同家族，使用不同的植物，編織著一個個花環為我戴上，除了臉上增多的皺紋，其餘的都是安慰靈魂，為著活著的、離世的都是。

在我內心裡，vuvu 是一股強大的力量，尤其在每次做完工作之後，我跟著她的腳步奔跑，在她的故事聽到許多奇異和面對無常的態度。我也編織過幾次醜醜的花環頭飾讓 vuvu 戴上，她會笑著說：

「很有力氣的靈魂。」

當許多族人將 vuvu 的儀式視為迷信或是邪靈崇拜，vuvu 總會為他們唱一段祝福的禱詞，她聽見迎靈的歌常常成了情歌被誤唱，vuvu 則會笑笑地說：「就讓靈歌在人們的心中迴盪吧。」

日落前，我們繞了一段路回去，vuvu 要再採一些「djulis／得鳩粒斯／紅藜」，這條路徑必須經過一處平原，那裡也長滿著山芙蓉。

當我和 vuvu 走過的當下，此刻的山芙蓉已是一片紅蔭，我想起剛剛 vuvu 說的故事，感覺芙蓉花有千千萬萬個眼睛和我對應，一閃閃地搖擺讓人畏懼，我害怕地轉身快步追上 vuvu，vuvu 看出了我的憂慮，用她皺巴巴的手牽著我說：

「沒關係，祂們都有得到了安慰，祂們只是像花一樣，溫柔地目送妳而已。」

當雨滑落髮梢

臂彎裡孩子熟睡著，透過玻璃窗，清晨重疊的山巒籠罩著薄霧，巴士在彎彎曲曲的道路上前行，顛得讓人想睡，隔著幾個座位後方，傳來作嘔的聲音，瞬間車廂裡瀰漫著酸味。

很快的，有人開啟車窗，讓新鮮空氣連帶著淡淡薄霧灌入車廂，吹散酸嘔的氣味，有些意外，在這樣的氛圍裡，有人正哼唱著歌曲，就在左前方的位子上，車窗半開，歌聲忽遠忽近地傳來，那女子側臉望著窗外。

就這麼一眼的交會，影像竟烙印在腦海中久久不散。其實今天我應該要極度悲傷，甚至必須滿臉淚水地搭上巴士，偶爾還得大哭地驚動車廂內少數人的目光，行李袋必須多放幾包衛生紙，以便擦拭我極度悲傷的淚水，來宣告我的喪親之痛，但我竟然在車上欣賞那女子的樣貌！

並不是她長得特別迷人，或是有誘人的眼眸吸引我，而是夾在她後腦勺那隻淡藍色蝴蝶髮飾使我心潮湧起，暫時忘記抱著孩子發麻的手臂，忘記這是一趟奔喪的歸途，直到對向車道疾駛而過的車輛長鳴喇叭才將我喚醒，復歸於我原該有的悲傷和靜默。

午後烈焰的陽光侵蝕著柏油路，我躲進木麻黃的樹蔭下，掏出脹滿的乳房先將孩子餵飽，烈陽穿過木麻黃的針葉散灑著日光，想著即將面對的事，很顯然的是必須大哭的場面，也知道，很快的就會有人上前安慰我「節哀順變」，也或許有人哭得比我更悽慘，而我將會安慰對方「別太難過」之類的話語。

下車後，走向設置的靈堂還須徒步一小段路，整條馬路上只聽見我拖著行李走過的聲音，偶爾燥熱的微風，吹落木麻黃細小的果實落在發燙的柏油路上，感覺果實瞬間燙熟焦黑，我隱約聽見有人喊著我的名字，就在前方熔漿般模糊的畫面裡，她走向我，悲傷地痛哭，我一時無法明白這位阿姨痛哭的原因，在我的記憶裡，她曾經和母親打架，當然罪魁禍首還是我那位不是很帥的父親。

我感覺得出來這位阿姨確實極度悲傷，她哭得幾乎無法正常呼吸，我開始擔心她如果暈倒了，我背個孩子該如何處理，於是接過阿姨手上準備的紙錢，找了陰涼處點燃，我知道家裡有人不同意讓阿姨在母親的靈堂前燒冥紙，阿姨才會帶著冥紙離開，只是哪有人會把冥紙帶回家的道理，即便宗教不同，也該體諒彼此才是，家裡的人不該為難這位阿姨的。

馬路上除了久久一次的大客車經過，好像全世界的人全擠進了母親的靈堂一般，全村幾乎死寂，平常在馬路上打群架的那幾隻公狗，也不知道都跑哪裡去了？這位阿姨準備的紙錢有好幾綑，我心想著，阿姨是不是在我母親生前還欠她錢，要不然怎麼需要燒這麼多，尤其現在這樣的大熱天，我已經看不清楚阿姨臉上流的是淚水還是汗水。

你應該開始認定我是個不孝的孩子，到目前為止，還沒看到我對於母親離世有隻字片語的悲傷情緒，甚至連假裝難過，和阿姨一起流眼淚的表現都沒有！其實連我也開始懷疑自己，為什麼不能同阿姨那般撕心裂肺地大聲哭泣，而當我蹲著身子燒著紙錢，腦海裡竟是阿姨和母親打架的畫面，而兩人打架的原因，卻是為了阿姨戴在頭上的蝴蝶髮夾，為了髮夾能兇猛地打架，更讓我想不明白，此時阿姨如此傷心的原因。

靈堂就設置在木麻黃樹下，我在遠處觀察許久，考慮該用哪一種方式走入靈堂，我已經看見大嫂站在不遠處望著我，她在電話裡還特別交代，回來不能走進來，得在半途用爬地進入靈堂，還必須大聲叫「媽——不孝女回來了！」但我並不想這麼做，這種方式跟阿美族文化一點也搭不上關係，而且我不是「不孝女」！因此我大剌剌地拖著行李向前走，就像正常回家的孩子一般。

女兒在我背上拉扯我的頭髮，原本盤上的頭髮，此刻已經披在肩上，大嫂快步地走近身邊叮嚀必須下跪爬行進入靈堂，我始終不願意這麼做，即便大嫂壓著肩膀想讓我就範，幸好我個子比大嫂高許多，她根本拿我沒辦法，大嫂無奈之下，膝蓋瞬間著地，淒厲嘶喊著：

「阿母！媳婦沒有教好小姑，您別責怪她，小姑背著您的孫子不方便啊。」我不明白這樣的堅持有何意義，看著大嫂左右搖擺的屁股，大聲哭嚎、俐落地爬進母親的靈堂，我腦子一片空白，始終無法表現悲傷。

西沉的落日，有那麼一點殘光灑落在母親的棺木上，周邊充滿著不真實的氛圍，我的雙眼產生了一種停泊的狀態，試圖想在微光中透視母親最後的容顏，我從來沒有想過在這個年紀與母親道別，當我試圖走向棺木，幾位阿美族耆老呼喊我加入他們一同吟唱，耆老輪番傳述母親生前的故事，說起母親為愛奔走，說著母親如何努力才能有目前幾甲的田地，然而關於母親這些事，我竟然是生平第一次聽到，我像是聽見別人的故事一樣平靜，沒有淒厲地哭喊，不用跪地爬行，耆老說得開心時可以笑，回憶起青春的過往時，他們眼中閃耀著年少的光，即便落淚地歌唱，也成了一頁美麗的詩篇。

Mateking to cidal anini （太陽已經沉落）
Cay ka refa'say sako hana （花不再盛開）

Cay to kasoni ko ‘ayam i kilakilangan（森林的鳥兒不再鳴叫）
O takola’ o fawo a maemin cay kasoni（萬物全然的寂靜）
Yomafokilay to rarom to kakesem to（忘了世界所有的傷痛吧）
Yotinako ko tiring（回到最初的模樣）
Woliwoli tata to han kami（我們說　你走吧　走吧）
Kaliacangay kali・ilolay tiso tamiyanan（我們將會思念著你）

夜晚緩慢地降臨，親友們自動前來守靈，但場面卻像各大門派的聚集。大嫂和二嫂拿著佛經唸唸有詞，偶爾滿臉淚珠地放聲大哭，有時突然地跪拜；三嫂信仰真耶穌教，帶著她的孩子們激動地禱告，三嫂全家深黑色長袍，近乎修行者的裝扮令我驚嘆，當他們說看見耶穌顯靈時，我有點驚嚇！大姐和三姐又是另一門教派，唱的聖歌簡直讓人不敢領教，甚至趁著空檔時間，在靈堂上拉攏前來弔祭的親友加入他們的教會。於是靈堂分成四大區塊，各派人馬各自帶領著教友為母親誦經或是禱告，也許是這樣的荒唐劇，讓我無法認真地悲傷，只能安靜地陪伴著耆老們，但在我眼中，母親的棺木格外不真實，不知什麼原因我總感覺棺木裡是空的。

木麻黃被風吹得沙沙作響，夜半守靈的親友各自安排著工作，我看著大姐在入口處對著一位老人傳道，也許那是大姐忘卻悲傷的方式，一位耆老迎著火，啪啦啪啦的火焰像似可以溫暖他的心靈，另一側燒紙錢的那位阿姨靜靜望著母親的棺木，已經是大半夜了，才發覺年輕的男丁幾乎不在場，詢問下才知道，母親的大體還在深山中，此時男人大都聚集在山中守靈，母親必須等法醫前往確認是意外摔落山谷才能移動。

我簡直不敢相信午後那些戲劇化的演出，他們對著空的棺木哭喊、祈禱、唱聖歌、唸誦佛經，甚至跪地爬行，連耶穌都降臨來看各大門派為母親做的精彩表演！除了震驚，我一刻也待不下去，背起熟睡中的孩子，跨上耆老的野狼機車，我必須到母親身邊陪伴，不是在這裡看各大門派施展神力，耆老特別交代山路難行、騎車小心，耆老親吻著孩子，我終於感覺心中一陣酸楚，眼眶溢滿著淚水，阿姨迅速地跨上機車後座，說是可以彼此有個照應。

騎在彎曲的山路上，我聞到了早秋的氣味，機車穿過了林道緩慢前進，有幾個空洞的穿行，我想起母親走在這條路上的模樣，阿姨在後座，說起和母親從誤解到成為好友的經過，簡短地說，就是我那自命風流的父親，拿了母親珍貴的蝴蝶髮夾送阿姨，最後阿姨出高價買下蝴蝶髮夾，原來髮夾是舅舅從日本帶回來送給母親的紀念品，在四〇年代需花上千元才能購得，蝴蝶髮夾是一對的，另一隻舅舅留給了自己的女兒，阿姨特別解釋對父親沒有情意，想著買下來留給自己的女兒，當然自己也戴著開心，卻沒想到髮夾是母親珍貴的紀念品，才會有打架的事件發生。我相信阿姨說的故事，因為父親是慣犯。

從彎彎曲曲的山路，看著彎彎曲曲的河流，我彷彿看見彎彎的臉孔，吹來的是彎彎的風速，溢滿眼眶的淚水讓我的世界變得彎彎的，蜻蜓飛起，帶領著我走向山溝處，對岸模糊扭曲的光線下，那裡是母親最後留下身影的位置，阿姨已經放聲大哭，驚動了晨光初醒，也飄來細細雨絲。

當母親從我的指縫掉落，我的心也隨之碎裂，但還是必須更快速地將母親撈起，夏日炎炎，母親泡在這裡超過了一週的時間，身體多半已經腐壞而融入山溝中，隨著滔滔河水流向遙遠的大海，這樣慘烈、深深刻痕的畫面，我無法三言兩語說完，母親半掩的面容，在當下已成了大自然的一部分，看著落葉從高處螺旋狀地飄落，輕輕地覆蓋著母親近乎肢解的身軀，我了解森林的善意，沒有將落葉撥開，明白那是森林給母親的美麗衣衫，我又重複地撈起母親，連同落花和樹葉一同放入棺木中組合，有幾次母親又再一次從指縫滑落，我衝動地想順著水流將她追回，但一轉眼，母親就散了，當我們最後將母親撈起時，有幾束來不及跟上的長髮順著山溝溜走，彎彎的有彩虹的彎度，彎彎的……我確定那是母親的消逝。

清晨雨稍歇，最終日的陽光又悄悄燃起，看著來搶母親棺木的人群，我抱著孩子站在木麻黃樹下等待結果，聽耆老說起，那是舅舅帶來的人，母親的家人從來沒有答應母親和父親結合，更多的時候是父親常常惹出風流事，讓母親拿了娘家許多的資產擺平，現在母親離開人世，舅舅堅持讓母親回到家族的祠堂安葬，才會有搶棺的動作。看著兩方的親友爭執，他們推擠、哭喊，甚至大聲咆嘯，我卻站在樹下冷眼觀望，木麻黃一顆顆落下的果實敲打在我的頭上，像極了河岸上的小石子，我拾起幾顆放在手掌中，握緊著拳頭，試圖遺忘母親從指縫滑落的感知，但那股冰冷已烙印在我全身細胞裡，久久無法排除，我又試著尋找可以分心的視角，但驚恐卻輕盈地滲入了心靈，直到我遙望著人群，看見兩隻藍色璀璨的蝴蝶，在彎彎的人群中飛舞流竄。

一切就像獨白，我拖著行李離開木麻黃樹下時，搶棺的行動持續在進行中，沒有人注意我的離開，天空開始又飄下了雨，孩子在背後拉散我的短髮，我像是覺醒中的旅人，心中的孤寂隨而蔓生滋長，搶棺的吵雜聲如影隨形，走過被雨水打溼冒著煙霧的柏油路時，巴士正緩緩地踩下煞車，我從車內看著遠方一望無際的大海，世界塗上了灰濛的煙幕，我將頭伸出了車窗，目送我支離破碎的母親，當雨絲從髮梢滑落，一對藍色蝴蝶，向著太平洋飛去。

林佳瑩

〈殺雞〉（二〇一三）

一九六七生，太魯閣族。父親是三十八年抓兵來臺的青島人，母親是花蓮紅葉鄉的原住民。自小就在臺灣人、客家人、外省人、原住民雜居的社區裡長大。花蓮女中畢業，曾經在中小學擔任舞蹈老師、說唱藝術老師。喜歡旅行、看山看海，多才多藝，寫作之餘也擅長畫畫，經營「浪浪藝廊」，賣畫救助流浪動物。作品以詩、散文見長，曾多次獲得原住民族文學獎的肯定。

殺雞

我永遠忘不了那一年的清明節。

那天早上，父親從菜市場剛回到家，還來不將手上的香紙、魚和豬肉放下，便聽見了尖叫和哭泣聲，於是他立即從前廳急急直奔後院。

當他看見瑟縮在圍牆角落的我們，忍不住恐慌了起來——或點或線或塊狀的血汙，潑墨般不規則散布在我們的小臉、衣裙和雙手上。

我們一向怕父親，見他突然出現，便慌忙抹去臉上的淚水，並咬著下唇不再讓啜泣聲溢喉而出。父親看著我們，眼神斂去了平日的嚴峻。但我們猜不出眼神後面的真實天氣——天氣是詭譎多變的，現在顯示著多雲，也許下一刻會突然濃雲麕集，雷聲轟隆而至。

我們微低著頭，怯怯地回望著父親。我的兩隻小手，像是要洗去髒汙般地不斷揉搓裙子一角——平時我被責罵時，就會不自覺地做這小動作。

父親的視線離開我們，在狼藉的地面游走——滿地血漬、雞毛，還有一把染血的菜刀。最後，他視線停留在菜刀旁，一隻死絕的雞身上。

雞頭和雞身正隔著兩掌寬度，像一對負氣的情人般，不願靠近，又不捨得分離。

「怎麼會這樣？」盯著身首異處的雞，他問。

十一歲的姐姐嚅囁著，想解釋，但聲音才爬至喉頭便卡住了，接著眼淚又不聽使喚地汩汩湧出。

「唉，頭都斷了，怎麼拜拜啊？」父親自顧自地繼續說。

父親的聲音只有懊惱沒有氣惱，於是姐姐鼓起勇氣抽抽噎噎地解釋這滿地亂象和雞頭雞身分手的原因。

「我拿刀子割牠的脖子，可是牠都不會死……妹妹沒用力抓，我、我、我……」

故事的拼圖才剛擺上了幾片，剛才經歷的可怖、慌亂又再次襲擊而來，委屈感像瞬起的海嘯湧上，衝破姐姐薄弱的情緒堤岸，洶湧淚水又開始在她的臉上蠻橫地泛流。她慌亂地用袖子在臉上亂抹，但抹乾了前一攤淚，後一攤水又源源補上。抹去，湧出，抹去，湧出……抹去了淚水也軟化稀釋了血漬。我在旁看了，也忍不住摀著臉抽抽答答了起來。

電影中處理戰爭殺戮的場面，有時會以慢速播放，或無聲或配以音樂稀釋戰爭的殘酷。而父親所經歷的戰爭畫面是真實的、沒被處理過的——沒有音樂也不會慢速播放。他的戰場，背景音效是子彈高速飛來，和空氣摩擦時，嘯出如惡鬼索命的淒厲尖嚎，還有和父親一樣年輕的少年同袍害怕地嗚咽——那是煉獄，他莫名地墜落於此，常常不知敵人在哪，子彈又會在誰的身上爆出它生命最後的絢爛火花？

鏡頭可以選擇畫面——鳥從樹林裡驚飛而起。淒風行過草原。茫然空洞的雙眼特寫——以象徵指涉戰爭的悲涼和慘烈。而父親的眼睛沒得選擇，他避不開眼前的寫實景象：一節斷指在地上等待失物招領。剛剛瑟縮在附近戰壕土牆邊的同袍，當父親轉頭再看他時，他的臉已經少了半邊。父親脖子上沾著一塊溼膩腥滑的肉塊，是同袍臉上遺失的其中一塊拼圖嗎？如果幫他撿回四散的拼圖，可以拼回完整的生命嗎？鏡頭可以選擇畫面，他無法選擇命運。當一顆砲彈炸開，父親灰白著臉抱頭蜷縮著。在死亡面前，他只能害怕。

小時候，家裡寄住一位和父親一樣，也是民國三十八年隨軍隊來臺的山東同鄉。父親和其他人一樣喚他老藍。老藍沒有固定居處、四處租賃，基於同鄉情誼，父親空出了家裡的一間房讓他暫住。每次老藍和我們共進晚餐時，總喜歡斟上一杯紹興，吃一口菜佐一口酒，微醺之際，家鄉種種便從他的口中流出——和父親相似的童年生活。北方的酷寒雪冬。除夕夜裡包「元寶」（水餃），等著午夜吃年夜飯的歡樂——父親喜歡聽老藍說家鄉的瑣事，那和自己在不眠的夜裡獨自懷想不一樣。許多被模糊了的童年記憶，像冷掉的小菜，在他嘴裡回鍋加溫後，熟悉的香味勾引著父親的情緒。

老藍描述事情總是很生動，眼神、表情加手勢，活脫脫像個老練的說書人，聲調總能配合故事的起伏抑揚頓挫。那些從他口中流洩出來的字句，像是操縱戲偶的絲線，牽引聽者的情緒上上下下的。他常常誇張故事裡的人物情事，但父親不反對他的誇飾，因為我們聽到精彩處，常常會睜大雙眼，並驚嘆地「哇！」個不停。父親喜歡孩子們對他的家鄉有憧憬，因為對他來說，那是世上絕無僅有的美妙天堂。

父親唯一不喜歡聽的，是老藍夜襲土八路的故事。

但老藍最愛說的也是這一段英雄般的事蹟。他摸黑進了土八路棲息處，以手中的短刃，無聲抹上熟睡中敵人的脖子，一個個不知姓名、長相、年紀的生命就這樣悄悄地抹去了。老藍每次話頭一起，便像拉了手榴彈的保險栓，一定得將故事整個引爆，炸得震天價響方才罷休。他說潛入敵方軍營是如何如何地危險，他們如獵豹般的動作是如何如何地俐落敏捷……老藍說到亢奮時，乾脆就省略了逗點、句點，一句搶一句，說得口角堆著一坨白色唾沫都無暇抹去。他的一雙眼睛閃著異彩，忽而瞇起，倏而睜大。

剛開始的幾次，父親會禮貌又安靜地聽他說完。有一次父親盯著桌上的殘羹剩餚，低聲插話：「唉，這種事什麼好說的……」

父親的話像冷水，灑在老藍火熱的興頭上，滋滋作響還冒煙。

老藍斜睨著父親，啐了一聲。「你當然沒什麼可說的，你只是傳令兵，你殺過幾個人？……俺幹的事一般人可幹不來，這可需要膽量的，這事真要讓你來幹的話，你不哭爹喊娘先拉一屁股屎才怪！」

父親斂目低眉沒再說話，表情像無風的湖面，沒寫上任何情緒。但是他常常私下對我們說，這些殺人的事哪值得拿來說嘴炫耀的。我當時不敢反駁父親，但我們心底這麼認為——在戰場上連一個敵人都沒殺過的父親是軟弱無膽的，只有像老藍這樣毫不手軟地手刃無數敵人的才是英雄。

武俠片裡常常有大俠拽著壞人的脖子或拿劍往壞人脖子上一劃，壞人立即就垂頸斷氣的劇情。大俠取人性命，姿勢多瀟灑啊，壞蛋也死得乾脆俐落，看來實在快意人心。老藍當然值得崇拜，在他的描述中殺敵人和拔蘿蔔一樣輕鬆簡單。

我不記得當老藍對我們這些小孩示範持短刀殺人時，父親在不在家？老藍從我們家的廚房，取出一把水果刀，以大拇指扣住刀柄的頂端，其餘四指握住刀柄，然後將刀背頂在內側的手臂上。他說只需用手臂之力反手推出，就能快速準確又有力地劃開敵人的脖子。我看過這次示範後，便常常拿著水果刀練習。雖然沒機會見識真正的戰場，但是當我握著水果刀學老藍虎步生風時，就開始幻想我是武俠片中的大俠，劃開了無數敵人的脖子。

老藍在我家住了幾個月，就帶著他的故事遠去梨山，而母親也因為聽信他說在梨山租果園種水果可以賺很多錢，所以也跟著去做她的發財夢了。

我們長大後，偶爾會在閒聊中提到這一生中僅有的一次殺雞經驗。我和姐姐殺雞的過程父親不清楚，因為那天一大早他就去菜市場，採買清明節的祭品。

母親去梨山已經月餘了，所以清明節那天她不在家。父親出門前，在雞籠裡選了一隻雞，拿了尼龍繩將雞腳綁縛一起，然後交代我們要在他回來之前將那隻雞「處理」好。以前節日拜拜，都是母親張羅一切拜拜用的祭品，包括殺雞。她總是俐落地在雞脖子上劃一刀，放完血後過一下燙水再拔毛。我們總是轉在忙碌的母親身邊興奮地東看西瞧。也許父親認為我們自小常常看著母親宰雞，所以應該也做得來吧。

父親出門後，姐姐要我把雞抓好。我怯怯地伸出一雙小手，模仿著媽媽的方法，箝制住母雞翅膀。那時我感覺到牠皮膚底下血管賁張著，熱騰騰的血液快速奔流，有力的脈搏如古沙場上戰鼓鼕鼕擂起。我開始驚懼了起來，心跳加速，回應著手上那隻雞的心跳。姐姐說，雞的腳也要抓啊！於是我從翅膀下騰出一隻手，握住被尼龍繩綁縛的粗糙細腳。

姐姐顫巍巍的手握著沉重的菜刀，在短暫又凝重的沉默之後，她用力吸了一口氣，將手中的菜刀由仰角四十五度慢慢往下——

當刀鋒碰觸到雞脖子上細軟的羽毛時，我用力閉上了眼睛。

母雞像突然噴發的火山，從我手中彈開。緊接著姐姐爆出驚叫聲，嚇得我立即跳開，往後踉蹌了好幾步，撞上了磚牆。

菜刀落地時發出了沉重又刺耳的金屬聲，讓我忍不住打了個冷顫。我瞪視著菜刀，像瞪視著陌生又恐怖的怪物。

而那隻雞掙脫後用力鼓翅試圖要飛越圍牆，但因為祖先被人類豢養許多代，而喪失了飛翔能力，最後還是撞上圍牆摔落下來。被縛著的雙腳讓牠只能側躺，一雙翅膀急切地拍動想再飛起來。但是再怎麼努力也只能徒勞地在地上打轉。一雙翅膀猛力地磨蹭，地上折斷的羽毛不斷增加。

牠發狂地扯著嗓子尖聲啼叫，我們睜大雙眼全身哆嗦，像躲惡鬼般往圍牆角落蜷縮著。也不知過了多久，那隻雞終於累得癱在地上，不動也不叫了。

姐姐慢慢上前擒住那隻雞，說：「要抓緊一點啊，眼睛不要閉……」她的聲音有如沒拉緊的弦，一彈便不住抖動。

（我們長大之後，每次提到這件事，她總是笑著說：「當時要妳張開眼，是希望有人陪著一起面對，這樣我就不會那麼害怕了。」我了解那種感覺，就像是看驚悚片時，有人陪著一起害怕，害怕的感覺就會被分擔了一樣。）

我咬緊牙根使出全力抓住雞。菜刀落下，雞脖子上出現一道刀痕，血都還沒滲出，雞又開始猛力掙扎，然後又立即掙脫出我的手，重重摔落在地。牠在地上翻滾打轉，頸子開始滲出鮮血，隨著牠的滾轉，地上出現了詭異豔紅的圖案，彷彿死神的簽名。

我們終於忍不住哭了起來。

「怎麼辦……怎麼辦啊……」地上的圖案愈來愈亂，那隻雞時而打轉、時而喘息，拖了好久都不肯死。

在我的哭泣低喊聲中，姐姐突然走上前去，揮起菜刀，在我們的尖叫聲中，一刀斬斷了雞脖子。

那時，父親回家了。

是不是因為不敢，所以清明節的早晨，父親以去市場為由，而讓我們來殺雞？在長大後的閒聊中，我們如此猜測著。

他也許不知道，在我們後來的日子裡，一直覺得那隻雞沒死，偶爾還會在我們的腦海中滿身是血地掙扎滾轉，撞痛了回憶。

那次母親去梨山兩個多月後就回家了，而她帶去的可以買一棟房子的錢，全被老藍騙走拿去吃喝嫖賭了。

母親回來之後，殺雞的事自然又歸她來做。而我在僅有的一次殺雞經驗中，了解了父親在說「這些殺人的事哪值得拿出來說嘴炫耀」時的心情。

悠蘭・多又

〈我們家的 lmuhuw（會宗曲）〉（二〇一七）

Yulan Toyuw，一九六八生，宜蘭縣大同鄉松羅部落泰雅族。現職為公務員暨國立臺灣師範大學臺灣語文學系博士候選人。主要研究領域為原住民族文化研究，包含原住民族文化資產與博物館、人才傳承的辯證性、原住民族編織文化與性別的關連、當代原住民族藝術發展與離散經驗的連結、原住民族文學發展等。另從事原住民文學創作，多以族裔離散經驗、家族尋根、泰雅族女性生命史等題材為方向。曾獲吳濁流文藝獎散文類、臺灣原住民族文學獎報導文學類及散文類等獎項。

著有《泰雅織影》、《傳承、變奏與斷裂：當代太魯閣族女性的認同變遷與織布實踐》等書，出版多篇學術論文，編輯二〇〇六—二〇〇八《臺東美展彙刊》畫冊等。

我們家的 lmuhuw（會宗曲）

lmuhuw（會宗曲）是泰雅人透過口說、吟唱等方式，將祖先的訓誡、地名、歷史等傳承給後代子孫。

印象中，父親與居住在 Gogan（復興鄉）的親戚格外有情分，我想是有原因的。我們的家族原籍在後山的爺亨部落，在日治時代爺亨部落尚未開闢成梯田種植水稻前，當那方土地不足容納時，自然地往四方散去，如同我們的祖先開疆闢土，尋找棲身之所，家族成員分別往後山散往宜蘭松羅、崙埤部落、臺北烏來部落與前山拉號部落形成新的居所。

我們家是家族中唯一支遷往宜蘭，小時候始終不明白為何父親老是喜歡往 Gogan 跑。遺腹子的他加上母親早逝，父親對母親的思念自然地移情在 yaki（阿媽）Rimuy 身上，每隔一陣子總要回去看看，原來那是他「根」之所在。

走進看著遺照裡的 yaki Rimuy，那是前幾年母親節獲獎時的紀念照，活了大把年紀，獲獎對於 yaki 來說還真是開心的事情，拍照當下，不知 mama（叔叔）Losin 有沒有想到這張容光煥發的玉照，竟成為母親遺照之用。

靠近靈堂，細看那對布滿風霜深邃的雙眼，看著看著讓我幾近跌入家族的回憶裡。

Rimuy Bayang 漢名林高梅，出生於一九二〇年正值日治大正九年時，那是日本統治臺灣的中期有了受教育的機會。她一生跨越不同時代的洗禮，兒時接受的日本同化教育，特別在生活禮儀上的教化，深深烙印在日後的生活習性，我尤其對於 yaki 愛整齊的習慣印象深刻。傳統泰雅的生活方式融入日式的規範，在 yaki 身上看到那個時代所遺留下的儀典，也可說是當時日治政策深入內地延長主義的成果。

去年十一月接到臺北友人 Watan 通知問起我是否熟識 Sayung Losin，那是遠在 Goagn 有點熟又不太熟的表妹，Watan 輾轉知道我們的家族關係後，藉著 Sayung 訂婚喜訊，串起散落的家族關係。

訂婚之日來到拉號部落，已是冬日烈陽依舊強烈赤晒著大地，還好山谷裡吹來習習新鮮的風，解了不少悶。憶起上回來到這裡，是我高中時期，對於 yaki 的印象就是一個深受日本教育的女性，常常對著我笑跟敬禮，家裡不大卻打掃得異常乾淨。那時父親帶著我來到他眾多親友的 Gogan，很長一段時間經常都是父親與我兩人出遠門探望親友，母親對於父親非常喜歡參加 Gogan 親戚家的各種大小事，一直頗有微詞，每回他總是來個不醉不歸，豪邁的泰雅人性格總喜歡從後山（巴陵）喝到前山（拉號），他說要將親戚拿出來的酒才是有禮貌的行為，這喝掛的典型泰雅族男性行為，總讓家人替他捏把冷汗，也是每回父母親衝突的引爆點。從老家到這裡，住在山裡的泰雅人走北橫支線，這條羊腸小道蜿蜒在山林，不斷地爬升，貼近山壁的路徑一旁就是懸崖，尤其會車時格外考驗開車技術，尤其下午起霧時伸手不見五指，沒有幾番膽識的人還真不敢走，現在幾乎只剩泰雅人、零星愛好山林的自然人與野生動物慣用此道。

表妹 Sayung 與英國人馬克共結連理，異國聯姻採取傳統的殺豬分食儀式與西方的自助餐模式進行著。yaki Rimuy 從屋內坐著輪椅參與孫女的大喜之日，眾多親友紛紛向前問候 yaki Rimuy，搶著跟九十七歲的 yaki 拍照；照片裡的年輕人笑得格外開懷，面對這樣的場景 yaki 顯得手足無措，時不時地用手托著下巴，或抓著雙手。我抓起小椅子坐在 yaki 身邊，握著她的手，一起欣賞家門前流瀉的宴席風光。豈知，這一握居然是最後一次。這一切才剛開始怎麼又結束了。

走入低矮的房舍，這一切如舊，時光仿彿在這裡靜止，如同十多年前來到此地的光景，屋外堆放整齊的柴薪，是作為燒製熱水的材料，一旁的菜園裡，一小畦辣椒、蔥、九層塔泰雅式快炒的佐料，各式爬藤類的小黃瓜、大黃瓜、絲瓜、四季豆、碗豆，其分量足以充實日常生活所需的蔬菜，典型山居寫照。

奔入屋後的 yaki Rimuy 房間，雖然已經是高齡的老婦，房間裡沒有一絲老人房裡慣有的混雜藥味、尿騷味及莫名體味俗稱老人味瀰漫在空氣中，已起身坐在床邊的 yaki 靜靜地坐著，像個乖孩子般。

「laqi Yumin, gahun ilan, bakun su ga.」yata（叔母）輕聲貼近耳朵跟 yaki 說明著我是哪家的孩子。

「Yumin ga.」yaki 理解後，不管旁人自顧自地說起最後一次父親來家裡的回憶。yaki 指著床邊一處空景說著：「上次他來的時候送我的一瓶酒，放在床邊，酒都還沒有喝完，就聽到 Yumin 走了的消息，我都捨不得喝光，一點一點地喝。」當然記得我們的 Yumin 啊！當我出現時，yaki 不假思索地說出與父親最後的回憶。

父親於多年前八八風災隔日，巡山路時意外從高腳梯上跌落，後腦著地，沒有太久的痛苦後，祖靈就帶他回去。另一位至親長輩 mama Maray 在那段期間，也夢見父親、大伯與他三人如同小時候一起上山的狀態，沿著山路前進，闖入比人還高的蘆葦叢裡，父親用著開山刀開闢小徑，倉皇前進著。隨後的 mama Maray 緊跟著，直到某處，父親對著 mama Maray 揮揮手停止他跟隨，用眼神嚇止他前方不是他應該去的地方，指示要他下山去了。mama Maray 看著這對兄弟消失在山林裡，那是最後的再見。

意外身亡讓家族間對他格外不捨與思念，最實際的讓不少族親少了酒伴。即使已經過了這麼多年，有時回到部落看家族族老時，每每提起父親生前的故事，甚至將當年的訃聞裡父親的照片緊貼在床邊，作為思念他的方式。

不論是床邊的酒、夢境訣別的場景或是訃聞裡的照片，都是在世至親與父親的連結方式，而我也喜歡用到族親家裡走動來維繫我與父親間的短暫相處。

十二月初得知 yaki 過世後，連夜帶著母親從前山來到拉號部落。母親對於 yaki 格外敬重，現在與 Gogan 親友間幾乎都在喪禮上才會再見面，母親替代父親來送家族親友最後一程，家族成員一個個凋零。來到家中幾近半夜十二點，守喪的家人差不多全部醉倒，畢竟守喪期間來訪的親友眾多，這可是以寡擊眾啊。見到來自宜蘭的我們到訪，mama 高興地從半倚著沙發上起身，緊抱著母親謝謝她來送母親最後一程。這相見歡的場景讓人錯愕，是喪禮還是喜事現場。mama 說著母親是在很平靜下離世，當日凌晨六點多，yaki Rimuy 問著前一個月完成訂婚的表妹 Sayung 何時要結婚？得知答案後，yaki 就在睡眠中慢慢地無生息，回到祖靈的身旁。這一切就這麼自然地發生與結束。

yaki 生平信仰基督教，靈堂上異常素淨，坯布染成喪禮上常用的藍色作為區隔的布簾，一本老舊的《聖經》、一碗白飯、一對燭臺與黑白照，簾後躺著 yaki Rimuy。yata

（叔母）領著母親、我與弟妹看著安詳的 yaki，這容顏與一個月前所見幾無差別，只是沒了氣息，yaki 就像平常一樣靜靜地躺著，恍惚間無法分辨是生亦或死。yata 用泰雅語說起宜蘭 Yumin 一家人來看 yaki，母親罕見地用流利的泰雅語跟 yaki 說話，話語內容大概是，「即使父親不在了，她還是可以替代父親來探望，親友間若有事情，還是要通知宜蘭的親友，我們一定會來參與。今天來向 yaki 告別，也可以去找父親了」之類的告別語。隨著父親過世，再聽到母親說著泰雅語的機會是愈來愈少了，少了對話的人是主要原因。以前父母親平常不會跟我們講泰雅語，那個學習國語的年代，尤其父親又是教育工作者，學好國語是必要的身教。母語只有父母親要講家中私密的事情或吵架時，才會出現的聲音。學習母語是需要環境的，聽久了，其實不想讓我們知道的事情，作為孩子的我們心裡其實是很明白的。

母親其實非常善用泰雅語，卻不輕易使用，在父親的生活圈裡，她常像個內人又像個外人穿梭著。這樣的態度無意間也影響著我們這群孩子，在部落間進進出出，常會搞不清自己到底是誰？

趁著今晚母親與幾位長輩都在，想一解心中的疑惑。為何我們有這麼多的親戚在 Gogan，我認真地拿出紙筆記錄，以前經常有機會父親跟著我到處做田野，問問以前部落的文化、風俗、慣習、歷史事件，父親很習慣地扮演起翻譯的角色也順道傳授給我他所知的泰雅族典故。這是第一次與母親談論家族間的親族關係，問起mama有關家族間親族關係，每個提問mama都得反覆回想，問問周圍的姐妹，再與母親討論某某人是否是誰的孩子？一群人七嘴八舌地討論著看似有定論，又老是在最後時說出可能還要再想想看的疑問。在一般漢族家庭裡清楚記載著的族譜，在泰雅族社會裡只能靠口述記憶來保留，若碰到因為喝酒喝壞腦子的長輩，要拼湊家族關係就得碰運氣。這一晚親友間反覆查證，雖然只確定了我的外婆Atai Watan是這個家族的第六個孩子，而yaki Rimuy原來是嫁入家族的媳婦，而非原先我所認知的姐妹關係。也意外得知yaki Rimuy嫁入同一家族的長男與弟弟的兩次婚姻，yaki Rimuy照顧家庭的能力很好，家族捨不得她外嫁，再嫁回同一家族的弟弟，就這樣一直留在拉號這個家族裡。今晚的談話母親也很自然地像父親一樣擔任我的翻譯官，在我為人妻、為人母多年後，少有這樣的機會與母親相處，我像是又回到孩子的角色，倚靠著母親。其實母親都忘記，我做了這麼久的田野，母語其實進步不少。入夜後冷冽的空氣與家族間熱烈討論家族關係形成對比，這一來一往的討論，母親其實能力與記憶力都很好，只是她的時代沒有給她機會。

表妹Sayung記起她小時候的一段故事，「某次颱風天，居然看到父親與他大哥急忙跑到拉號部落問起家中是否有任何災損。」Sayung疑惑地看著這對兄弟，颱風天沿著北橫支線來到拉號部落，沿途危險程度應該也不小，Sayung感嘆地說著。父親雖然也曾在外地受教育，性格裡卻保有最純真的泰雅人，看著父親與家族長輩間情感互動是很難得的。雖然我們這一代的家族成員只剩少數人留在家鄉，好在現在科技發達，拾回過去祖先所傳遞的家族情誼，即使我們每個人遠在天涯，其實也都若比鄰了。

這是我父親過世後仍傳達給我的訊息，我們家的lmuhuw。

打亥·伊斯南冠·犮拉菲

〈蝸牛情結〉（二〇一〇）

Tahai Isnangkuan Pa'lavi，高雄市那瑪夏區南沙魯人，布農族。於屏東縣瑪家鄉排灣族三和村玉泉部落出生。一九八四年離開故鄉就讀屏東師專，並於一九八九年順利於臺東縣從事教育工作。二〇一〇年就讀國立高雄師範大學語文所，取得碩士學位。

因參與第一屆原住民族語文學獎，以〈與月亮的約定〉一文獲肯定，開啟踏足文學領域。散文〈蝸牛情節〉則是接觸原住民族文學獎的第一篇作品。之後，間間斷斷地參與各項文學獎的投稿。目前重心擺在學校經營與布農族語的研究與發展。

蝸牛情結

莫拉克颱風，讓我的家鄉變成了我的故鄉。八八水災之後，讓我感覺到回家竟然如渡假般，主人彷彿成了遊客。趁著假日，一路的崎嶇顛簸，仍澆不熄我回到親愛的故鄉南沙魯的心。遠遠看到原鄉的復建戶族人，圍著冒煙的爐灶上的鍋子，輕鬆悠閒地邊聊天邊從鍋子撈取東西來吃。

「你們吃的是什麼啊！」我因興奮而大聲地說。

「沒有啦，只有吃牛肉。」麥妲兒臉上一股不自然微笑地回答。

「來，過來吃！」阿諾緊接著打聲招呼。

邊走邊看到族人吃牛肉的情形，內心有說不出的不搭調。因外國人吃牛肉是刀叉並用，而族人吃牛肉竟然用牙籤，太厲害了吧！莫非牙籤是特殊材質做的？還是每個人都有武功，只用牙籤就可把牛肉切成一小塊、一小塊？我的思緒不停地轉動著，不對啊？布農族吃肉是一大塊、一大口地往嘴裡塞，再用力咬、用力吞的綠林豪情，而且牛肉看起來也是切成一塊塊幾乎一模一樣的形狀。大家看我一臉疑惑，便竊竊私語地面露詭異的微笑。

「是蝸牛啦！來吃。」友犀虎故意表現不屑的說。

「來吃阿美族的牛肉。」阿力曼笑著補充說。

「蝸牛也有『牛』字，而且也是有『兩個角』呢。」依璞很有自信地搶著解釋。

喔！原來是蝸牛，族人吃的是水煮且連殼的蝸牛。看著大家吃得津津有味的表情，我的思緒突然被某個景象牽引著，切換到了神話般的童年往事。

「哇！黃大麵在收購蝸牛。」這個消息一下子傳遍山村小小學。此時的我，心靈已不在教室，而是飛往田野、已涉足溪澗間、已鑽進石頭縫間、已探訪枯草腐木間、已穿梭草叢間。腦海中的蝸牛一顆顆地在爬行著，爬著爬著竟變成一枚枚的硬幣，之後是我吃著糖果幸福的景象。所以這時感覺老師的上課變得很緩慢、很無聊，我的心也飛離校園，直希望趕快下課，好讓我趕快去尋寶。如同現在的小孩子下了課，趕緊栽在虛擬的世界尋寶去。

田野間，遍布著十幾個小孩子在搜尋蝸牛的蹤跡，時而彎腰、時而蹲下，增添了一些生氣。平常被嫌棄噁心的東西，現在彷彿變成了珍珠，竊占了田間小孩子的整個靈魂，驅使了田間小孩子的整個行為。此時內心有一股恨不得滿山滿地都是蝸牛的遐想。大家認真地搜尋著，大家認真地撿拾著……。

「你們在做什麼。」正在摘豆子的阿平阿姨說。
「撿蝸牛啦。」我不知怕什麼而小聲地回答。
「撿了要做什麼?而且怎麼那麼多小孩子在撿?」阿平阿姨表情有點兒疑惑地問
「要賣啊!賣給黃大麵。」我又很開心地回答
「哇!你們那麼會想、那麼勤快。唉!不像我的小叔伊比,懶在家裡。對了,豆藤下有很多蝸牛,祝你們豐收。」
「謝謝!」一副很驕傲地回答著,成就感油然而生。
心裡想:「對!你家的伊比,身處好環境,又是老么得寵,當然變成懶鬼,不像我們家境不好的孩子,會賺錢了耶!」難得產生這種窮人孩子鄙視富家子弟的驕傲,不過驕傲的場景很快拉回到現實,趕快找尋蝸牛的蹤跡,撿到袋子裡。
畫眉鳥的叫聲已過了些光景,看看袋子也裝得差不多了,大家趁著魔鬼使者——螢火蟲還沒出巡時離開,高高興興地去黃大麵那裡,去把蝸牛換成硬幣。
賺了錢,高興地把錢全數交給父母,還期望得到父母的精神獎勵——讚美之後,再得到實質的獎勵——給零用錢,好讓我們辛苦之後,買個糖果享受。不過,最後只是奢望。

「嗯！好孩子。就是這樣，明天再努力。」這是父母給我們唯一的獎賞
「哇！這是什麼世界啊！那是我們辛苦賺來的耶！」心裡在吶喊，但內心的不快，只能隱忍不能表現出來。只有跟妹妹面面相覷，心照不宣。在這個時候，非常羨慕家庭破碎的孩子，他們自己賺自己吃。看著他們隨身攜帶零食快樂地在部落逛，帶著糖果到學校吃，吸引了一些的孩子，自然成了孩子王。我也差點兒被吸引著，但內心又無名狀地努力抗拒著。我只能遠遠地看著、落寞地看著，心裡渴望的是處在破碎的家庭。因為那是無拘無束的、那是自由自在的。不像我，父母健在正常，管教多、束縛也多。學校不是有教「不自由，毋寧死」嗎？突然閃過如此的念頭，來報復父母的苛刻，及表達自己的委屈。現在想起來實在是好笑。

「老師再見，小朋友再見，大家明天見！再見！」全校學生大聲快樂地喊著。

終於放學了，這是每天最期待的一刻，我依舊跟妹妹高高興興地去撿拾蝸牛，第二天人比較少，大概其他人還有錢吧！有了錢就變懶惰，自然就不會來撿拾蝸牛了，這個想法還是支持我內心的論點。說來奇怪！昨天撿過蝸牛的地方還是有蝸牛的蹤影；昨天翻過的、俯身探過的……都還是可撿到。想到布農族神話裡的：人要什麼，就來什麼。又想到《聖經》故事：上帝每天賜給他們斑鳩與馬那，每天賜的不多不少剛剛好。

我想還好我和妹妹事前都有禱告，所以上帝賜給了我們。

晝眉鳥的催趕聲又響起來了，高興地拿著滿袋的蝸牛去黃大麵那裡。這次與妹妹有了默契——先私藏一些錢，錢數少報給父母，只是數量上與妹妹有些爭執。

「一塊就好了。」做哥哥的我，因為要擔負整個責任，所以比較保守。

「十塊啦，每人五塊，這是我們賺的錢呢，況且父母也不知道。」毋須擔負責任的妹妹如是說。我也有點兒懷疑，她是不是常常如此，所以膽子就比較大。

「你們那麼可憐喔，自己賺的不能自己用。」父母雙亡、寄居其大哥家的阿布嘲笑般地說。

最後和妹妹協商決定，先藏了四元（每人兩元），剩下的交給父母。奇怪，不知道母親從哪裡發現端倪，覺得事有蹊蹺……。我被抽打之後，妹妹被責罵之後，四元最後從我口袋移到母親的手上。在母親大篇、大篇的「諄諄教誨」後，母親賞給我們一人一元。

「我說嘛！一元就好了，都是你那麼貪心，我才會被打。」看著妹妹拿著一元，高高興興地往雜貨店方向跑去，我心裡在後面咒罵著。

「哈！一元。我犧牲玩耍的時光而掙得的錢，竟然還要用挨打的代價才得到，太貴了。」往雜貨店路上，這些話一直繚繞我心中。可能是因為這樣，買來的糖果吃起來也特別甜、特別好吃。

蝸牛的浩劫持續了幾天，數量也愈來愈少，撿拾蝸牛的小孩子也都有默契般的慢慢減少，最後只剩下四個勤勞的孩子如往常般地撿蝸牛換硬幣。其實「勤勞的孩子」說穿了就是「窮人家的孩子」的代名詞，哈！我家竟然占了一半，有時候想一想，我家窮得這麼嚴重嗎？那一天，一如往常地拿去蝸牛去換錢，結果黃大麵不在，心中泛起深深的失望，這時才發覺，黃大麵是多麼重要的人。不過沒關係，先把蝸牛養著，跟明天的蝸牛一起賣。不過第二天也不在、第三天還是不在……最後的答案是，不收蝸牛了。

黃大麵不收蝸牛了，這些蝸牛怎麼處理？我跟妹妹有失落感，父母也困擾，只感覺到兩老悄悄話了一段。隔天趁天未亮，父母兩人就偷偷摸摸地把蝸牛拿去田裡處理。

當天晚餐的菜就是換不成硬幣的蝸牛。想一想，也對啦！自己辛苦撿了那麼多，至少也要吃一下嘛，犒賞自己，而且還料理得香噴噴的呢。

「吃蝸牛！別聲張！不要跟人家講，我們家有吃蝸牛。」母親嚴肅地跟我們小孩子講。

「為什麼？」天真無邪的妹妹如此疑問。

「吃蝸牛很丟臉！」身為獵人的爸爸邊吃蝸牛邊回答。

「蝸牛很好吃啊！」我邊吃蝸牛邊問。

「只有『沒有』的人才會淪落到吃蝸牛，很丟臉！」爸爸聲音變小變弱地答著。

孩子嘴裡說好不跟別人說，但是每個人都拿著一碗蝸牛肉拿到外面驕傲地吃，向左鄰右舍的孩子炫耀地吃，吸引了其他孩子。這時蝸牛肉讓我們變成了孩子王。

「來吃啊！不習慣這種烹調嗎？」達虎叫了一聲，把我從回憶中拉回了現實。

「不會！我十幾年前就吃過了。」我匆匆地回答著，腦海又浮現往日時光。

二十年前在東臺灣服務，曾接受家長的邀請，擺出來招待我的盛宴除了酒以外，主角就是一大鍋連殼烹煮的蝸牛。那時心裡不自主地閃過一絲不屑，這裡的布農族怎麼這麼可憐，可憐到要用蝸牛招待我這個老師。同時又有一點兒生氣，你們瞧不起我這來自異地的族人嗎？不過看著臺東族人熱情地招待，心裡極力安慰自己，「客隨主便」、「既來之則安之」、「入境隨俗」。此時的我五味雜陳，我看我還是要搶時間來調整自己的。

「來吃蝸牛！高雄人不習慣這種煮法吧！」女主人布妮阿姨親切地問。

「謝謝！我會嚐一嚐。」思緒紊亂中如此回答著。

此時的我，硬是為自己想出一個驕傲的理由，我將是故鄉的族人「第一個」吃水煮蝸牛的人。正當我為身心腸胃準備就緒，要啟動的當下，望見斜對面主人十八年華的女兒，俐落地用牙籤挑起蝸牛肉往嘴裡送，同時把蝸牛殼往桌上放。我突然看到，一道銀色的亮光就從蝸牛殼射向口中的蝸牛肉。不!是一絲銀線，在燈光下顯得特別白亮。不!這是蝸牛的黏液，不知是連著蝸牛肉與蝸牛殼，還是連著嘴巴與桌子。慘了!此時身心腸胃頓時關起門來了。這還不打緊，要命的還在後頭。美女欲用手拉斷，但愈扯愈長還纏手，折騰了半天，結果弄斷時，黏液還盪到下巴。看到此景，腸胃又開，但不是想吃，而是內部抗議翻騰，接著看到她又向鍋子裡翻撈了一陣，我看著濃稠黏膩的蝸牛湯，終於使得胃酸呼地衝上了喉頭，但顧及在座的家長，我又硬生生地吞了下去，胃酸就這樣上上下下，折磨了食道。等到輪杯的大碗公酒輪到我，宛如救命仙丹，當時一飲而盡的豪邁之氣，震懾了在座的每個朋友，蝸牛這時讓我暫時成了酒國英雄。唉!其實我沒那麼大的酒膽，我只是要用酒氣沖淡胃與食道中難聞的氣味、用酒壓制難受的感覺。

「來!吃蝸牛。」主人搭魯姆招呼著

「不急不急!酒特別好喝，我先喝酒，反正蝸牛多，待會兒再吃。」其實，還是無法接受水煮蝸牛的感覺。只好用逃避的心理，藉著猛喝酒，沖淡對蝸牛的種種想法。那天因空腹飲急酒，最後只能以不成人樣來形容。桌上的三顆蝸牛殼，應該是我的傑作吧！不過，也不知道水煮蝸牛是什麼的味道，就這樣虎頭蛇尾地結束了家長邀宴。

「刺尼亞虎！發什麼呆，不敢吃水煮蝸牛嗎？快吃完了。」號稱是獵人，實則為屠夫的巫布，又把我拉回現實情境中。

看著大家圍著鍋子大啖蝸牛肉，果真是快吃完了呢！吃不吃？內心有些舉棋不定。

「什麼？我應該是本部落第一個吃這種水煮蝸牛的人，十幾年前我就吃過了。」我拿著碗筷，移近鍋子，並很驕傲地回答。

馬紹・阿紀

〈北緯四十三度〉（一九九九）
〈無力的蘋果滋味〉（一九九九）

Masao Aki，一九六八年生，新竹縣尖石鄉葛菈拜部落（Klapay）泰雅族。曾任公共電視「原住民新聞雜誌」製作人／主播，是原住民第一位新聞主播，也被日本NHK電視臺「亞洲新發現」節目進行主題報導，曾執筆《臺灣立報》原住民版「蕃人之眼」專欄。

馬紹擁有豐富的文學創作、數位媒體與研究經驗，現為世新大學數位多媒體設計學系助理教授兼任原住民族學生資源中心主任、原住民族文化傳播暨發展中心主任。曾擔任過公廣集團原住民族電視臺臺長、世界原住民廣電聯盟主席以及財團法人光啟社社長等職。著有《泰雅人的七家灣溪》、《記憶洄游：泰雅在呼喚1935》等書。

北緯四十三度

在東京羽田機場等待劃位的空閒，我走到一處由天窗降下來的陽光方塊前，把始終不離手的攝影機調整到三號色溫板的位置，鏡頭瞄準了鋪在陽光下的白紙，我把屬於東京早晨的「白色記憶」留在攝影機當中。其實，記憶此刻光線的色溫，只是想保證在兩個小時的飛行航程之後，我還能夠用攝影機以最接近眞實的色澤拍下臨空所見的北海道景致。倘若忘記了這個動作，我帶回臺灣的畫面將會是完全的「藍色北海道」（顏色偏藍）。

再走回櫃臺前，負責翻譯的二宮牧師慎重地把我和製作人丹耐夫介紹給航空公司的主管，並且希望將我們的座位安排在左邊靠窗的位置。因為飛機航向北方，由飛機的左翼方向俯視，便可以拍攝北海道沿岸陸地的景觀。「俯拍的畫面可以呈現曾經屬於日本原住民——愛努族（Ainu）的土地的遼闊！」丹耐夫說。因此，當我看見包括負責交運行李的勤務人員也顯得非常謹慎的時候，也就不在乎雙方花了三倍的時間去安排一個左邊靠窗的座位，甚至明明看見螢幕上正顯示著北海道的天氣是「一把雨傘」。

我聽見一連串的日語交談當中，辨識出「臺灣公共電視」和「日本NHK」。我猜想是一種對我們的介紹和比喻，接著牧師把我們此行的目的告訴前來接待的主管，「這兩位臺灣的記者是來報導日本的先住民——Ainu 族，現在要前往北海道的 Ainu 部落採訪。」然後，我看見櫃臺裡的日本小姐帶著微笑，慢慢地將先前列印好的三張登機證送進碎紙機裡，然後又微笑著重新列印新的三張。我看見身旁的二宮牧師也正滿足地掛著微笑。

「在接近函館的上空，飛機會下降高度，那時候，你就可以開始攝影！」進入候機室，牧師交代了第二遍，「我們行程提前了，我要去打電話給接機的人！」說完後他匆匆消失在人群裡。「請問您是二宮先生嗎？」一位手持無線電對講機的空服人員問我，她大概是看見我肩上的攝影機了。日本人這種精確、有效率的工作態度，讓我開始擔心，深怕連機長也要在機艙內的播音系統裡向我們致意。

隨著飛機爬升的高度，陽光的灼熱幾欲穿透窗口，當機身回復水平以後，我看見遠方的天空出現漸層的灰暗。飛機偶爾穿梭雪白的雲層之間，慢慢地，貼近我眼前的玻璃窗上斜斜地滑滿了水絲。飛機進入了雲雨區，我知道，這樣便沒有辦法拍攝到陸地的景致了。「等一下快到函館的上空會廣播，你就可以攝影！」牧師一直擔心我睡著，怕我錯過攝影的時機，不時要轉過頭來提醒一下。這一路下來，我看見他的禱告次數，鐵定比我這輩子上教堂的次數還多。只是辛苦了他，與航空公司交涉半天的結果，還是不敵與上帝祈福來得有保障。窗外烏雲密布，牧師終於睡著了，一直到飛機降落在跑道上。

走出飛機座艙，迎面襲來的第一道冷空氣，給我一種「初次見面，請多指教」的感受。踏上這片舊稱「蝦夷」的北海道土地，有著來到了原住民地盤的安然。殘存在心中，那些屬於大阪、東京的壓迫感，頓時一掃而空。

北緯四十三度線橫劃中央的北海道，一直擁有著「雪之國度」的美稱。在六月中旬的此刻，竟然還冷得像冬天的梨山一樣。環顧所有的旅客，只有我仍然穿著短袖襯衫，這樣子與北海道的冷風相遇，或許比較不會顯得生疏吧！

呼嘯過一群來自本州的旅行團之後，出境大廳內只剩下三個來「工作」的我們。

拖著繁重的攝影器材走向出口，門一開啓，眼前一位高壯、留著一撇濃密鬍鬚的青年向我們行禮，我走上前去向他握手，身旁幾乎傾翻的行李箱，立刻被他拎在手上。這就是我初次在北海道與日本原住民相遇的經驗了！野本（Nomoto）先生給我一種親切的感覺，比起東京那些素淨、文雅的「領帶族」，他的粗曠和質樸，就像北海道的原野一樣輕鬆、自然。我注意到他兩邊的耳垂掛著銀色的小環，雖然與他脣上的鬍鬚極不相襯，但我不希望因為他的解釋而破壞了我能由衷體會的「尊重」。「這不是時髦，是 Ainu 的一種傳統！」他還是放心不下，「我了解，我們泰雅族的男子，以前也用小竹管穿過耳垂當作裝飾！」我用英語回答他。

當原住民與原住民相遇，似乎比較容易跨越國界和文化的藩籬。然而這種相互親愛的感觸，卻夾雜著幾許「同是天涯淪落人」的無力感。此刻的 Ainu 族際遇，就好像幾年前的「臺灣山胞」一樣（現於《憲法》上已改稱：臺灣原住民）。在日本，Ainu 人至今仍然有著瑟縮於「和人」異樣眼光之下的情結，甚至有人極力隱藏自己的身分，深怕遭受歧視或影響工作的發展。

「最近，許多的 Ainu 人積極從事文化的再生與重建工作，主要是受到了臺灣原住民族自我認同的感動！我自己也準備做田野文化方面的採集和整理。」野本先生去年夏天，到過臺灣的排灣族以及泰雅族的部落，回到北海道之後，辭去了原有的工作，他決定做一位 Ainu 族的文化工作者。

離開千歲機場之後，汽車開往北海道的東岸，我發現沿途標示的地名都很特別，像

「苫小牧」市（Tomakomai）、「白老」町（Shiraoi），「北海道許多的地名都是 Ainu 語翻譯過來的，札幌（Sapporo）也是 Ainu 語，意思是說廣大的乾燥的沼澤地！」野本先生說。

按照預定的行程，我們即將前往靜内町（Shiznai）採訪一位七十多歲的 Ainu 哲人。公路沿著太平洋岸往東延伸，時而迴旋小丘、時臨浪花拍岸的礁岩。我和丹耐夫同時搖下車窗，右邊襲湧著海洋的氣息，左邊吹拂草原的清香，誰也不在乎窗外將近十度的氣溫和冰冷的霢霂。在前座吹著暖氣的野本先生和二宮牧師，寬容地忍讓我們兩個臺灣原住民放肆地與北海道的風——親吻。

途中多得數不清的牧場和馬匹，散發著歐洲風景的韻味。這使我想起在大阪採訪過的 Ainu 人——森崎先生，這一條公路，便是他歸鄉的路途。他十三歲離開了家鄉——靜内町，到了本州，在岐阜的「笠松競馬場」工作了二十餘年。後來沒能實現成為一個騎師的夢想，他在競馬場的馬厩房裡做照料馬匹的工作。或許遺傳了北海道養殖駿馬的優良傳統，凡是經由他照料的賽馬，都得過許多競賽的大賞。「我的母親告訴我，對於別人歧視 Ainu 人的行為，一定要忍耐！」森崎先生回答丹耐夫提出的，屬於彼此在成長過程中，共同有過的「困擾」。

靜內町的座標位在北緯四十二度線上，然而人類與生俱有的情感，卻不該因為經緯度的區隔而有冷暖之分。在前往靜內町的途中，我心底有一種歸心似箭的衝動，急切地想把森崎先生的錄影帶，透過攝影機的視窗，播放給他在靜內町的老母親看一看！

無力的蘋果滋味

我一直沒能親自摘一顆蘋果。

等到了十二月再上梨山，所有的果樹早都準備好隨時迎接任何一道冷鋒過境了。光禿禿的枝椏，一時讓我分不出是水梨樹、水蜜桃樹或是蘋果樹。

八年前的生日，我還從新竹騎著機車載侄女小芬上梨山。記憶中，接近梨山沿途冷冽的空氣中，和著一股怪異的味道(後來曉得是雞糞肥料夾著果香味道的緣故)。就在味覺感受最濃郁的一處山坡上，我驚訝地看見一叢掛滿了蘋果的樹，那種詫異就像第一次在電視上看見「會動的國父」一樣，平時看慣了死躺在水果攤上的蘋果，突然面對長了一樹蘋果的景象，顯得有些措手不及，但是礙於路旁的告示「偷採一顆罰三仟元」，於是我只好痴痴地對著一樹蘋果傻笑許久……。

後來在五專電機科的同學當中，總算出現一位種水果的農人——奇哥，不禁讓我重下決心，一定要到他的果園裡親自從樹上摘一顆蘋果給自己嚐一嚐。事隔多年，至今同學也早已下山改行代理洋酒的生意，而我的一個簡單的、小小的願望卻仍然未能實現。

八十五年四月，我甦醒在梨山晨霧繚繞的果園小屋中，推開木門的剎那，竟然將遠處整片果園套袋的朦朧山景誤認為一夜之間盛開的「花海」，直到陽光逼出那種塑膠製品特有的反光，我才不情願地收回被塑膠套袋欺騙的感動。（但那景致真的很美！）

「看樣子，今年他們的水果可以賣好價錢了！」在山上照料果園的同學望著那一片「塑膠海」說。塑膠套袋是為了保護新結的果實能夠無憂無慮地成長，這樣才能保證水果採收之後能有完美無瑕的外表。然而，對於我這個從小在山林裡長大的泰雅孩子來說，下這種錯誤的判斷，無疑是一種極大的諷刺（或恥辱）！但想想，如果再過幾年，山林再繼續被開墾、耕種高冷蔬菜或水果，相信再有經驗的老獵人，也難免被這些追求高經濟價值的開發行為所炫惑了。人們為了追求利益砍伐山林，毫無節制地種植蔬果，那些逃之夭夭的野生動物，再過不久，也許會像七家灣溪中幾乎消失殆盡的「櫻花鉤吻鮭」一樣，動物們也將會永遠失去回歸源流生存、繁殖的路徑。

「我們家在這裡種水果差不多二十幾年了，果園是向山上的老榮民承租的。」我的同學奇哥告訴我，「過度開發的情形也是在最近幾年，以前還不是很嚴重。梨山的果園大部分都租給外地的人來開墾，有些人也向這裡的原住民承租果園，反正水果的價錢一年不如一年，有能力下山的，幾乎都走了！」

我知道所謂「有能力」的人，其實是一些將山林土地所有的能源、養分耗盡的果農們，他們看準了果樹再也沒有豐收價值的可能之後，便將貧脊的土地歸還給主人，然後乘著滿載蔬果的貨車，數著鈔票揚長而去。他們留下的是受傷的土地和背負破壞山林罪名的「土地的主人」（原住民）。

面對果農的心情，在於我來說是很矛盾的。少數一些真正對山林土地懷有情感的果農，在梨山堅持了許多年，到最後面對滿目瘡夷的果園，也只好「無能為力地」離開。我的同學奇哥也或許是無能為力的果農之一吧？他離開了梨山之後，便轉行做洋酒的經銷生意。但是留在山上開墾的農人，他們仍要繼續面對破壞生態環境的指控。就在「有能力」或是「無能為力」的生存夾縫中間，卻很少人看得見，那些始終留在祖先傳承之地默默耕耘的梨山泰雅族人，他們對於土地無從割捨的一種情感與執著。環伺在外來人口競爭的壓力下，他們依然只是在爭相矗立於山頭的賓館、飯店周圍，零星地種植一些泰雅族傳統的樹豆、玉米。

曾經，我一直以為一些族人們栽種的水果始終比不上外來的果農們所培育的各式水果品種，甚至誤以為他們冷藏直至初春，拿出來招待自己人的一些毫不起眼的水梨、蘋果都是因為培植不力所剩餘的滯銷品。但是這些外表絕對不受蔬果商人青睞的水果，嚐試起來卻都蘊含著各自最香醇而原始的滋味，讓人很確定自己吃的正是蘋果或是水梨。

今年初春，在一次路過梨山的旅途當中，我匆忙地去拜訪住在梨山的兩位長輩，臨道別之前，老嬤嬤拉著我的手前往梨山賓館前的水果攤，她要向她的好友買一些水果讓我帶回家。她選了一些當地栽植的奇異果，然後我看見她捧了兩顆狀如哈蜜瓜一般大的「水梨」放在電子秤上。她向朋友減價一番之後，很滿意地將水果交給我。走在路上，老嬤嬤突然說：「這個水梨是 Sehu（漢人）接枝的品種，我們 Tayal（泰雅人）是不會隨便接枝改良品種的，因為水果的母樹永遠是我們的，像他們這樣隨便在租來的果樹上面接枝，將來對果樹的影響會很嚴重」。頓時，我恍然明白了自己的族人在這樣追求利益的生存環境當中，依然遵循著自然生態的運行，也在無形之中延展了土地、生物的永續命脈。但是相對於包括像我這樣只懂得在水果攤裡挑選肥美水果的人，又怎麼會了解在品嚐這些經過接枝改良、毫無原始滋味的水果的背後，有著那麼多對於大自然法則遭受人為破壞的無力感呢？

利格拉樂・阿𡠄

〈紅嘴巴的vuvu〉（一九九七）
〈那個年代〉（二〇〇七）
〈木材與瓦斯桶〉（二〇一五）
〈凝望〉（二〇一六）
〈活著，就是為了等這一天〉（二〇二一）

Liglav A-wu，一九六九年生，高振蕙，既是排灣族也是外省二代，兩個名字、兩種身分、兩種認同，數十年來始終在身分認同的河流裡跌跌撞撞，流離在父系與母系的家族故事中，擅長文體為散文、報導文學，近年開始進行小說創作。著有小說《女族記事》，散文集《誰來穿我織的美麗衣裳》、《紅嘴巴的vuvu》、《穆莉淡Mulidan：部落手札》、《祖靈遺忘的孩子》等，以及《故事地圖》兒童繪本等書。

紅嘴巴的 vuvu[1]

一、聞不到檳榔，睡不著覺

一九九三年十二月，嚴寒的東北季風，對於位在島嶼南端的南臺灣而言，似乎起不了多大的威脅作用。在晴朗的白天裡，溫馴的和風輕輕地拂過嘉南平原，廣大的平原上布滿青綠的甘蔗；空氣中充斥著香甜的甘蔗糖味，明年又將是一個豐收的季節。

位於嘉南平原、林邊溪支流旁的 Butsuluk[2] 部落，正嚴謹地準備著五年一度的重要祭典 Malavek[3]。平日安靜祥和的部落，因為歸鄉遊子陸續地回家而顯得熱鬧了起來，約一百多戶的部落陷入舉辦大事的匆忙之中。排灣族是一個施行階級制度的族群，因此在部落事務的分工上，不論是哪一個家均有分內的工作要完成，即使是祭典也不例外，部落裡來回穿梭的族人，在慵懶的冬季中，只穿著單薄的長衫奮力地工作著，顯然此祭典對於部落有著重要的社會意義。

Malavek 是排灣族重要的大型祭典之一，早在日據時期的人類學者，諸如著名的鳥居龍藏、移川子之藏等人，在進入排灣族的部落時，所做各類有關排灣族的研究報告中，有關 Malavek 的資料絕對是排灣族的代表性紀錄，由此便可知道 Malavek 之於排灣族社會的重要意義。

就在部落的入口處，派出所的大門凝視著部落中唯一一條大馬路，彷彿一頭監視獵物的黑熊，緊盯著進出部落的族人；儘管 Butsuluk 部落已在三年前解除「山地管制區」的規定。但是，外地調來的警員仍是盡忠職守著「約束」族人的工作，就好像一百年前日本警察架設的「隘勇線」一般……。

在派出所的正對面，有幾間沿著山坡興建的家屋，這幾間家屋擁有一個共同的家族名，叫做 Liglav[4]，在排灣族的社會裡，表示這幾家是同一個家族，具有親戚的血緣關係。這一個家族裡，年紀最大的族老是一位女性，叫做 Liglav Dison A-gan（利格拉樂·蒂桑阿嘎安），在部落中的晚輩通常都叫她 vuvu；部落裡，大概有過半數的孩子見

1 vuvu：姆姆，泛稱祖母輩。
2 Butsuluk：布朱努克，今屏東縣來義鄉文樂村。
3 Malavek：瑪拉偉克，排灣語，五年祭。
4 Liglav：利格拉樂，排灣族的家族名。

到她都要喊一聲 vuvu，可想而知她的年紀也不小了。

她給人的第一個印象，就是那滿嘴鮮紅的檳榔汁漬，和一雙長滿厚繭的腳板。部落裡的小孩頑皮地說，附在她腳板上的厚繭，可以將一根鐵釘踩彎，而她本人一點兒痛的感覺都沒有，想來必定是多年來習慣赤腳奔走在山林中所累積出來的吧！至於 vuvu A-gan 嚼檳榔的時間，連她自己扳開所有的手指頭都算不清楚了，依賴檳榔的程度，更是到了可以左腮吃飯、右腮嚼檳榔的地步，連她睡覺的枕頭都是用檳榔做枕心，vuvu 露出一嘴紅色的牙齒說：「聞不到檳榔味會睡不著覺呢！」

午後暖和的陽光用它飽滿的熱情，將 Butsuluk 部落累積一年的溼氣，轉換成濛濛的水霧，飄向護衛族人的南大武山脈，滋養雄壯的森林與生物。在五年祭裡，vuvu A-gan 也分配到工作，她坐在家屋前廣大的庭院中，正細心地將一個月前上山採集的藤條按照粗細的類別排好，以便待會兒使用。乍看之下，並不清楚她要做什麼東西，像是要編織容器，又像是要製作捆綁的工具。直到天空出現夕陽專屬的血紅光澤，vuvu A-gan 才用她顫抖的雙手，像變魔術般地搓出一粒渾圓的藤球；藤球特有的金黃色澤與夕陽相互輝映。vuvu A-gan 在略顯寒意的黃昏中說：「這是要在五年祭的重頭戲——刺球，供參加比賽的族人使用；藤球刺得愈多，就表示在未來的一年中，家族裡做任何事愈順利，所以可得要好好地做，免得在抛入空中的時候散開來，那是不吉利的。」就在一面編藤球、一面嚼檳榔的過程中，隨著逐漸消失在地平線上的太陽，vuvu A-gan 緩緩地道出部落與她成長之間的親密關係……。

二、遭到禁止的 Malavek（五年祭）

一八九五年春末，清廷與日本簽署〈馬關條約〉割讓「臺灣全島及其所屬各島嶼」；直到夏初，日本完成接收臺灣。位於南大武山脈中的 Aumagan Monalit[5] 部落，仍仗勢著南大武山的護佑，寧靜而祥和地在午後漫天的山嵐中生存著。傳說中的

---

5 Aumagan Monalit：敖嬤幹．蒙阿里特，今屏東縣來義鄉舊望嘉。

Salugajav[6]，恆常在夏日的午後，使用祂激烈的肢體語言，與心愛的 Salaiumuk[7] 在空中交會，互訴彼此的傾慕與愛戀；愛情的火花激盪出一道道的閃電，照耀在南大武山脈上。此時，Aumagan Monalit 部落中的族民，尚不知曉大武山脈外的世界，已然風雲變色。

約莫經過了兩個 Masalu[8] 之後，隔壁部落遠征狩獵的戰士，透過獸徑與精靈的傳達，陸續傳來一些不祥的警告：在世居的獵場裡出現了不明身分的敵人，配帶著威力強大的火鎗。這番傳言引起部落中一陣不小的驚慌，負責部族安危的頭目 Galagimu[9] 家族為了安撫民心，不得不邀請 Bulinaf[10] 前往族中祭拜祖靈的祖靈屋，向住在南大武山脈的祖靈詢問禍福。不到一年的時間，南大武山脈中，已經可以聽到四處飛竄的鎗彈與「轟隆隆」的炮火聲；負責照顧、整理水源的族人傳來消息：象徵每年部落水源是否充裕的水源屋中，供奉瓶內的清水，一日之間變成混濁的暗紅色。經過族人前往查看，已遭到敵人攻擊的鄰近部落，果然以身軀將水源地——林仔邊溪上游（今林邊溪）染成了陣陣令人怵目驚心的豔紅；而象徵結盟頭目家族的信物——美麗的琉璃珠與鑲滿山豬牙的帽飾，竟遭遺棄在兩部族來往交誼的小徑上，族中長老猜測，他們必定是在前來投靠的途中遭到狙擊，一旁的月桃葉上，仍可清楚地辨視出早已乾涸的大塊血漬……。

日本軍隊的進入，從此改變了 Aumagan Monalit 部落的命運，首先受到衝擊的就是部落中的戰士與獵人；日軍為了預防族人的反抗，沒收部落中所有的火鎗，如此一來，部落中的成年男子，宛如遭獵人拔去牙齒的山豬，怒氣衝天卻失去了攻擊的戰鬥力。象徵精神領袖的 Galagimu 頭目家族受制於日軍，對於所屬族民的憤怒與憂愁，只能在深夜人靜的午夜，無力地面向祖靈棲息地——南大武山，暗暗哭泣。

西元一九〇〇年前後，部落中最重要的祭典 Malavek 遭到禁止；負責傳達祖靈訊息的 Bulinaf，高舉著顫抖的雙手，如冬末最後一片掙扎於風神與大樹之間的枯葉，無言面對族人傷心的眼神。在族人的掩飾下，Bulinaf 偷偷地完成最後一次祭祖的儀式，Bulinaf 數年後終於失去了與風抗爭的意志，抑鬱而終。

---

6 Salugajav：沙魯嘎呀勒，男性閃電神。
7 Salaiumuk：沙拉魯穆克，女性閃電神。
8 Masalu：瑪沙魯，排灣語，小米豐收祭。
9 Galagimu：嘎拉基木，排灣語，貴族家屋名。
10 Bulinaf：卜拎安福，巫婆。

儘管一切部落傳統漸遭禁止，卻因為信仰的強烈，族人的心並未死去，日本清楚地知道，維繫族人意念的精神力，除了武器與祭典外，還有一股對權力中心的堅持，那就是精神上的領袖——頭目家族。

在部落傳說中：「頭目家族是太陽神所生的孩子。」因此，頭目家族享有至高無上的權力；頭目身分的表徵有許多，包括服飾、家屋建築、圖騰使用等，刺青也是其中之一。在早期的排灣族的階級制度中，平民身分的家族並不享有刺青的權力，如此一來，顯而易見的「肢體語言」——刺青，便成為部族中最容易辨識身分象徵的記號。排灣族人對於階級制度的嚴守與影響力，非排灣族人是很難體會的，在階級制度下的一切禁忌，正是部落中的律法，而執行律法的人，便是部落中的核心人物。核心人物享有一切權力，相對地，他也必須有保護部族的能力；「頭目家族」便是核心人物的代表。

日本為打破這種權力中心的象徵，從一九一〇年開始，由第五任臺灣總督佐久間左馬太所擬定的「五年理蕃計畫」中，就會經有段時期下令部落中所有家族之長嗣，一律在手上刺青，並停止對頭目家族納稅等行為，藉以模糊頭目與平民家族的分野。

「刺的時候要在外面，不可以在(屋)裡面，因為以前山上沒有電，不能工作、不能摸水(指被刺青的人)；吃飯的時候要有人餵他，而且手不能彎曲。喔，一隻手差不多要一個月呢！不是刺一次就好了，一次完了還要一次。刺青的人手不能發抖，我們Aumagan Monalit 刺青的人是男的。還有，夏天的時候不能刺，手會腫起來，所以一定要在冬天，然後在旁邊烤火，怕冷的、怕血的，都不可能通過。刺青的針一共有六根，每一次刺完以後就要上顏色，這樣重複好幾次，有的時候三次，有的時候四次，就這樣答、答……，一針一針地慢慢刺！」部落中的族老回憶幼時所見到的刺青印象時，猶能清楚地敘述其步驟與規則。

經過日本殖民政權蓄意瓦解部落社會結構，禁止族人舉行祭典的情況下，vuvu A-gan 用布滿老人斑的手，指著太陽出現的方向說：「那時候，Aumagan Monalit 部落已瀕臨分崩離析的局面。」語畢，她急忙地用手背一抹，擦拭掉眼角不經意流出的情緒。

三、失去 Gagilai（石頭神）的部落

一九二四年冬天，Aumagan Monalit 部落仍滯停在激戰剛過的復建中。

住在部落下方的 Gagandian[11] 家族的母親，在經過十個月圓的漫長等待之後，出現了嬰兒即將誕生的徵兆；持續劇烈的陣痛，今已不是第一次生產的母親，仍然禁不住地呻吟了起來。Gagandian 家族的族老在歷經兩個白與兩個黑夜的等待後，確定這個折磨母親的孩子，將來必定是個頑皮的小傢伙，如果能夠順利地生出來，一定要好好地打她幾個屁股以示教訓。

在第三個月亮出現時，月光照耀下的石板屋裡，終於聽到一聲嬌怯的嬰兒哭泣聲；Bulinaf 為這個姍姍來遲的新生兒舉行了簡單的出生禮儀，並為她命名為 Gagandian Dison A-gan（嘎嘎安蒂安．蒂桑阿嘎安），為這個家族在殖民戰爭中帶來些許的生命力。但是，新生兒出生所帶來的快樂時間並沒有維持多久，Gagandian 家族就面臨另一個煩憂已久的事情。原來這個家族的大女兒 Wlinan（舞拾安），經過日本警察的通知，將在隔年寒意尚未消退的春初接受刺青的儀式。這個通知對 Gagandian 這個平民家族的母親而言，無疑是一個為難的決定，去，將會遭到頭目家族的譴責；不去，日本警察的嚴厲責罰令人不寒而慄。

在依循其他家族的前例下，Gagandian 家族的母親只好將眼淚藏在深陷的眼眶中，親自陪伴長女前往負責刺青的族長家屋，直到確定 Wlinan 已經將叮嚀都放進細軟彎曲的耳洞中，她才轉過身讓第一顆眼淚滴落在駐在所前的泥地上；同時，Wlinan 細嫩的手背上，已出現了一圈新鮮的血珠，宛如一朵朵血櫻，盛開在 Wlinan 的手上。

A-gan，家族裡排名第三，十歲以前已經健壯得像個森林中四處亂竄的小母豬，至少十歲以前的時間她都是住在 Aumagan Monalit 部落。不是長女的她，在以長女繼承的家族裡，身分及教育均不是那麼受母親重視，但是也因為如此，她比 Wlinan 多了許多玩耍的時間。

日據時期，部族內仍依靠著作物耕種維持生計，家族內的成員，大都有著自己分內的工作，即使是小孩子也一樣；因此，A-gan 很早就學會了生存的技巧、作物的種植、歲時節令，甚至部落禁忌等基本概念，都是在這段期間慢慢接觸到熟悉的。大約是八歲那年，部落中駐在所的警察，同時也是「蕃童教育所」的老師，告訴家族裡的父親：「A-gan 該要上學了。」於是 A-gan 第一次進了學校。但是，白天要上山勞動，晚上又要到教育所讀書，加上由警察兼任的老師，既嚴厲又凶狠，教不懂的就是一頓打罵。一向

---

11 Gagandian：嘎嘎安蒂安，排灣族家族名。

活潑好動的 A-gan，策動了幾個同樣不愛讀書的同伴，不知天高地厚地逃到山上去了。經過各家族老聯合出動尋找，雖然人找回來了，但是「逃學風波」依然在往後的日子裡不斷上演。

一九三三年，當第一波寒意從林仔邊溪逆流而上，將大武山麓的第一片楓葉染成女人的唇色時，日本公布了「全臺高砂族集體移住十年計畫」；傳遞命令的日本傳令兵，在越過大武山脈的重重疊巒，來到 Aumagan Monalit 已是隔年初春的事情。

在日本警察的監控下，Aumagan Monalit 部落被分割為三部分，三分之一的族人留在原部落；另外三分之一則被分到 Aumagan Gulalalau[12] 部落；vuvu A-gan 所屬的 Gagandian 家族，則跟隨著「太陽生的」Galagimu 頭目，離開了世居的祖地，前往時有爭執發生的另一個部落——Aumagan Butsuluk[13]。那是一段遙遠的傷心旅途，尊貴的 Galagimu 頭目家族，在日本警察以火鎗押解下走在行列的前端，族老們頻頻回首已經繁衍數十代子孫的祖居地，幾十個家族流下的眼淚，匯集成一條小河流淹沒了沿途留下的足跡；悲痛欲絕的族人，發出狼嚎般的嗚咽聲，迴盪在南大武山脈達數個世紀之久。vuvu A-gan 說出藏在腦海裡已將近六十年的回憶：「直到現在，我似乎還能夠聽到那些 vuvu 們的哭聲。」

一九四二年春天，為了應付日趨吃緊的戰況，日本正式實施志願兵制度，徵集一千八百多名原住民，編成「高砂義勇隊」。A-gan 生命中第一個喜歡的男人被迫進入「高砂義勇隊」；在第二次世界大戰中成為戰爭中的先鋒部隊，說穿了，就是當天皇的砲灰。一批批離開部落的男人，從此就像斷了線的風箏，飄出祖靈護衛的眼睛，再也找不回來；這件傷心往事造成的缺憾，即使是三年後日本宣布投降，仍無法對 A-gan 帶來一絲補償。戰爭過去五十年後的一個夏日裡，一位遠從大海彼端歸來的老人，出現在部落裡引發了一陣騷動；原來他就是二次大戰時被迫進入「高砂義勇隊」的族人。五十年前離開部落的他，還是個瘦弱如獮猴般的少年，歲月與戰爭無情的摧殘，竟將他淬鍊成一隻不死的雄鷹，孤單地飄翔在中國大陸的土地上將近半個世紀；而這位族老的歸來，對 vuvu A-gan 的心靈卻帶來一場不小的衝擊，原來 vuvu A-gan 的初戀情人，早在征戰的第一年便戰死沙場了；死前他的口中仍念念不忘地喊著心上人的名字——「A-gan」。

12 Aumagan Gulalau：敖嫚幹，古拉拉勞，今屏東縣來義鄉舊古樓。

13 Aumagan Butsuluk：敖嫚幹．布朱努克，今屏東縣來義鄉舊文樂。

一九四五年，日本宣讀〈終戰詔書〉，受日本統治的歲月告一段落，但是 Aumagan Monalit 部落的噩夢並未結束：駐在所的日本警察，趁著夜晚撤離部落的機會，竟將部族中最神聖的守護神——Gagilai（嘎磯賴，石頭神）悄悄地帶走，當 Galagimu 頭目家族的族老發現時，邪惡的日本警察早已經乘著下山的太陽旗幟，回到了曾經顯赫一時的「日不落國」。

vuvu A-gan 像個天真的孩子般，興奮地揮舞雙手說：「Gagilai 是一顆石頭，但是族人為了尊重它，並不稱它為石頭，它到底有什麼神奇的地方呢？說來也許你們這些小孩子不會相信，它就像人一樣，有眼睛、嘴巴，會走路、會聽人說話，但是它不會說話，只會以行動表示。日本人來了以後，白天它就躲在頭目家的桌子底下，因為害怕被日本人抓去，所以它都是晚上才出來。Gagilai 最厲害的地方，就是它有預知的能力，尤其是有族人要過世的時候，它一定會事先知道，從來沒有錯過；當有族人即將要過世時，它就會走到那間家屋去，如果這位族人是留在家族內的，Gagilai 就會爬到家屋的前方中央；如果是外出或者是嫁出去的族人即將過世，它則從家屋的後面爬上屋頂的中央，坐在那裡發出像人一樣的悲傷哭聲，這個時候，家族就可以開始準備辦理親人的後事了。」突然，vuvu A-gan 臉上的笑容失去了蹤影，她像是一下子掉到痛苦的深淵中兀自地啜泣了起來：「後來，有一次 Gagilai 在部落裡散步的時候，被日本人發現了，便將它抓起來。從此以後，不只是 Galagimu 頭目家族一天比一天沒落下去了，就連我們 Aumagan Monalit 部落也開始慢慢地衰落，漸漸失去以前那種強壯的力量了。」

四、建立 Liglav（利格拉樂）家族

時間並不會因為新舊政權的替換而停止了流轉；在幾次 Masalu 的舉行之後，透過部族中青年男女的歌舞聚會，年輕美麗的 A-gan 和一位 Aumagan Monalit 部落裡的家族成員，成立了屬於自己的小家庭。Bulinaf 為她們的家屋命名為 Liglav（利格拉樂），於是 A-gan 正式脫離了母家族——Gagandian 的護衛，成為一個獨立自主的家屋女主人。

要成為一個母系社會中的成熟女性，並不是一件容易的事情；新的家屋名稱出現，即代表這是一個新興的獨立個體，不論是在部落分工上，抑或是權利義務的分配上，都必須要以自己的家屋身分出現。A-gan 第一次強烈地體認到這個象徵意義，是在她發現部落中的人，已經不再稱她為 Gagandian Dison A-gan，而是改稱她為 Liglav Dison

A-gan，這種感覺，就像脫離子宮的嬰兒，又期待又怕受傷害。就在A-gan學習如何成為一家之主時，一九四八年五月，國民政府來臺後頒布的一項「禁用番族等名」的政策，並開始積極進行山地鄉戶籍調查作業，卻對部落產生了不小的影響。這一項政策不但從此將族人世代所使用的族名中斷，同時也澈底改變了母系部落的社會法則。漢民族中父權當家的定律，絲毫不會考慮到其他族群的適用性；就在這種強勢政權的脅迫下，A-gan失去了她傳統社會中應有的地位，在漢人所規劃出來的戶口名簿上，她搖身一變成為某某先生的妻子，不再是Liglav家族的母親；而經過Bulianf謹慎命名的排灣族名字，也成了漢文書寫的方塊字——高罔昔。

長女出生的前一年，A-gan的母親告訴她：「祖先給我的夢裡，妳將要有一個自己的孩子。」原來，在部落的夢裡，母親的夢中若是出現了蛇或琉璃珠，就表示她的孩子或近親的家人，將會有懷孕的消息傳來；果然，在隔年繁花盛開的春天，秀氣的女兒出生在一個剛剛成型的小家族中，成為Liglav家的第一個孩子；Bulinaf為她取了一個名——Mulidan（穆莉淡），這是一顆嬌小的琉璃珠名字，就如同她的體型一般，但是在戶口名簿上卻不能使用。

一九五二年，臨時省議會通過「臺灣省山地人民生活改進運動辦法」，Aumagan

Monalit 部落也遭到行政單位以「危險：容易坍方」為由，像是一個遭到詛咒的部落，再度面臨遷村的命運。經過一場長途跋涉的辛苦歷程，A-gan 與大部分的族人來到新的落腳地——Butsuluk。但是她的母家族——Gagandian 在長女 Wlinan 接手後，決定遷到另一個部落，因為大部分像 Wlinan 一樣，在日據時期刺青的平民，一直對頭目家族感到愧疚；或者應該說是，對傳統階級制度依然緊守的矜持，她們決定離開頭目家族所在的部落，另覓土地。

到達目的地之後，一切又得重新開始，新部落就在族人的同心協力下，一塊石板、一塊石板的，凝聚族人的希望堆積起來；Liglav 家族的成員也在這段時間內，一個一個地出生、成長了。國民政府初到臺灣的當時，剛剛經歷過戰爭洗禮的島嶼，不僅物資嚴重缺乏，連避孕的器具與常識也少有聽聞；A-gan 一生中，一共生育過六個孩子，每個孩子都是由她自己接生，「我只要覺得好像要生了，就會趕快把剪刀啦、布啦、小孩子的衣服等準備好，然後再燒一大鍋熱水，託人搬到屋子裡面放好之後，我就叫所有的人出去，孩子生出來後才叫人進來。」這種生育經驗，聽在現代教育下長大的子女耳中，像是一則則不可思議的《天方夜譚》，vuvu A-gan 只是無奈地聳聳肩說：「那個時候的女人，哪一個不是這樣活過來的！」

五、嫁給外省老兵的女兒

一九六〇年的初夏，山區沉悶的午後，轟隆隆地響著大雨來襲前的巨大雷聲，彷彿將要發生什麼大事般，Bulinaf擔憂地向著南大武山的方向，喃喃地唸著：「Sagalaus[14]，請您看著地方打，不要打到Butsuluk這個地方，這裡住著一群您的孩子。」（禱詞）大雨下完後，穿著綠色制服的郵差，從雨漬未乾的大地帶來了一封公文，上面透露：《省政府公布實施山胞生活改進運動辦法》即將執行：這波「山地平地化」運動的開始，除了族人將不能再穿傳統服飾、不能再說母語之外，同時也將十幾年前族人同心協力興建起來的石板屋逐幢打散，改建成奇特的水泥房造型。Butsuluk部落正一步步走上漢化的命運，這大風雨前的巨大雷聲，會是Sagalaus的預警嗎？

「山地平地化」運動的強制執行，在當時引起了一場不小的風暴，族人均不安地詢問：「我們真的要把圖騰燒掉嗎？琉璃珠真的要搗碎嗎？石板屋真的要拆掉嗎？」一個接一個問號，清清楚楚地寫在族人臉上，但是在警察、宗教和地方行政人員的監視下，再加上可能會觸犯法律的恐懼心理，部落在數天之間改變了模樣，一時之間各家都充滿愁雲慘霧的氣氛，誰也不敢確定這樣做到底對不對？只有少數幾間家屋，在長者的堅持下拒絕被拆除，vuvu *A-gan* 正是其中之一；這幾家沒有拆除家屋的族人也付出了代價，因為他們遭到了行政單位的懲罰——沒有電、沒有水。警察以改建家屋能擁有水電作為誘惑，企圖說服少數幾家頑強抵抗的家族，期望能盡快完成「全面山地平地化」的目標，好向上級單位交代業績，證明自己「教化山地人」的偉大貢獻。這位野心勃勃的警察一直未能完成他的豐功偉業，直到他離開 Bustuluk 部落，仍有族人住在石板屋下，與族靈共眠。隨著國民政府開發山地的腳步，漢人進入原住民部落的速度也加快了起來；原住民少女的清新，撐開了漢人薄弱的單眼皮，引發了一篇篇原住民女性美麗與哀愁的悲歌！

隨著國民政府遷臺，帶來了蝗蟲般的外省籍軍隊，離鄉背景的少壯青年，經過「萬里長征」的磨練，都已變成孔武有力的男人，在「反攻大陸」的口號成為泡沫幻影之後，歸鄉夢只能是茶餘飯後互相調侃的話題；於是，戰後的「再婚熱潮」，一波波地湧入閉塞的外省眷村。腦筋動得快的漢商，竟將原住民女性轉化成商品，儼然以「婚姻掮

---

14 Sagalaus：沙嘎烙斯，雷神。

客」的姿態，出現在山區部落裡，幹起婚姻買賣的勾當來了。由於狡猾的漢人認定山區的物資貧乏，以一張燦爛如花的嘴巴，編織出蜂蜜般甜膩的謊言，瞞騙原住民父母親軟弱的耳朵，同意將自己的女兒嫁到部落獵場地圖中所不會出現的地方；就這樣，開啟原住民女性輸出部落的序幕。

A-gan 的長女 Mulidan，也在這一場婚姻熱潮中，遠嫁到距離部落四十幾公里之遙的市區。vuvu A-gan 回憶說：「那些 Bailon[15] 說，外省人很疼老婆，一定會把我的女兒照顧好，在我們的部落裡，說謊是會遭到祖靈懲罰的！」但是，在見到 Mulidan 未來的丈夫後，A-gan 在心裡後悔不已，因為這個外省人的年紀幾乎可以做自己的弟弟。當女兒被送出部落的那一天夜裡，A-gan 強忍著即將狂洩而出的眼淚，諄諄告誡未滿十七歲的 Mulidan：「妳只要保持一顆像溪水般清澈的心，別讓眼睛被貪婪的 Bailon 擋住，一切事情都有祖靈在天上看著呢！」儘管知道受了平地人騙，A-gan 也只能暗暗向祖靈祈求，Mulidan 能獲得好的生活。

Mulidan 出嫁二年後，A-gan 第一次做外祖母，但是她的喜悅被哭哭啼啼的女兒給打斷，原來外省籍女婿日夜等待，期盼是一個白白胖胖的小壯丁好為他傳宗接代，結果 Mulidan 生的是一個體質衰弱的小女兒。A-gan 第一次感到和這個來自不同族群背景的人之間，產生約有一條大河那麼寬的觀念差異，「為什麼一定要男孩？」部落中一向以生長女為榮的觀念受到強烈的撞擊，這個問號就像要她在一千顆檳榔中找出哪一顆比較好吃一般困難，A-gan 還沒來得及將這個問題想清楚，Liglav 家族發生了另一件事。

六、紅嘴巴的巫婆

A-gan 的男人 D-lio（地里歐）在那個冬天走了。她將瘦弱的丈夫用毛毯仔細地以部落包裹屍體的方式包紮好，送進 Liglav 家的家族墓穴後，終於流下第一滴眼淚。vuvu A-gan 的丈夫是 Aumagan Monalit 部落裡沒落的大家族，他們在成立新家時，還會經常被族人拿來作嘲笑的對象；然而，再尖銳的冷嘲熱諷，也比不上家裡六張嗷嗷待哺的小嘴巴厲害。身體原本就單薄羸弱的丈夫遭到族人的取笑後，沉迷酒精世界裡的短暫麻

15 Bailon：白浪，泛稱平地人。

醉；A-gan只得加倍努力工作，以賺取微薄的收入來撫養孩子。經過十幾年酒精浸泡，A-gan的男人像個發育不全的男孩，蜷在黑黑深深的墓穴裡，結束他鬱鬱寡歡的一生。

處理完丈夫的喪事，A-gan毅然決定將親手興建的Liglav家屋拆除；此時部落中完整的石板屋只剩下二幢，一幢是Bulinaf的，一幢就是A-gan的家屋。促使她拆掉屋子，有絕大部分是因為丈夫離世，加上孩子逐漸成長需要更大的居住空間；伴隨A-gan近半生的石板屋，成為她許多記憶中的一頁篇幅。家屋拆後沒多久，棲息在前院的一棵十幾年的老榕樹，也戲劇性地被雷擊中，vuvu A-gan說，那是她和丈夫一起種植的。

數年後，A-gan的孩子大多前往都市工作，以都市原住民的身分來回搖盪在各大建築工地的鷹架上；她帶著最小的女兒離開Butsuluk部落，與浙江籍的外省老兵同居，成為她生命中的第三個男人。儘管語言無法溝通、生活習慣不同、知識水準差距，使生活過得頗為辛苦，但她總是努力在生活中學習並消弭衝突。一年後，她已經聽得懂浙江腔，也煮得一手浙江菜，不過他們還是結束了兩年的同居生活。我小心翼翼地問她：「為什麼？」「他總以為我們山上的女孩子只要有錢就買得到。還有，他說我身上有一股山上的味道。」vuvu A-gan說著說著，手上又完成了一顆漂亮的藤球。

原住民世界以外的社會，在以訛傳訛的訊息下，總是對於陌生的原住民懷抱著異國情調的幻想；認為原住民的女性，不外就是雙眼皮、黑皮膚及一副健美的身材，這樣純粹的虛擬裡又混合一絲絲曖昧的遐想。漢人普遍也相信，在山上勤於勞動、又成長於野性空間的女人，必定是擁有強烈性需求的，以至於常常會聽到娶原住民為妻的男性，在沒有多久的時間後便會抱怨：「根本不是那樣嘛！」卻不知有多少原住民女性，成為男性性幻想下的犧牲品。

再度回到部落，雖談不上人事全非，但至少是不一樣了；vuvu A-gan 發現她多了兩個說得一口標準國語的外孫女。當 Mulidan 帶著兩個外省孫女回到部落時，vuvu A-gan 興奮地就衝上前去，想要親一親兩個外孫女，並且決定要請 Bulinaf 為她們取個有意義又好聽的族名，還要各做一件美麗的山地衣服，讓她們成為 Masalu 會場上，最鮮豔的兩個排灣小女孩。但是，當她的手一碰到兩個外孫女，響在耳畔的不是甜甜的「vuvu」，而是一陣尖銳的吶喊，和一句「紅嘴巴的巫婆。」vuvu A-gan 急忙將伸出一半的雙手收回，並用受傷的眼神詢問長女，Mulidan 卻用變調的族語告訴她：「依娜[16]，

16 依娜：Ina，排灣語，「母親」之意。

她們是外省人的孩子，不是我們部落的孩子。」vuvu A-gan連忙搖搖頭，含著眼淚說：「我……只是想要抱抱她們而已啊！」

過了沒多久，離家許久的二女兒，從燈紅酒綠的花花世界裡，帶回來一個滿口閩南語和三字經的二女婿，「Gmrf（歌嫩夫）一直就是家裡最固執、又叛逆的女兒，這樣的丈夫會給她好的生活嗎？」vuvu A-gan心裡正這麼想的時候，那個滿口腥紅的男子偷偷地將Gmrf拉到一旁去，卻又用不小聲的音量說：「嘿，去跟妳老母講，這塊地值不少錢哦，我可以找到不歹的客戶……」他話還沒說完呢，Vuvu A-gan一把抄起屋旁的竹掃把，對準那個男人就是一頓雨點般的毒打，「別想拿我的地，別想拿我的地……」臨離去時，她半聾的耳朵似乎聽到，那個男人對著舉止行為完全變形的二女兒說：「幹，肖查某！」

敏感的vuvu A-gan眼睛裡又發現了另外一件事，她發覺了村子裡的年輕人都不見了，整個部落只剩下和她差不多大或者更老的族老，緩慢地移動在愈來愈安靜的部落裡，鮮少聽到小孩子的追逐與笑聲，就算偶爾看見，也只有瞧見風一樣速度的摩托車從眼前呼嘯而過，總會震得她的耳朵失去聽覺一段時間，從背影看，彷彿有一隻紅色頭髮的獅子，狂奔在滿地碎石的產業道路上。她真的懷疑自己是不是眼睛花了？耳朵聾了？

還是這個世界變了？

七、還沒有唱完的歌

大約在四年前，vuvu A-gan 出現一些奇怪的舉止：在家陪伴母親的小女兒 A-rzi（阿蕊），察覺 vuvu A-gan 常常在吃晚飯的時候，偷偷摸摸地將食物藏在預先準備好的布巾裡，晚飯後就像貓一樣地消失在黑色的部落中不知去向。A-rzi 幾次想要跟蹤母親，卻始終無法順利進行；在一次偶然的機會中，卻意外地發現 vuvu A-gan 提著裝滿食物的布包，腳步蹣跚地往部落地的方向走去。她害怕母親是否精神狀態出問題，只好通知遷居中部的大姐，這件事在 Liglav 家族中引起了軒然大波；家族的大女兒 Mulidan 決定召回散居各地的家族成員回鄉開家族會議，要與母親好好地談談這件事情。

獨居多年的 vuvu A-gan，見到離家多年的子女居然一夜之間紛紛自各個喧嘩的城市回家，心裡知道該是對孩子攤牌的時候，於是便娓娓道來整件事情的始末。原來，vuvu A-gan 認識了部落中的一位族老，說起來還是一起長大的玩伴，只不過他的年紀較小；

vuvu A-gan自從數年前回到部落後，眼見部落漸漸地失去了以前純樸的模樣，卻又找不到朋友可以傾訴，只好有心事的時候，就跑到離世多年的丈夫墓穴邊，跟他聊聊天或敘舊，並且將她所看到的一切改變，轉告給沒來得及看見這一切的丈夫知道，這個習慣已經持續好多年了。其實，也不僅是和丈夫談話，許多童年的好友、兒時的玩伴，這些會經一起走過人生歷程的族人，都因為各種原因或生病、或意外先行離開，他們家族的墓穴也都散散落落地分布在附近。vuvu A-gan說：「那就像妳們去找朋友聊天一樣，只不過妳們的朋友會說話，而我的朋友不會說話。」就這樣，碰到了果園在附近的他，自然愈來愈親近了。

vuvu A-gan的女兒們都覺得母親年紀那麼大了，如果要結婚必定會被其他族人取笑；不料，vuvu A-gan堅定地表示：「我有權決定我自己的生活，我知道什麼樣的日子最適合我，不用你們操心。每個人有她唱歌的方法、有她過生活的方法；我唱歌的方法是這樣，而我的歌還沒有唱完……」

一年後，vuvu A-gan以入贅的方式，與她生命中的第四個男人結婚了。沒有鋪張的婚禮，也沒有子女的祝福，他們只是又跑到山上去，告訴他們共同的朋友：「我們結婚了！」一時之間，滿山的老朋友都傳來了祝福的歌聲……。

那個年代

又是一個中秋。

小時候，每年約莫過了中元普渡之後，便可以感受到從家家戶戶傳出來的一股騷動，年幼的我，其實也不知道大人們到底在忙些什麼東西，只是隱約中可以感覺到一種類似過年過節的氣味，不斷地在生活中散漫開來，漸漸懂事之後，我才曉得原來這股氣味是中秋節的味道。

「中秋月圓」對於眷村中的人來說，是含有特殊的意義的，我總是可以很清楚地記得父親在每年中秋節時老淚縱橫的模樣，那是包含著無法回大陸老家的怨恨，以及永遠也不能如廣告中所說的「月圓人團圓」的遺憾，因此，每當中秋月餅的廣告開始頻繁地在電視中出現時，家中的那一臺老大同電視機，總是會沒由來地遭到禁播的命運。

隨著月亮的變化，眷村中的叔伯阿姨們，就像受控於月亮的狼人般進行著他們的工作，平時這些如得了老年痴呆症的長輩，突然間就像吃了大力水手的菠菜，變得身強體壯、神智清醒，或準備包月餅的餡，或聯絡烤月餅的師傅，非常有默契地各自動員了起來，彷彿他們的存在只是為了迎接中秋這一天的到來。

我生長的那個眷村與別的眷村有一些不一樣，我並不清楚其他地方的眷村是否也有類似的儀式？但是至少在屏東，我知道其他的眷村裡，似乎沒有如同我們那一個眷村裡有祭拜「月娘」的習俗，而祭拜日便是中秋節當天，這是父親告訴我的。每當我問到這件事情的由來時，眷村中從來就沒有長輩會像平地社會一般，會興致勃勃地告訴小孩子這個節日的由來，或是為了祭拜誰、有什麼故事等等，反倒是一改平常慈祥的臉孔，板起難看的撲克臉威脅小孩子說：「別問太多，否則會有麻煩！」那是六〇年代的時候。

愈接近中秋，眷村中的氣氛便愈發緊張，我常常可以在半夜起來尿尿時，聽見一聲接一聲的嘆息迴盪在村子裡，剛開始我還以為是鬧鬼呢！後來才知道原來是半夜睡不著的叔伯們，聚在廣場上聊天感慨的聲音。隔日當我歪著頭詢問父親這件事時，一向沉穩的父親，突然發狂地抓著我瘦弱的肩膀，十分緊張地問：「妳聽到了什麼？妳有沒有聽到什麼？」嚇得我只有眼淚鼻涕在臉上四處亂竄，全然已經忘了小腦袋瓜裡還剩下些什麼，要不是母親及時趕來勸阻，我真的懷疑失去理智的父親是不是會將我殺掉？這件事情過後，我有整整三個月的時間不敢和父親交談。

後來經過了許多年、許多年，時間長到使我從一個黃毛丫頭成為人妻、人母，臺灣封閉的政治生態也改變之後，我才從父親的口中斷斷續續地知道一些事情的真相。原來，早在我出生之前，也就是剛光復時，臺灣的歷史上曾經發生過一件大事，那就是目前社會上所熟知並熱烈討論的「二二八事件」。從小在眷村中長大的我，就如同所有在臺灣教育體制嚴格保護下的臺灣人一樣，未曾聽過這件歷史事件，所以當我第一次從父親口中得知時，的確讓我嚇了一大跳，然而，更令我震驚的是父親竟然曾經坐過牢，原因正是因為「二二八事件」的延伸——白色恐怖。

患有嚴重的政治恐懼的父親，在一次無意中，洩露出他曾經坐過牢的事情，我原本以為是因為汙名感作祟，所以使得他不願意多談那段過往。而我幼稚的心靈在這件事曝露後，曾經使我遭受到了滿巨大的撞擊，當時的我認為，會被捉去坐牢，一定是做了什麼「傷天害理」的事情，因此，我有好一陣子不太搭理父親，現在想來，父親所受的傷害一定更大吧！

每年的中秋，眷村中的氣氛是肅穆而悲傷的，我一直以為，是因為這些遠離老家故土的父執輩們，過度思念大陸上久未見面的親人所致，然而，始終令我不解的是，除了全村的人都會參與祭拜外，各家還會在此時募捐金錢與生活用品，固定送給村中的幾戶人家，幾戶人家的共通點是：家中都沒有男主人，而且每年祭拜時，他們的哭聲一定是最大的。

眷村的沒落就和居住在其中的老兵一樣——不死，只是凋零。七〇年代中期，眷村內曾經有過一陣子大遷移，我們家也捲進這場搬家風潮中，父親草草地收拾起他賴以維生十數年的豆腐工具，毅然決然地帶著我們一家人，跟著另外一個戰友家庭遠走臺中市，一個陌生從未到過的城市。離開眷村，不可避免地也放棄了許多眷村的傳統，尤其又是在一個滿是臺灣人的村子裡，唯獨祭拜月娘這個習慣一直不曾改變，這甚至也是父親臨終前唯一念念不忘的事情。

「那一年的中秋節，村子裡的男人幾乎都被抓了，我也沒有逃過，半夜裡來了四輛軍車，一堆阿兵哥荷槍實彈地到每一家找人。我們都是從大陸一路打過來的，什麼場面沒見過，但是，那一次真的把我給嚇到了。全村的男人大概都上車了，我只聽到一聲：『走！走！走！』車子便拚命地往前跑，從半夜走到天亮，沒有任何人開口講話，後來才知道到了高雄。」這是第一次父親對我口述他被抓的過程，沒有頭沒有尾，我完全沒聽懂他在說些什麼，只當他是酒後說醉話。

「其實那時候心裡早就有數了，因為早就有風聲傳出來了，好幾個附近的眷村已經都被抄了，被抓是遲早的事情。讓我不服的是，我們都是從大陸就跟著軍隊，『忠心』二字還需要考驗嗎？為什麼要這樣對老戰友呢？人心啊！」說著說著，父親的臉上早已爬滿了眼淚，我仍然不知道他在傷心些什麼？之後，一直到我升高中，父親不曾在我面前提過這件事，持續地在中秋節時祭拜月娘和匯款到眷村。我幾乎都快要遺忘了這些事情，直到我高中時發生了一件事，才讓父親的情緒再度爆發出來。

高中三年級即將畢業的時候，應教官的要求，全校三年級都「被迫」入黨，由於我是在眷村中長大的，又是外省子弟，觀念上總覺得這是理所當然的事情，因此當教官要我填寫「黨員資料」時，從沒有產生過一絲絲的遲疑，連向父親提都沒提。畢業前夕，全校三年級在一位教官的主持下，在學校的禮堂中完成了入黨宣誓的儀式，當時的我還有一股「肩負神聖使命」的責任感。放學後，我迫不及待地將綠色的新黨證交給父親，直覺地以為他必定會以我為榮，沒想到父親在見到那張黨證之後，居然在盛怒之下將黨證撕成碎片，什麼話也沒有說，「砰」的一聲將房門關起來，那天晚上再也沒有出來過。

隔日，父親押著我，騎了二個小時的摩托車送我上學，我不知道父親想做什麼？到了學校之後，父親直接將我押往教官室，父親漲紅的臉明顯地告訴教官「我在生氣」，他大概以為是我做了什麼錯事，父親一定是來要求校方嚴加管教的，於是教官陪著他那一張少見的笑臉說：「別生氣、別生氣，孩子嘛，怎麼不會犯點錯呢？」誰知道教官的話還沒完呢，父親便大吼一聲：「我的孩子沒錯，錯的是你們這些王八羔子，叫你們的主任教官出來。」這下子，不只教官愣住了，連站在一旁畏縮的我也不禁愣住了，此時，父親如獅吼般的叫聲，把隔壁間的訓導主任也叫來了，情勢在一瞬間變得緊張起來。

半小時後，父親、主任教官、訓導主任和我，正襟危坐地在校內的輔導室裡，父親從頭到尾都只有簡單的一句話：「不要我的女兒入國民黨！」無論是誰詢問他原因，包括主任教官或是訓導主任以及學校的輔導老師，父親全部一概相應不理，並表明不辦退黨就不回家，就這麼僵持了大約二個鐘頭，大家都明顯地失去了耐心，最後是主任教官的一句話激怒了父親，才結束這一場漫長荒謬的對峙。

「不加入國民黨，難道你是共產黨啊！」這一句話說像青天霹靂般地對著我及父親而來，始終在一旁沉默的我，從來沒有想到事情會鬧到如此嚴重，心中當時只想著：「早知道會這樣，一開始告訴父親就好了。」而且還十分不諒解父親為何要將事情搞到如此不可收拾，簡直就是迂腐嘛！這個念頭剛想完，父親赫然站了起來，一百八十公分的身高，嚇得主任教官頓時噤住了聲，「是你們國民黨不要我的，是你們國民黨叫我去共產黨的。」說完，父親拉著我頭也不回地往外走，到了門口，他突然恨恨地轉過身來丟下一句：「我是政治犯，你們自己考慮要不要讓我女兒退黨！」

這件事情過後，父親整整大醉了一個星期，我也被父親禁止上學一個禮拜，每天父親便重覆著這幾段話：

「沒有審問、沒有問話，我們二十個人關在不到兩坪的房間裡，烏漆抹黑的，誰也不知道是怎麼一回事？每天都有人被拖出去再也沒回來，我們都以為是被放回去了，後來才知道是被槍斃。」

「有一天，我和另外十個人被帶出去，走到一個小房間裡，一個看起來像法官的人高高地坐在前面，還沒站穩呢，就聽到那個人唸著，『……以上十人以通匪罪名判唯一死刑！拖下去。』聽到這裡我已經昏死過去了。

「那天晚上，半夢半醒之間我被塞毛巾、綁手腳，等到知道事情的時候，人已經被捆在麻布袋裡，丟上了直升機，當時我心裡居然只有一個想法，『又要過中秋了，不過，這輩子再也吃不到月餅了。』想完之後，我聽到『噗通！噗通！』的聲音，算到第六個，我也被丟下去了。

「沒有人會願意活在那個年代……。」

我終於知道父親為什麼每年中秋要祭拜月娘了，其實他並不是要祭拜嫦娥，他及其他眷村中的叔伯們要祭拜的，是在中秋那夜被抓走卻不知死因的老戰友們。那一年的中秋節是他們共有的記憶，於是，這一群僥倖沒死歸來的老兵們，私下約定好以中秋節作為公祭日，以懷念那些生死未卜的朋友……。

父親十年前因為腦溢血突然過世，逝世前，已經無法言語的他，仍然掙扎著要說話，我們都以為他必定是要交代什麼重要的事情，無不想盡辦法要明瞭他的想法，尤其是母親，數十年來她與父親的感情，以及依賴父親的程度，是我們做子女的無法想像的，因此母親認定父親的遺言一定是要交代給她的，沒想到，父親用盡了最後一口氣所留下的話居然是：「中秋節別忘了拜月娘和匯錢！」這句話出乎所有人意料之外的遺言，卻讓母親當場昏了過去，妹妹們沒有人懂得這句話對父親的重要性，我想，大概只有我和母親以及父親那一群老戰友才能理解其中的含義。

木材與瓦斯桶

即使在炙熱的八月夏季裡，臺北依舊不改悶溼的感覺，坐在任職的辦公室內，咻咻叫的冷風氣流來回竄動，輕薄的上衣抵抗不了人工製造的寒意，下意識地拉了下衣領，唉！真想念南方天空下的部落，這個時候依娜和 vuvu 大概正在睡午覺吧！暖空氣每每將人薰得昏然欲眠，光是想到就讓人覺得幸福，恨不得自己有一雙鷹的雙翅，朝空中奔馳而去。

心底正在兀自哀怨的時候，居住在屏東市區裡的妹妹打來電話，興沖沖地按下手機接聽，南方慣有的大嗓門音量就直衝耳膜：「媽在問，下個月的豐年祭妳要不要回來啊？」瞄了一眼桌上的行事曆，沒想到，時間就這麼溜地滑到了豐年祭的季節了，「當然要啊，我剛剛才在想家耶，當然回去囉！」妹妹乾乾地在話筒那端笑了幾聲，一副不懷好意的聲音表情，加上室內的寒冷空氣，雞皮疙瘩就這麼順勢地爬上了手臂。

「笑什麼啊？好詭異的笑聲。」我忍不住衝口而出地問著，雖然明知道行動電話費用昂貴，但是打破砂鍋問到底的個性，讓我無法將問題憋在肚子裡，只好委屈妹妹付費囉。「沒啊，只是要妳做好心理準備，這次回來大概會有大驚奇喔。」呃，這種回答等於沒有答案嘛，就在下個問題即將脫口而出之際，妹妹撂下「回家再說」一句話就動作迅速地收線了，留下我在臺北的悶溼中發愣。

日子在期待中過得特別緩慢，左盼右望中好不容易熬到了豐年祭前二天，晚餐時分我坐在床前整理南下的什物，偌大的空間裡只有韋瓦地的《四季》迴盪著，手機突然就不甘寂寞地響了起來，望了上面顯示的來電號碼，是部落裡的依娜打來的，我興奮地接起手機還沒來得及說話，母親又是一貫大剌剌地吼著：「妳是打算什麼時候到家啊？」、「呃？不是後天才開始嗎？我正在整理東西要坐夜車下去啊。」、「這樣啊，妳能早點就早點吧，好多人要送木材呢！」

木材？什麼意思啊？我收拾什物的手愣在空中，正想要問清楚的時候，依娜又是一句「回家再說」，毫不戀棧地掛了電話，簡直和妹妹如出一轍。看來要弄懂這究竟是怎麼一回事，大概非得要等我自己回到家才行了。匆匆忙忙地收拾幾下，我從熱鬧的臺北後站搭上夜車，直奔朝思暮想的南方部落，因為回家的愉悅心情，讓我在疾行的夜車上，好幾次都忍不住偷偷地笑了出來，甜美的夢境在往南方疾駛的車上逐漸成形。

南方天空沒有汙穢瘴氣的遮掩，凌晨不到五點的時分，晨光就大剌剌地占據了車窗玻璃，我在一片刺眼的光芒裡甦醒過來，恍惚中竟不知自己身在何處，隨著晃盪的車身搖動，這才憶起了原來正在南下返家的車上。臨睡前臺北城一片烏壓壓的天際，已然被亮眼的陽光取代，暖烘烘地晒得人好舒爽，一股幸福之感油然而生；年過三十之後，我才愈來愈能體會「落葉歸根」的意喻。

抵站之前，妹妹早已經在機車上等得不耐煩，見我一身輕便行李地下車，不以為然地脫口：「妳是明天就要回臺北囉？這麼一點兒行李，等會兒老媽又要數落了。」聳肩無言地笑了笑，離婚之後，娘家就是唯一的家了，除了工作所需的行頭帶去臺北之外，所有的家當當初就都送回部落了，加上家裡現下除了么兒威海是男生之外，清一色全剩女眷，還怕沒衣服替換嗎？

乘著妹妹的一二五機車，快速馳騁在屏鵝公路上，放眼望去沒有任何高樓的阻擋，鬱悶許久的心情跟著開闊了起來。南北明顯的城鄉差距，在空間上做了最好的說明，只有在南方偌大的平原中，能夠這般暢快地呼吸自如，不似在都市中，深抽一口氣都擔心要髒了胸腔，唯恐血液都被廢氣占據了去。忍不住就放聲嘶吼大叫，嚇得妹妹一陣驚慌，差點沒把機車把手鬆開，回過手來就往我大腿上狠狠地捏一把，痛得我眼淚直噴。

下了屏鵝公路，遠遠地就瞧見久違的部落，端坐在大武山脈下受祖靈護衛著，陽光灑滿平原，安祥的似畫，這是我朝思暮想的故鄉。此刻卻有著近鄉情怯的心情，央求著妹妹暫停下來，我拿出隨身攜帶的數位相機，拍下此時的寧靜，依靠著這幾張照片，可以讓我在往後想家的時分裡，聊以慰藉思鄉的情緒。妹妹佇立在一旁，悶悶地發聲：「什麼時候妳才會真的回家呢？」搖搖頭，我自己也不知道答案，迎著耀眼的陽光，我們終於回到家了。

雖然距離祭典還有二天，部落中已經散發著隱隱的喜氣，從家屋往前望去，學校廣場中擎著聳入天際的竹竿，上面繫著各色的三角旗幟隨風飄揚，這個時間裡，大部分的族人都在自己的田中辛勤工作，總要等到午後三兩歸來，才會見著大夥兒齊聚廣場，在貴族的領導之下進行分工，為即將到來的祭典各司其職，這是部落數百年來不會更改的慣例。

年邁的 vuvu 近年因為眼疾及體弱，鮮少再到田裡去工作，只是常年養成早起的習慣，讓她一早醒來索然無事，於是當機車一駛進家屋院子，就望見 vuvu 拿著竹掃把揮灑著，嘴裡還不時地嚼著檳榔。我湊近 vuvu 身邊就是一個結實的擁抱，嚇著她不斷以母語咒罵著，以為是哪家調皮的小孩兒，欺負她年邁又視力不好，握在手中的竹掃把就要猛力砸過來，還好一旁的大阿姨趕忙過來解圍，說是住在臺北的阿媽回家了，才免去我灰頭土臉的下場。

vuvu 張開興奮的嘴巴，不住地叫喚著我的名字，這才一把將身後的我摟向前來，祖孫倆語言不通地比手畫腳交談一陣，倒也能夠知悉彼此的思念之意，說著說著，vuvu 突然手指一旁廚房入口處的幾把木材，嘀嘀咕咕地又是一串母語，我無奈地朝坐在一旁嚼檳榔的阿姨投去求助的眼神，經過她一番詳細的解說，我這才終於了解妹妹與母親電話中曖昧的原因了。

依照部落裡傳統的習俗，每年豐年祭舉行之前，有適婚年齡女性的家族都會備受關注，因著祭典的歡樂氣氛，加上在祭典裡又有群舞的機會，正是未婚男女互表愛意的恰當時機，儘管如此，又唯恐跳舞的重要時機被其他有心人霸占，所以，若是一旦確認了心儀的對象，在豐年祭開始的一週前，男方會託家中族長前往女方家送禮；這個禮物僅是表明愛意的代表，並沒有任何約定或承諾的意義，等到祭典過後，無論女方最後做出什麼樣的決定，都還得要準備簡單的筵席回禮。

「那為什麼是送木材呢？」我疑惑地向 vuvu 提出問題，阿姨接著在一旁回答說：「因為以前木材是很有用的物資啊，哪家不用上山砍材啊？在以前可值錢的喲！」這麼一說，我才恍然大悟木材存在的價值；仔細地算了算立在廚房門旁的木材，居然有四、五束之多，不過，目前家中僅有妹妹的二個女兒算未婚，而且才分別是小六和國一的年紀，根本談不上是「適婚年齡」啊，這些木材送來得似乎有些詭異。

「這是送我們家的嗎？」我指著那堆整齊的木材問著。「對啊，不然放在我們家幹麼？豐年祭正式開始之前，這可是大家注意的焦點喔！」原本清晰的事情，這下子又讓我似乎走入午後的大武山脈裡，墜入一片藹藹白霧中，「可是我們家哪來的適婚女人啊？」話才說完，一顆檳榔冷不防地就正中後腦勺，居然是視力漸失的 vuvu 拋過來的，「把妳家說的這麼沒價值喔。利格拉樂家族可是一堆女人等著追耶！真是沒禮貌的小孩兒。」這是阿姨翻譯 vuvu 說的話。

一陣交談之後，終於確認了「未婚」且「適婚」女子的定義，只要是目前沒有婚約關係的女性，都可以位在此列，如此一來，利格拉樂家族上從 vuvu 算起，寡居的依娜、妹妹，離婚的阿姨與我，都可算在其中，這個答案的確讓我傻眼，「那……那這堆木材到底是送給誰的啊？」我結巴地詢問著 vuvu 與阿姨，有點擔心我也在無意中被人相中，還沒聽見回答，我就已經從這二個女人詭譎的眼神中瞧見如鬼的魅光，答案簡直就像刻在大門前的家屋名一般明顯，「嘿嘿嘿，聽說我們大家都有耶！」

悻悻然地拎著行李進到屋內，依娜賴以維生的菜車正好駛進院內，大嗓門的她沒等到我出門打招呼，就探問著屋外嚼檳榔話家常的 vuvu 和阿姨，我和妹妹到底回到家了沒有?「回來了啦，這麼大聲全部落都聽到了。」跨出屋外，妹妹正回答著母親的問話，我連忙上前去和依娜打聲招呼，免得又要遭到一陣數落。部落裡屋舍毗鄰，照著依娜這種音量嚷嚷，不用多久的時間，大概左右鄰居都要來寒暄問候了。

幾個女人聒噪閒話家常中，一個健壯的男人喘氣如牛地進來家屋院子，打斷正熱鬧的交談，在依娜率先招呼下，我勉強憶起那是上部落的某家族人，只是怎麼居然扛著沉重的二十公斤大的瓦斯桶，像垂死的山羌搭在肩上，何況他既不是送瓦斯的人，家屋方向也不往此處行走，烈陽下辛苦走來實在讓人納悶，「來送瓦斯的啦，我們家有人指定的咧!」語畢，連家屋左邊在屋簷下乘涼的貴族族長都出來張望了。

「啊?木材換成瓦斯桶喔?我有聽說呢，但是今天還是第一次看到。不過瓦斯桶真的比較實用耶!」貴族家的族長調侃地在一旁戲謔著，我卻是愈聽愈納悶，送木材來家裡已經是匪夷所思了，難不成時代變遷，木材的價值可以被瓦斯桶取代?這幾年往返部落，居然全然不知道有這種事情在進行，我那驚訝的下巴已經快要掉到地上了，即使有滿腔困惑，也不知道該從何問起，心裡更害怕的是這桶瓦斯若是衝著自己來，問了只怕會更加尷尬。

眼見那桶瓦斯就直挺挺地立在我家院子裡，依娜展開驕傲的笑容，連忙端上了茶水給來客，一面還假意地招呼著對方，以排灣族迂迴的方式對應詢問，這是哪家優秀的男孩？想要送給誰家能幹的女孩？一來一往優雅的母語對話，我卻是半句都聽不懂，只能呆呆地佇立在門旁，期待等一會兒阿姨能給我解答，抬眼正好瞥見來客閃爍的眼神游移在我和妹妹之間，看來女主角大概是不脫我們二人其中之一了，手中竟不禁滲出冷汗來。

好不容易熬到送禮的客人離開，我像頭莽撞的牛，迫不及待地向阿姨探頭打聽，剛剛究竟是怎麼一回事？阿姨大笑著說：「妳急什麼，又不是送給妳的，是給莉芭拉（妹妹原名）的啦！人家剛剛只是分不清楚誰是誰而已。反正送禮就收，這不代表接受或拒絕，豐年祭完畢煮餐飯給人家吃就好了，這桶瓦斯剛好可以煮一頓飯喔。」妹妹在一旁聽見，低聲罵句「見鬼了」，也看不出是什麼表情，逕自就到菜車上去幫忙依娜收拾剩菜去了。

妹妹的丈夫多年前因病過世，已經寡居多年了，原本和部落也不親近，但是自從小妹車禍過世之後，我又長期都在外地工作，無可規避地，妹妹就承接了家族中的諸多雜事，往來的時間一久，部落裡的族人自然也和妹妹熟稔起來，不似始終離家遙遠的我，只有在祭典或逢年過節才返家一趟。我與妹妹本就長相神似，常有人將我們錯認是雙胞胎，乍然站在一塊兒，難怪剛剛那位客人眼神飄移，不知道究竟誰才是本尊？而表白這事關重大，所以剛剛多花了些時間確認身分。

截至晚餐時分，陸續又有人送來木材或瓦斯桶，我忍不住好奇地到隔壁鄰居家晃了晃，幾乎家家門前或多或少都有木材豎立，形成部落裡一個特殊的景色。後來我才知道，家族裡有適婚女性大概都不能免俗地收到禮物，若是真的沒人送木材上門，家人也會視情況偷偷地趁夜裡擺上一、二束，才不至於失了顏面。

晚餐時間，vuvu 和依娜慎重其事地宣布了這個事情，一是讓家人知悉送禮的家族有哪些，同時詢問家中女性的意願如何、是否願意進一步交往？二是商量回禮請客的時間。原則上被點到名字的人都應在場，除非情況特殊才能商議。我看了看餐桌上的女人們，居然都表示沒有深交的意願，vuvu 的理由是年紀大了，不想招惹這個麻煩；阿姨則是女人四十一枝花，正在自由逍遙中不願受約束；依娜身邊已經有個護花使者多年，自然是不遑多論了。

眼前就剩下我和妹妹了，剎時所有人的眼光都投注在我們二人身上，妹妹搖搖頭，表示只想把兩個女兒扶養長大，其他的事情沒想這麼多，說明了在以再婚為前提下的交往沒有興趣；「那妳呢？」依娜突然眼光嚴厲地一掃過來，「我？」晃了晃頭，好不容易脫離婚姻的枷鎖，我可不願意這麼快又自投羅網，還是當個自由的單身女郎快樂些，至此，對利格拉樂家族的女人有興趣的男性，正式宣告全軍覆沒。

接下來就剩討論回禮請客的事情了，vuvu和依娜幾經討論之後，決定儘快處理免生麻煩，於是確定在祭典結束後一日就回有送禮的家族。對於這種場合我一向不擅面對，噤著聲不敢表示意見，依娜似乎完全透視我心裡的蠢動，冷不防地丟來一句：「妳是第三代的長女，別想找理由偷跑！」聳聳肩，不置可否地算回答了母親的質問；唉，看來最高興的還是vuvu，因為這一大堆的木材可以讓她烹煮好多好多的應節食物了，雖然時代已經進步到用瓦斯桶替代木材的程度，我家的vuvu可是很固執地依然使用著傳統的爐灶煮食呢！

凝望

跨出了貴族屬地的部落範圍，穿過數年前部落族人當選鄉長時，所回饋的千萬造價石板牌樓，就正式進入沿山公路的支線。據 vuvu 說，從這裡開始，就脫離了祖靈庇佑的眼睛，生、惡、邪靈等都會在此晃蕩，不受聖靈與巫術的約束，入夜之後，千萬別在這條其實是部落的聯外道路上多做停留，否則，一不小心就會遭遇奇特之事，或是見著鬼魅異象，小則身體不適，大至必須請來舞拎安（巫婆）占卜施巫，端看遇見的是哪一種靈類？

印象最深刻的，是小時候聽過 vuvu 提及那位坐在紅色巨石上的老人，一個對家人念念不忘、割捨不下的老人家，為了想要天天看見從外地或工作、或讀書返家的子孫，又因為自己已經離世、靈魂不得在部落境內停留，他只得守候在貴族屬地範圍外、部落族人進出都得經過的道路上，凝望著遠方，就為看一眼心中的牽絆，也因為太專心守候了，所以常常遺忘將自己隱身，嚇壞了不少部落族人；vuvu 們也常用這個故事嚇唬年幼的孩子，叮囑著千萬不能隨意脫離祖靈的視線，紅色巨石上的老人就是跨出部落第一個會遭遇的生靈，他雖不會傷人，但畢竟生死殊途，不得交會。

偶爾回部落，我會刻意在紅色巨石前稍作停留，儘管心中畏懼，但仍對這位深情的老人家充滿好奇，那是一種詭異的吸引力，人，總是對於未知的事物充滿想像，我既期待卻也同時害怕，不知道究竟會看到怎樣的一種形象？為此我曾經纏著 vuvu，想知道這樣不帶惡意的靈體會是何種樣貌，vuvu 卻總是嚼著檳榔，露出紅紅的牙齒對我笑著說：「遇到妳就知道了！」但數十年過去了，小女孩變成了中年婦人，紅嘴巴的 vuvu 老到連這個故事都遺忘了，卻從未遇見。

而那日，我再度聽到戀戀不捨離去的生靈之事，竟是發生在自己母親的身上。

利格拉樂家的男人

自從父親過世後，母親帶著最小的妹妹回到島嶼南方，重新學習並適應部落生活，那之後母親交往過兩位男友，各維持了十數年的時間，我和妹妹們都稱呼母親的男友「叔叔」，第一位叔叔和母親分手的原因我並不清楚，只知道在夏日的某天下午，男人收拾了簡單的家當便遠離了，母親沒有傷心太久，但仍能感受到她努力維持著自己的生活步調，偶爾，我會在深夜裡聽見從房間裡傳出的嗚咽聲，極其輕微卻綿長，彷似某種動物躲在闇黑洞穴中舔舐傷口的泣鳴。

約莫過了幾年，母親透過電話，淡淡地提及了新交往的男友，似乎只是告知，並無太多的介紹和說明，有種特殊的氛圍竟讓我有些不明白，「外人」究竟是我？還是這個在母親生命晚年出現的男人？

母親重新返回部落的過程很辛苦，或許正是因為如此，所以儘管先後交往過兩個男友，他們也都不具原住民的身分，她依然選擇住在自己出生的家屋裡，表面上的說法是為了照顧年邁的 vuvu，事實上，我們都清楚她不肯也不願再次遠離這個曾經遠離過的地方；倒是母親的前後任男友很諒解她的堅持，反而遷住到部落裡，成為了利格拉樂家的男人。

五、六年前，叔叔頻繁進出醫院，經診斷罹患糖尿病，那段時間，其實母親自己的身體也不好，加上年邁的 vuvu，我和妹妹常常因為午夜的一通電話而疲於奔命；或許女人的生命韌性真的比較堅強，母親和 vuvu 的病情先後慢慢穩定，倒是叔叔就此一蹶不振，後來才知道，原來他迷信南部地下電臺來路不明的成藥，偷偷瞞著家人服用，濫信廣告的結果，終究導致他從手指截肢、腳趾截肢到併發敗血症，最後幾年的生命跡象是呈現昏迷指數三的植物人狀態。

母親雖然氣憤，卻也只能望著病床上失去意識的男人落淚，這三年間，醫院發出了多達五次的病危通知，怪異的是，每回總在半夜時。第一次，我人在隆冬的北部城市裡，母親電話中哭哭啼啼地只重複著一句話：「快回來！再不回來就來不及了。」我在驚醒的午夜裡瞪視著電話左右為難，這男人畢竟與我沒有血緣關係，我心疼的是在電話那端驚惶失措的女人。

奔赴島嶼南北兩端

匆匆忙忙地趕上第一班早發的高鐵，我得從島嶼的北端奔赴最南端，不為探視奄奄一息的病人，是為陪伴啜泣不止、像個孩子似的母親。第二次又是夜半，這一回母親雖然難掩鼻音，電話裡還能將叔叔的情況描述一番，只要求天亮後能盡快返回南部一趟，也許需要協助處理後續的相關事宜，她需要有個可以討論的對象。嘆了一口氣，對於這樣明確的暗示，我順從了母親的期盼，再次搭上了快速的高鐵，在最短的時間內出現在醫院裡。

不過，這兩次都沒發生任何事，那些我們所以為的、預設的種種可能，全都不曾發生，叔叔回復他穩定的生命跡象，沉默地躺在那張白色的病床上沉沉眠著，巨大的身軀形成床的一部分，偶爾出現些反射性的動作，彷彿什麼事都無法驚擾他。

之後，日子也真的像是不曾發生過任何事一般，安靜了好幾個月，無痕無跡地讓我幾乎就要忘記這件事情；直到某一天的夜裡電話響起，我睜著惺忪的雙眼看著那上面顯示的來電號碼，熟悉得竟讓我有些畏怯，半年多前那些記憶再度翻捲而來，電話鈴聲沒有因為拒接而中斷，反倒是一聲比一聲響得急促，按下接聽鍵，我等著聆聽話筒那方傳來的訊息，母親清朗朗地說著：「又發病危了！先別回來，真的怎樣了再說。」徹頭徹尾母親沒讓我說一句話，決絕地便把電話切斷了。

除了目送只剩遺忘

接著第四次、第五次的病危通知，陸續在三個月內發生，每回的電話變成只是一種告知，告知死亡尚未真正的到來，告知等待的狀態仍將繼續下去。只是，母親面對死亡的態度，已從驚惶轉變成為闊然；然後，便是死亡來訪了。

妹妹來電時，叔叔的遺體已經送入殯儀館，而且即將在最短的時間內火化、入廟，母親的意思是，作為晚輩，希望我們姐妹能到叔叔的靈前上炷香，其他的就全都交由叔叔的子女安排，叔叔畢竟是非原住民，他們有其依循的臺灣民間習慣，雖然和母親同居多年，但沒有實質上的婚姻關係，他的子女們仍然有最終決定權。

微涼的清晨，我與妹妹抵達極為偏僻、甫完工的殯儀館，正遇上叔叔的子女將他從冷凍櫃取出解凍，預備隔日一早火化。已經著裝藍色壽衣的遺體堅硬如石，眾人七手八腳地有些失措，我和妹妹非家屬的身分在一旁顯得尷尬，只得速速退離現場在外等候，「都已經這麼硬了，一人抬頭一人抬腳，就出來了！」妹妹是資深看護，在醫院見多了生離死別，淡淡地幾句話簡單俐落，卻讓人聽來膽顫。

火化、撿骨、入廟、做七，後來的一連串儀式與我們沒有太直接的關聯，僅出席致意而已，倒是母親每回都只能站在場外遠遠看著，依照臺灣的民間習俗，她不具未亡人身分，名不正言不順的，哪種場合都不方便現身。陪伴了十數年的枕邊人離世，她能做的除了目送，就剩下了遺忘。

叔叔頭七那日，母親依照部落傳統，在家屋前殺豬分贈回禮，感謝期間到過家裡來致哀的族人，那畫面竟有些奇異，沒有靈堂、沒有遺照，也沒有著喪服的家人，母親只是在家屋院子裡和族人閒話家常，聊叔叔生前的言行舉止、談他的笑話糗事、說著他的火爆脾氣、笑他的愛貓癖好，彷彿這人並未遠去，只是暫時離席，又彷彿是這人已經遠去，在作遺忘前的最後悼念。

生靈於部落裡徘徊

黃昏來臨，族人們來來去去已經好幾波了，我和妹妹收拾著散置前院的垃圾，預備晚餐後再度出現的人群。母親失神地倚靠在柱子上，看起來疲累極了，她指著前院的一堵矮牆，說平日這個時候叔叔總愛坐在那兒，或是和經過的族人聊扯幾句，或是看著vuvu費力剖著檳榔，又或是什麼都不做只是發呆望著大武山，等候著母親做好晚餐呼喚他入屋用餐；現在，那堵牆上只剩下一杯遙敬他的米酒。

悲傷的情緒還來不及蔓延，居住在附近的一位老人家匆匆拄著拐杖走來，「穆莉淡，去請舞拎安，妳家那個男人每天坐在這兒，已經驚嚇我好幾天了！」語音未落，老人家就不見了身影；這句話棒喝了在場的所有人，離世的人，生靈是不能停留在部落內的，除非受到舞拎安的召喚，否則，家人將會遭遇不幸。

母親在親友的協助下，立刻找來了鄰近部落的舞拎安，當天夜裡就舉行了送靈除穢的儀式。我們都不理解，叔叔生前已住院了五年，遺體也未送回部落，所有的往生儀式均不曾在家屋裡進行，何以他的生靈仍在部落裡徘徊？

舞拎安在儀式告一段落後，抹去額頭上的汗珠，接過母親送上的檳榔後才緩緩說著：「這是人生前的習慣，他有一部分的魂魄留在這兒，應該是有什麼割捨不下吧？我剛剛送他走的時候，他還頻頻回頭呢！」舞拎安噓了一口氣，對著空中揮了揮手，碎碎唸著：走吧！走吧！別停留了。

一陣風揚起，似乎，真的有什麼東西離去了。

活著，就是為了等這一天

每當想起這兩位前輩時，我總會不自禁地聯想，自己十七歲時，正在做什麼？從高雄往臺東的方向，走臺十一線北行，若是在夜晚時分，則遠遠地就會看見左邊巨大又閃亮的「金峰鄉」三個大字，端正地座落在山腰上，一般人對於這裡的印象，大多會停留在二〇〇九年時的莫拉克風災，嘉蘭部落河床旁的屋舍，隨著山上湍流而下的土石流，緩緩扯離地基隨著河流而去，一群部落族人跪坐在地上哭喊的畫面。

而我來到此地，卻是為了兩位在白色恐怖時期，因為無端遭受到政治迫害而被關入獄的排灣族人，他們遭到逮捕時，年紀分別不過是十七歲與二十歲；十七歲的是曾政男前輩，二十歲的是鐘阿聲前輩，我尋訪到他們的蹤跡時已經太晚了，他們都分別於十幾年前離世，而幸運的是，我找到了兩位前輩的兄長與後代。

兩位前輩的兄長都已年邁，巧合的是，這兩位前輩都正好是家中的么子，當他們的哥哥提到自己最小的弟弟時，眼神中都難掩哀戚與遺憾，那是一段他們隱藏在記憶底層的傷心事，也是家族裡提不得的「汙名」過往。

「那時候他才十七歲，什麼都不懂，有人叫他那樣做，他就做了，哪裡知道就犯法了？」這是曾政男的大哥曾明老先生的敘述，「那時候他們是在一起玩的小孩子，二十歲什麼都不知道，他就是肩膀上扛一個族人，然後就一起被抓了！」這是鐘阿聲前輩的二哥鐘阿元先生知道的內容；那麼，他們究竟做了什麼事？

對比在國家檔案裡面的資料，裡面的文字是這麼敘述的，關於曾政男前輩，是「以文字為有利於叛徒之宣傳」的罪名，判處了三年六個月，至於鐘阿聲前輩的部分，則是「連續以演說為有利於叛徒之宣傳」為罪名，判處了七年，刑期差了一半的長度，是因為曾政男前輩尚未年滿十八歲，因此罪刑減半。

透過在部落的口訪和田調，大約可以得到的訊息是，這件在當年所謂的「匪諜案」，其實有些莫名其妙，案件裡共有三位主角，除了鐘阿聲前輩已成年之外，另外兩位族人都尚未成年，三個青年年紀相仿，平時就在一起上山打零工，或是共同休閒玩耍，在排灣族的傳統社會裡，算是同一個年齡層的小團體，「他們還有自己的祕密基地！」如今已快要進階到部落耆老的文史工作者，說起自己曾經在年幼時，接觸過兩位前輩的經驗，談起這樣的小團體和基地概念，其實很尋常並不奇特。

至於為什麼會突發奇想，在嘉蘭國小的蔣中正銅像旁，用番刀刻上了「不行了，要殺了」等幾個字，真相已不可考，對於部落族人來說，那就是一群還沒長大的孩子，工作無聊之餘，拿著隨身工作的番刀作怪，最多只能算是太調皮破壞公物，就連那幾個字真正的涵義，恐怕都不得而知，卻怎麼也沒想到竟會惹來囚禁之災。

曾政男前輩的四哥曾孝先生，坐在家屋前的院子裡，在山上徐徐吹來的微風中，調侃自己的弟弟，「就是兩個笨蛋。一個說要刻什麼字，一個會寫漢字，一個比較高，用肩膀扛起會寫字的，就這樣把自己的一輩子賠進去了。」他瞇著眼睛，似在回憶當年的景象，他是兩家中，唯一前往監獄探視過的人，最後他忍不住用母語補了一段話，「說要刻什麼字的那個人，是部落裡的貴族，在家庭勢力的保護下，所以沒被抓起來。」我們這才知曉，為什麼在這個檔案中，明明遭到判刑的同案只有兩位，但在部落族人的口訪中，始終有三個人的影子。

我們循著家屬的指引，來到嘉蘭國小的舊大門前，當年的蔣中正銅像早已經不復存在，就連校園都改變了不少，校園裡的孩子們玩樂嬉戲，不曾知曉就在這個校園裡，曾經發生過政治迫害的事情，就連校園裡比較年長的老師們，都驚訝地表示，是第一次聽說這樣的故事。

鑒於這起遭到迫害的兩位前輩當年年齡實在太小，而當時偏遠的金峰鄉又沒有其他相關的案件，於是我們細細推敲著其中的線索，試圖架構出何以在一九五九年的金峰鄉，會出現這一起政治案件？驚訝地發現到，原來金峰鄉稱金崙鄉，一九五八年底金峰鄉公所與警、戶政單位陸續遷移至嘉蘭部落，兩位前輩的判決書上也顯示，大約就是在這段期間內，陸續有證人表示，兩位前輩在嘉蘭溫泉等地，也就是他們所謂的祕密基地「常發表演說反動口號」，而就在隔年一九五九年，兩位前輩陸續遭到逮捕；在這之前與之後，金峰鄉未再傳出政治案件。

曾明先生當時在金峰分駐所擔任工友，弟弟被捕一事，還是透過派出所的所長才得知，但當他與鐘阿元先生想要探聽弟弟的下落時，才發現他們早已遭到拘捕，不知道被帶往何處？老人家們在交談中聊起這些往事，才漸漸發覺有些不對勁，難道這算是「業績」嗎？在那樣一個風聲鶴唳的年代，純樸的山區部落，怎會有成年的孩子，拿起番刀刻下那樣的詞彙呢？一個接著一個的疑問，在不斷的回憶中被質疑著。

但無論如何，兩位前輩最終仍是帶著汙名離開人世。當我們分別找到兩位前輩的後代時，「匪諜的孩子」一詞在他們身上留下深刻的烙印，再加上這些後代們都是在前輩們出獄後才出生，所以對於父執輩的冤案內容完全不知情，只知道在自己的成長歲月中，父親安靜寡言，從來不會提及當年入獄的事情，而部落族人則是偶爾會隱晦地聊到，卻是誰也說不清那些隱晦裡的真相為何？

或許正是因為這樣的隱晦，兩位前輩的家屬們也全然不知道，原來在二〇一九年時，促進轉型正義委員會已經透過正式的公告，宣布了兩位前輩的罪名已得到正式撤銷，當我們帶著這個訊息轉達給兩家時，家屬盡是激動與哀傷；曾明先生的反應讓人最是印象深刻，他睜大圓圓的雙眼，看著撤銷公告的影像上，短暫出現幾秒鐘的「曾政男」三個字，竟忍不住激動地握緊了雙手，喃喃說著：「那是我的弟弟的名字」，於是要求一再反覆重播，似乎就要將那個畫面深深地刻印在心底。

當他再三確認弟弟的罪名，的確已經遭到撤銷的事實後，一大串的母語自曾明先生口中脫出，仔細辨認，不難聽出他在重複著一樣的句子，經過曾明先生兒子的翻譯，卻是讓人忍不住鼻酸的一句話：「我活著這麼久，就是為了等到這一天嗎？」高齡九十三歲的曾明先生，漸漸淡了聲音，最終沉默不語地看著鏡頭，那雙混濁的雙眼裡，蘊著滿滿的悲傷。

董恕明

〈如詩的歌者——致胡德夫老師〉（二〇一八）

〈字游字在〉（二〇一九）

〈寂寞的喧囂——仲夏讀巴代札記〉（二〇二二）

一九七一年生。爸爸是浙江紹興人，媽媽是臺東下賓朗部落卑南族人。自一九八九年起於東海大學中國文學系完成學士、碩士、博士學位，二〇〇三年夏回到臺東，任教臺東大學華語文學系迄今。碩士論文以「大陸新時期小說中知識分子的處境與抉擇」為題，撰寫一篇「和爸爸有關的」論文；博士論文以「邊緣主體的建構——臺灣當代原住民文學研究」為題，完成一份「和媽媽有關的」論文。對於「學術研究」不具天賦和使命，就是「以蠻力」面對自己人生的功課，所以與其說什麼「復返」，不如說是「原地彈跳」，跳得好，抖落一點星塵，跳壞了，終也鍛練了筋骨，無憂無傷！

如詩的歌者——致胡德夫老師

一、錯得多美麗，到底？

二〇一八年六月九日一整天辛勤工作的烈日，終於準備收工，在鐵花村舉辦的「第七屆臺東詩歌節——樂來樂好」主場活動，順利落幕。詩人們陸續返回下榻的飯店用餐，策展團隊的師生和鐵花村的工作人員，迅速調整場布，架設器材，等待夜色來臨，即將登場的「詩歌之夜」。

在星星升起月色明媚時分，魯凱族作家奧崴尼．卡勒盛為部落大頭目達德樂所作的〈哀歌〉由臺東大學華語系同學朗誦，美產系同學擔任幕後光影演出，加上Gilra Gilra 吹奏鼻笛的樂音悠然響起，「死亡」固然是生命的頓挫，善行和美卻從容穿越其間……。這一夜的詩意，揮灑了夏日的燦爛和秋陽的莊嚴，若非一陣急雨打來一場「意外」：鄭愁予老師原訂在六月十日夜裡與陳芳明老師有一場對談，不料鄭老師當日需在彰化出席另一重要會議，比中「頭彩」更精準的莫如這類難以言說的「美麗的錯誤」？就在紛飛細雨中，竟走來一個令人驚喜的身影——胡德夫老師。

二、牛背上的小孩，仍在牛背上嗎——

轉眼是十多年前？那時我剛完成學業，返回臺東工作。因緣際會參加由印刻出版社舉辦的文學營，也就是在那次活動中，第一次見識到胡德夫老師的「唱（暢）談（彈）」。這位已在「臺灣當代原住民運動」史冊中留名的大人物，端坐在鋼琴前，聲起音落，偌大的舞臺彷彿就是他的草原、他的太平洋、他的芬芳的山谷，要風有風，要雨有雨，即便真是風強雨急，他仍是那個坐在「牛背上的小孩」，天真時天真，脆弱時脆弱，浪漫時浪漫，頑強時頑強。原來「鄉愁」不一定是「床前明月光」、一片雪花白、一朵臘梅香，還可以有別的，例如淡江中學後方的那片青草地，遠在後山的爸爸若能把家鄉的小牛送來就好了：

溫暖柔和的朝陽
悄悄走進東部的草原
山仍好夢　草原靜靜
等著那早來到的牧童

終日赤足　腰繫彎刀
牛背上的小孩已在牛背上

眺望那山谷的牧童
帶著足印飛向那青綠
山是浮雲　草原是風
唱著那魯灣的牧歌
終日赤足　腰繫彎刀
牛背上的小孩唱在牛背上
Naruwan Hohaiyan Naruwan Naruwan Naruwan
Naruwan……

——胡德夫〈牛背上的小孩〉

一九五〇年出生的胡德夫還有過屬於自己的「部落童年」，活在那不怎麼被「現代化」、「文明」、「進步」……干擾的歲月，這些童年記憶成為他文字的沃土，即使他兩鬢花白，心仍如草木青青。二〇〇三年當我收拾好行囊和求學生活十多年的東海道別，幸運地返回家鄉的臺東大學華語系任教，這才開始有了自己的鄉愁：

攤平的相思，全都捲了起來，中捲從頭頂開始。而整個下午，霧總在丟掉。丟掉一把小綠傘，丟掉一家老書店，丟掉一個微笑的街角，丟掉……。終於，撿到一雙鞋帶，樹枝一樣長呵，可迷路的鞋已經很老很老很老了，不怎麼皮了。還好收集了這張那張大大小小的紙，還有雨，花花的。這溼溼的冬日，寂寞卯起來跑，跑回昨日未歸的黎明，今朝惺忪的夢境。再回不了頭的星星猛眨眼

時間則感冒流鼻水打噴嚏，彷彿
感動，起身練大字

——董恕明〈遺落〉（二〇〇七年八月）

只有真正離開過，才有機會明白「必須回去」的理由？無論時日如何推移，家在後山的孩子，早晚會找到自己回家的路。

三、愁啊，誰的雨絲！

胡德夫老師雖然常年在世界各地走動，他和臺東詩歌節的緣分也特別深，前後至少參與了兩、三回，但那一晚，難道是太平洋的風把他送進了鐵花村？看他走起路來腳步蹣跚，他只笑笑說是「這兩天痛風」。和他寒暄幾句後，我繼續和在飯店現場穿梭忙碌的簡齊儒老師連線，反覆確認鄭老師的行程，還有沒有調動的可能？結果是沒有，鄭老師隔日必須兼程回返。

這位八十多歲高齡並且是「沒有時間累」的大詩人，特別爽快答應了為臺東的聽（觀）眾獻出他的「視訊」首演！我深信老師見過這世界許多的風景，定也參與過不少新奇之事，不過「視訊」是怎麼回事，他應是一無所悉，只是出於一種「義（俠）氣」，讓他不忍心看我們這群不經事的策展人「走鐘」至此！如果連鄭老師都這麼「撩落來」，作為晚輩末學的吾等，還有什麼可說？還有什麼不可一試？我站在花花的雨絲裡，聽著臺上樂團澎湃的樂音，邁步上前……。

四、這是最最遙遠的路程，來到最接近你的地方——

仔細想想，要說「認識一個人」談何容易，更何況是享有盛名的「臺灣民歌之父」和「臺灣原住民運動先驅」胡德夫？他在青春年少離家，北上求學，在沒有山林的地方，自己就要學著長成一座山林。一九八四年十二月，臺灣原住民族權利促進會成立，他擔任首任會長。同年，「海山煤礦」爆炸，他眼見族人同胞罹難，心底的慟化成血淚詩歌〈為什麼〉：

為什麼　這麼多的人　離開碧綠的田園　飄蕩在無際的海洋
為什麼　這麼多的人　離開碧綠的田園　走在最高的鷹架
繁榮　啊　繁榮　為什麼遺忘　燦爛的煙火
點點落成的角落裡的我們
為什麼　這麼多的人　湧進昏暗的礦坑　呼吸著汗水和汙氣
為什麼　這麼多的人　湧進昏暗的礦坑　呼吸著汗水和汙氣
轟然　的巨響　堵住了所有的路　洶湧的瓦斯
充滿了整個阿美族的胸膛　為什麼啊　為什麼
走不回自己踏出的路　找不到留在家鄉的門
為什麼　這麼多的人　離開碧綠的田園　飄蕩在都市的邊緣
為什麼　這麼多的人　湧進昏暗的礦坑　呼吸著汗水和汙氣

從一九八四年至今時光飛逝三十多年，當年那些「走不回自己的路，找不到留在家鄉的門」的族人同胞，不論在天上或人間，都該有了立身之處？或者仍然是在自己的土地上流浪？

無論如何，二〇一四年盛夏，火車普悠瑪（puyuma）號南下臺東，某位花蓮議員這麼說：「為什麼要叫做普悠瑪？不知道的人還以為是止痛藥」[1]，「普悠瑪」是一種新發明的頭痛藥比起找不到回家的路要幸運多了？更遑論二〇一六年五月二十日在蔡英文總統的就職典禮上，總統反覆強調對於「原住民」要抱著「謙卑」與「道歉」之心，在隨之而來的表演裡，司儀這麼說：

1 參見《更生日報》在七月二十九日刊登一篇文章，內容是花蓮縣議員謝國榮談論關於臺鐵新列車普悠瑪號新列車的看法，認為新列車應該取名為「新太魯閣號」。他也在文章其中一段解釋原因，「新購列車捨世界知名的太魯閣號不用，重新命名要取名普悠瑪號，實在令人不解，普悠瑪號既不容易記也難唸，是什麼意思更是不知道，還以為是止痛藥——普拿疼出了新產品普悠瑪。」原文網址：把臺鐵「普悠瑪號」想成普拿疼！花蓮議員言論鬧笑話—頭條新聞—NOWnews 今日新聞網 http://www.nownews.com/2012/07/30/11490-2839443.htm#ixzz2iWtQ6Sd7

臺灣有十六個原住民族，長久以來原住民樂天開朗與大地共生。由於葡萄牙人、西班牙人與荷蘭人陸續來到臺灣，西方世界的宗教信仰也因此流傳到臺灣，改變了許多原住民們粗獷而草莽的習俗[2]……。

原來族人同胞「離開碧綠的田園」，而後「飄蕩在無際的海洋」、「走在最高的鷹架」、「湧進昏暗的礦坑」、「飄蕩在都市的邊緣」，凡此種種隨外力而生的「改變」，也是會與時俱進啊?當然，再如何改變，也總會有那種連黑夜也不想駐足盤桓之境：

不要緊的，不是所有的傷都會痛，像
雲摔碎了，便成雨為暗夜披上的薄被
不輕不重不多不少，孵著棉花糖一樣的夢
甜甜的，暖暖的，做回一朵雲，不痛

不要緊的，不是所有的痛都帶著傷，像
山攤平了，便成風在天上種下的星星

不大不小不胖不瘦，補著浪花一樣的洞
閃閃的，花花的，做回一座山，無傷

不要緊，真的不要緊喲，一枚初春的葉
跟著雲跟著風跟著夢一樣的棉花糖悄悄飄落
洞一樣的山，單手做伏地挺身——
一、二、三、五……轉身翻面再來一次

時間默默跋涉了二十六點五小時
星星從來不遊行，雨從來不哭
神剛好經過，撿起一片葉

——董恕明〈無聲——致16．少年〉（二〇一七年三月八日—四月二十五日）

2　記者馮靖惠／臺北報導〈原住民草莽？就職典禮旁白挨轟「停在恐龍時代」〉，聯合新聞網。

要認真追究起來，若說「我們都是一家人」的家人，總有人是：樂天、開朗、樂觀、熱情……，他（她）究竟是從不懂傷心為何物，還是根本沒有餘裕傷心？只因他們一直忙著在找路，找個人與民族「生而為人」的出路！魯迅說過「本來是沒有路的，路是人走出來的」，對「長久以來」在大地上生活的原住民同胞而言，路就在那兒，也一直在走路，曾幾何時，他們走出來的路，遭人搶道占位、扭曲踐踏，「開膛剖腹」如入無人之境，之後便成——

這是最最遙遠的路程
來到最接近你的地方
這是最最複雜的訓練
引向曲調絕對的單純
你我需遍扣每扇遠方的門
才能找到自己的門　自己的人

這是最最遙遠的路程

來到最接近你的地方
來來來來來……

這是最最遙遠的路程
來到以前出發的地方
這是最後一個上坡
引向家園絕對的美麗
你我需穿透每場虛幻的夢
才能走進自己的田　自己的門

——胡德夫〈最最遙遠的路〉（一九八五年）

五、夢土上，芬芳的山谷

翻過前一夜的兵荒馬亂，六月九日又是嶄新的一天。簡老師和學生按原訂行程帶著詩人們，在東海岸上採擷流雲浮光、青山碧海、人情豐美的詩行，我和另外一批師長、同學負責留守，確認晚上座談會上的各種設備，能令首度視訊的鄭老師，儘可能如在現場，而在場上的陳老師亦能和他打破時空限制，對話交流。

時間分秒逼近，當拔刀前來擔起主持人工作的史前館副館長林志興老師引言終了，兩地連上線，鄭老師準時出現在螢幕上，工作成員大大地鬆了一口氣。儘管鄭老師明顯的「不習慣鏡頭」，但老師義氣相挺談文論詩的丰采，格外讓人感動！鄭老師談話後，接著由陳老師講述他年少時從《夢土上》獲得的文學啟蒙及問學之道……。在前日那令人措手不及的失誤，在此刻詩的國度裡，得到了修補彌縫。隨後，「神祕嘉賓」胡德夫老師緩緩走入會場，唱起〈心肝兒〉、〈美麗島〉和〈太平洋的風〉，說是與鄭老師、陳老師的詩歌交錯應和，又何嘗不是唱給世世代代有緣生活在這塊土地上的人？

六、當太平洋的風徐徐吹來，吹過真正的太平——

多年前那次初遇後，十餘年間，也在其他與原住民藝文相關的場合中相遇，總是不少有親切的問候和鼓勵。而近日裡的偶遇，胡德夫老師的「平易近人」和「大度慷慨」，恰如他的詩亦如他的歌，有山的沉穩、風的溫柔，還有他對這世間無邊的體諒和包容！

世間的烽火從不曾為誰暫歇，而青春正在霜雪的天地發芽，奮力拔高，彷彿群星垂下眼來，照見盲者的行路。悠悠揚起的弦音，翻過重重的時光盤桓在每一株低垂的稻穗上，歡歌如秋。

誰來得如此溫柔，如此輕盈，如無聲飄落的葉，日日老去也漸漸長大，輕拂著歡樂的人們，醉臥在他的懷裡酣眠，如夢如詩如酒的豪壯！闔上暗夜翻開黎明，獵人的慓悍和動物的逃竄在山林田野間交織著生的歡愉，死的憂傷，秋是一滴淚，在睡眼迷濛的曙光中醒來，歌唱這

世界啊，請彎下腰來撿起那朵未歸的雲，回家

療傷，彷彿只是在身上作畫

——二〇〇八年十二月四、五日—二〇一二年十月十一日

字游字在

這是二〇一九年八月二十八日午後，三一三次的自強號列車上，車抵金崙，不久後，便會抵達臺東站。在此時要「倒帶」上週二(八月二十一日)的夜，還剩下什麼呢？那天我為了「趕七點鐘」，從家中帶飯包到縱管處，小虎說裁縫班臨時改上課時間，所以我們就在大廳討論，空場中放上長桌、椅子，其實不論交談或書寫，都更自在。不遠處還有分袋裝好吸引人的絲瓜、大黃瓜和茄子，雖說是即期蔬菜，仍然生機盎然令人垂涎三尺。我一邊吃飯，一邊和小虎閒聊，一邊等待……。

當我轉出去到全家辦點瑣事回到「教室」時，慧珍姐姐和振強(以薩)已入座了。慧珍姐姐是剛剛從高雄出差回來，就趕了過來，同時轉達 Ken 將哥哥身體不適要暫休一次的信息。少中則是才從綠島打火返家，有「正當理由」請假暫歇。真要說是「失蹤中」的是劭勤，沒有誰告訴我們他流浪到何處了。其他，是當週能到，就已經坐在其間的大家了。這種誰在、誰不在的經驗，帶小朋友們時，已有深刻的體會，我曾和以愛、孫朴及劭揚「二人一組」渡過幾個週五小小寫作教室的夜晚，人的多寡不是問題，用心守住，像柴薪不絕，煙火就不會斷絕。

人既已到齊，聽聽慧珍姐姐和振強的寫作狀況，整體聽來感覺是放在心上，卻仍在暖身中。和小朋友們相比，「大人」果然更矜持得多，「寫」這件事，不想還能海闊天空，自在輕盈，一旦開始認真講究起來，便是步步為營，重擔千斤？這是最艱難卻也是最容易的時刻，只要寫，字就在路上，心就在紙上，紙就非做工不可了。這麼隨意說著的同時，慧珍姐姐從背包中，找出她隨手寫的小紙片，再次說了「手寫札記」真的很有感，的確是，能持續這麼做並且不隨意放置，日積月累，這些紙上的隻字片語或許會在人生的某時片刻，與我們遺忘或期許的自己，再度重逢。

坐在火車上，搖晃出一週前的週二夜，字句間會傳來火車在群山中努力跋涉的聲響嗎？不斷從窗邊竄進竄出的風景，也會像我們想在生活中捕撈的生命行旅嗎？在上週三（八月二十二日）一早進辦公室，助理小花告訴我，系上同仁秀霞老師的婆婆驟逝一事，已不知能再說什麼了，春天，秀霞老師青春正盛又貼心的孩子遠行；夏天，對秀霞老師如母親一樣的婆婆也雲遊去了。這一年，老天爺對秀霞老師和作為同事、友人的我，出的又是什麼考題？有一種練習，是練習千百回都很難熟練的叫離別？

離家愈來愈近，正是從美濃參加完秀霞老師婆婆的公祭回來，或許就是因為不知道神和老天爺何時會要我們，對人生（或生命）重要的問題，做出回應，便更加顯出我們如今能有緣相聚在此，正是值得放膽前行、大書特書的理由？我知道的紙有很多種，其中最令人不忍的是一生都潔白無瑕，卻也是最寂寞無聲的那一種，而筆，其實已經等了很久了……。

寂寞的喧囂——仲夏讀巴代札記

時序進到二〇二二年的仲夏，展讀巴代（一九六二—）的作品，心底不免升起一種疑問：在不斷進化攪擾人類的COVID-19病毒，和一直都在卻彷彿不在的歷史之間，我們到底比較容易和那一個共處？

出道不分早晚，總在道上

巴代於二〇〇〇年以〈薑路〉獲得「第一屆中華汽車原住民文學獎短篇小說首獎」後，算是「正式」步入文壇。他常在公開場合自嘲自己在原住民作家群中和沙力浪（一九八一—）是同梯，經過二十餘年，輪到沙力浪說「曾經也是小鮮肉的我如何如何……」。巴代出道雖晚，卻始終都在道上與前浪後浪，前仆後繼、糾纏到底。正像他鍾情的歷史，在那些風雲變幻、詭譎多變的時代，人物在其間的出處進退，徘徊猶疑，儘管只是瞬間的閃現，就「穿越」到巴代的心上手上，轉成他戮力創作的「歷史小說」。

和他的長篇相較，巴代在他早期創作的短篇小說裡，便已早早在打磨他日後所需動用到的槍砲彈藥和兵馬糧草，那是小說家直面現實的手眼，如〈比令的樹豆田〉裡那位個具有巫師身分的老vuvu，還有一位是不斷試圖說服她進教堂的神父桑布衣[1]：

「你們巫師所能提供的世界，在天主教裡都獲得滿足，擁有一個純淨的天主教國度，一定可以幫助這個部落走向更現代化、更幸福的狀況。你們一天不放棄巫術，一天也無法進入天主的國度的。」桑布衣的口氣堅決與肯定。

比令還是保持著笑容，嬌小佝僂的身體站起來，高度恰好與坐著的桑布衣等高。走向工寮，取了一瓢水後，遞給桑布衣。

「桑布衣囝啊[2]，你聽我說。」比令雙手握起桑布的手。

「今年，我都八十九了，要不了幾年，我就要去見我的師父了，還能在這裡見到

1 巴代，《薑路》（臺北：山海文化，二〇〇九年），頁二四八—二六〇。

2 暱稱小孩。

你，我實在是很高興。」

「団啊！我一輩子活在部落裡，你說的歐美人、南美人，除了電視，我沒有見過一個。他們吃水稻米嗎？他們有小米嗎？他們吃芋頭嗎？他們吃樹豆嗎？他們喝野番茄倒入山泉水做的冷湯嗎？有一天大家都到了你說的天堂，我跟我的族人吃什麼？喝什麼？我們唱歌他們會愛聽嗎？會不會也跟這裡的漢人，根本不去了解我們，說我們是番仔啊？」比令乾瘦卻爬滿皺紋血管的兩手，輕輕地拍著桑布衣的手，認真地說了[3]。

在vuvu和桑布衣的交談中，非常直白地談到「信仰」，桑布衣儘管說：「你們巫師所能提供的世界，在天主教裡都獲得滿足」，但顯然，巫師能夠提供的世界，並不令神父桑布衣滿意，因為還有一個「純淨的天主教國度」，以及因為人加入了神的國度，進而能「更現代化」和「更幸福」的部落。神父講得振振有詞，比令倒是應對的很從容，當一生是吃著小米、樹豆、野番茄……的比令問到：「有一天大家都到了你說的天堂，我跟我的族人吃什麼？喝什麼？我們唱歌他們會愛聽嗎？會不會也跟這裡的漢人，根本不去了解我們，說我們是番仔啊？」這些問題簡單明白，族人的慣習與喜好，在天堂裡會不會和部落都一樣，還是只有「不去了解的心」在世間和在天堂都是相同的？既然「根本不了解」，為什麼還非要去那天主的國度不可？比令的拒絕不僅合情合理，還不卑不亢地表達了她對天主（天堂）的想法。除了吃下毒物回天乏術，在一般狀態下，本來也沒有非吃什麼不可的腸胃，但是食物是怎麼被栽植與對待的過程，應才是人的腸胃與情感適與不適的關鍵，就像在桑布衣在比令的樹豆田裡，終於有點「了解她的明白」。

夾縫中的微光，傾身捕撈

二〇〇七年巴代第一本長篇小說《笛鸛：大巴六九部落大正年間》問世，他便以嚴整的軍人紀律，持續規律的寫作，定期發表作品。他的出現除了凸顯「原住民作家梯隊」的「有邊無界」，更因為他貫徹「我不能等我很會寫，才開始寫」的信念，讓一度在

3 同前註，頁二五六—二五七。

瓦歷斯．諾幹和夏曼．藍波安這兩位寫山寫海的大作家沉潛之時，巴代在原住民文學的田野地，勤懇默默地開闢出「歷史書寫」的苗圃。瓦歷斯．諾幹《想念族人》是以詩寫史；夏曼．藍波安從《冷海情深》起即是「以人證（正）史」；巴代則是用「如果以後我的部落不在了，有人可以因為我的書，認識、知道我的部落……」的「心志」寫歷史。這種心意，倒和同為卑南族的孫大川老師有相近之處，他們都在「夾縫中」捕捉「記憶」對族人（族群／人類）的意義，而意義本身何其幽渺，若沒點「天賦」徒有「異稟」，終難成事。特別再要加上巴代自身二十餘年的軍旅生涯，他在創作中對戰爭（軍事）的描繪以及省思，更常是他長篇小說的主題之一，《走過》即是一具代表性的著作[4]。這部以部落族人陳清山老先生的人生際遇為底本的小說，不只寫「夾縫中的族群[5]」如何面對（捲入）「大時代」，更寫出「時代中人」身在其中，所展現出生命裡的平常與非常。巴代著實費了很大的勁要使小說主人公的屈納詩不白白走過他的人生，同時，他也藉著屈納詩，不斷在思考、爬梳、猶疑和質問，所謂的族群、國家（日本、中華民國）、國軍（國民黨）、解放軍（共產黨）……，對原住民同胞，究竟指涉的是什麼。屈納詩對這些題目，有時確實是很從容、淡定與實際：

在家鄉的日子，無論哪個月分、什麼樣的天候季節，不論放牛、下旱田或者上山打柴，我總要時刻往臺東平原眺望，欣賞那平疇沃野上的蔥翠阡陌，孤單時總會望向平原以東的太平洋，蘭嶼到綠島之間海面上作業的漁船數量，然後想像那是一隻隻沒有腳的「水牛」，隨便一低頭就會撈起一條條的大魚小魚，除了自己吃！多餘的由他們的主人賣到其他的地方去，因此部落也可以吃到這些海裡的魚。這種想像一直到我進了青年學校，被逼著到海邊做壕溝、碉堡等軍事工事，真正看到這些「水牛」之後，我才知道「船」究竟長得是什麼個樣子。

儘管這些老兵不斷地吹噓淡水街上是如何又如何地繁榮，但我始終沒實際到街上看看瞧瞧開眼界，除了是因為單位長官以「國難當頭」、「隨時可能開拔」的奇怪理由不准個別離營的規定外，口袋裡根本沒多的錢也是因素。人是英雄錢是膽，即使我

4 對此作品的討論可參見：馬翊航，〈戰爭、族群記憶與聲音：論《走過：一個臺籍原住民老兵的故事》〉，《第一屆卑南學學術研討會論文集》（二〇一三年十一月九日），頁三四三—三七〇；江育錡，《巴代小說研究》，頁一四三—一五二。

5 孫大川用語。

有火一樣炙烈的念頭想見識淡水，也沒勇氣偷偷跨過圍牆出門，怕忍不住想花錢。唉！沒錢真叫人羞怯啊！最後也只能利用空檔，坐在寢室週邊的大石塊眺望，想像淡水街景究竟是什麼樣的面貌[6]。

這個「訓練階段」是屈納詩在經歷過之前「受騙當兵」的震撼、驚恐、挫折……後，逐漸沉靜下來，決定用繼續往下走會發生什麼事的心情，去面對在他眼前的「現實」。「我」在淡水從來沒有「實際」到街上去走走，但也「從白天出差或晚上開小差上街的老兵嘴裡」，拼湊出淡水的風華，其中有不同職業身分的人：洋人、漁民、農民和生意人；充滿歷史記憶的空間：繁華之地、廟宇、教堂、死城、市集街道，其實最重要的是還有一個因為各種原因來到此接受訓練的「我」，這麼又近又遠的在此處存在著。屈納詩的內心世界，始終保有一個清明的空間，消納到他眼前的紛陳萬象，同時，他也有「很真實」的存在感，當他說出：「人是英雄錢是膽，即使我有火一樣炙烈的念頭想見識淡水，也沒勇氣偷偷跨過圍牆出門，怕忍不住想花錢。唉！沒錢真叫人羞怯啊！」也只更加說明了「我」是個有血有肉的「平常人」，而他的「誤當軍人」，本也是來自於窮困，不具有什麼附加的「保家衛國」的偉大使命。

靜默中的喧擾，虔心以待

二〇二一年公視年度大戲《斯卡羅》根據小說家陳耀昌《傀儡花》（二〇一六）一書改編，戲劇播出之後，一度在「歷史」（真實）和「小說」（虛構）之間出現熱鬧的交鋒。同樣身為一位歷史小說創作者的巴代則顯得淡定，儘管他於二〇〇九年出版一本名為《斯卡羅人：檳榔．陶珠．小女巫》的小說，內容雖與《傀儡花》無涉，不過戲劇上演時將「傀儡花」改為「斯卡羅」，官方說法是避免「傀儡」一詞的負面印象，乍聽彷彿有理，細想小說家如出現過相類的考量，最後仍用《傀儡花》命名所為何來？戲落幕了，「炒熱話題」是一時，「話題中的歷史」是不是又再次沉默（沉沒）了？巴代的《斯卡羅人》無關戲劇《斯卡羅》，不過巴代確實也寫了在《傀儡花》中「羅妹號事件」（一八六七）之後的原住民族重大史事；一是以一八七一年「八瑤灣事件」為主體的《暗

6　參見《走過》，頁一〇四—一〇五。

礁》，此亦為他寫一八七四年「牡丹社事件」的《浪濤》（二〇一七年）預留伏筆。在《浪濤》的後記裡，他以「針尖對麥鋩」寫下一個歷史小說家的「天真」心聲：

> 作為小說創作者，我更關注針尖與麥鋩，那些卑微的，從一開始就被忽略遺忘的，第一線衝撞流血的戰士，他們的容顏、情緒和可能的想法。作為日軍的針尖，那些失業的，代表日本整個時代逝去的流浪武士，有些人槍響刀落魂斷異鄉；作為牡丹社的麥鋩，那些捍衛著部落，始終堅持民族尊嚴的，沒有人記得他們的名字的部落戰士們，或許始終也沒能理解時代的變局，便長眠山崗從此庇護鄉里。他們有沒有可能彼此相遇，把酒言說生前那一場場血與鐵、聲嘶與力竭的拚鬥，究竟誰的勇氣少一點、槍法差一點，而後彼此訕笑又一起舉杯交臂，一起醉臥溪床或海邊或岩石上？我想像著[7]。

巴代在喧騰一時的「斯卡羅」中靜默應對，恰恰如同他描繪的史事以及他展現的「史識」，只有在歷史的長河中能聽到那無聲的喧囂，才有機會洞察歷史想為後人留下的蛛絲馬跡、隻言片語，也像他在〈八角樓〉中描摹定格的翁氏，這位在山雨欲來的風暴中，只想「如常」度日的女性身影：

「這位大人啊，我不知道怎麼回答你，你知道嗎？我每天會坐在這裡一些時候，想事情，發呆，有的時候會吸上一、兩口鴉片讓膝蓋舒服一點。」翁氏接過紀氏遞來的鴉片，不待紀氏離開，便先吸上一口，緩了一下，繼續說：「我經常會往那前方遠望，有一天，我忽然睡著了，喔，不是，我經常想著事情或者不想事情的時候就睡著了。」

「哈哈，應該很正常吧。」

翁氏把鴉片菸斗靠向下頷，方便嗅著那些燃起的細微的煙，繼續說：

「我忽然感到眼前的景色愈加清晰，我的視線越過港口，越過鹽水港堡的那些大大小小的房舍。我彷彿看到娘家的爹娘正辛勤地在田裡勞動，而一整列的軍人安靜地經過，陽光斜照下，他們一個挨一個走過的身影倒映在田埔，發出『喀拉拉』規律

7 參見《浪濤》（臺北：印刻，二〇一七），頁三二六。

的、持續的聲響，而更遠處冒起了濃濃的煙向上竄起，那些煙夾雜著火光發出了金屬碰撞聲、火藥爆炸聲與人們驚慌叫聲，遠遠的、微弱的，時而間斷地傳來。我的父母看起來是驚慌的，但他們似乎不願意離開田地，他們說這個時候秧苗不插，今年水稻收成就會亂，當所有農家都沒辦法耕種，來年就可能鬧飢荒。」翁氏停了一下，菸斗湊進嘴裡深深吸了一口。

夏日的蟬聲在藍天碧海的群樹之間，迴盪不已，通過巴代在典籍、史冊、文物、田野……中為我們淘沙撿金織就的小說，我們能否辨識歷史「變裝」來到我們眼前的召喚？一定不會只是一個遠因、兩個近因和三條導火線，它比 COVID-19 病毒的身世更曲折隱晦綿長，同時也更寂寞，因為人總想遠眺，不甘回頭……。

多馬斯．哈漾

〈彩虹橋〉（二〇〇八）
〈記憶大潭〉（二〇一八）

Tumas Hayan，李永松。一九七二年生，桃園市復興區奎輝部落（Babau）泰雅族。臺灣師範大學國文研究所碩士畢業，專長原住民文學研究、鑑賞與創作。曾任教於大華科技大學、醒吾科技大學、臺北大學、大興高中，二〇二一年教職退休，目前專事創作。

喜歡教育、自然有機耕作、更喜歡貼近生活的文字創作。他擅以小說創作再現原住民的歷史，並提出對現實的抗議；得過桃園縣文藝創作獎、玉山文學獎、原住民文學獎、吳濁流文學獎、教育部文藝創作獎、臺灣文學獎長篇小說評審獎等，二〇一七年獲得國藝會長篇小說創作補助，二〇一九年以《再見雪之國》獲得鍾肇政文學獎長篇小說首獎。著有《北横多馬斯》、《雪國再見》、《再見雪之國》、《Tayal Balay 真正的人》等書。

彩虹橋

風輕輕柔柔吹過，一片綠油油的樹海隨風起伏，我看見了。

Lalu mu ga Yawe Gasi（我叫雅衛．嘎係），泰雅族人三十五歲，住在復興鄉羅馬公路旁邊的 Kehei 部落，門前的山谷底下是每個男人的拉鍊(石門水庫)，遠遠望去一條蜿蜒的綠色水帶，環繞在雪山山脈之間，一個美麗的山地小部落。

不說，大家可能不知道我家對面那座山，可是赫赫有名、大有來頭，枕頭山標高六百多公尺山巒疊翠，日治時代大嵙崁事件(一九一〇年)的古戰場，也許對大家來說只是一件不痛不癢的小故事，可是對我的祖先來說，那可是一場驚天地泣鬼神的戰役，血流成河、屍骸遍野，老人家說它是一個祕密。

這個不為人知的真相一直被隱藏了很久，後來長大看原住民電視臺才慢慢地知道，這個祕密的關鍵就在五年計畫那個大鬍子馬身上，就是那個喜歡理蕃人頭髮的佐久間左馬太。

部落老人家記憶的畫面，跟我在電視上看的有很大的出入，我喝了一杯米酒認真聽老人家這樣提起。

「當年日本人為了要把那座山攻下來，泰雅族人的 yutas（祖先）身上綁著炸彈，跳到那個坦克車上面，很壯烈地犧牲生命 ke～」

「哇！talagai！」（那麼厲害！）

可是，老人家講的這個劇情，我好像有一種熟悉的感覺，後來，我終於想起來，原來那個是以前六〇年代在國小操場放的愛國電影，《八百壯士》裡面葛小寶從四行倉庫跳下來的畫面。

還好這些老人家沒有說成《筧橋英烈傳》，不然我在想，高志航的飛機一起飛，還沒擊落日本人的軍機，就先撞到那結山、翻過夫婦山，殘骸掉在拉拉山的水蜜桃園裡面。

有時候，我很想跟老人家們說，枕頭山上沒有祖先綁炸彈跳坦克車、壯烈殺身成仁的表現，更沒有女童軍楊惠敏游過大漢溪上游，送國旗給抗日的泰雅族祖先，因為在那個時間點，委員長還在日本軍校求學，還跟他同學搶著術科的沙盤推演，操演科目：皇軍對臺灣島生蕃作戰的戰術戰略應用。

這些老人家真是一喝酒就很會吹牛，是不是年輕的時候苦工做太多，人家的祖先是忠烈祠的先烈，泰雅族的祖先是什麼烈，是破裂（記憶破裂），真是被洗腦洗得太嚴重，連自己的歷史都加一點有的沒有的。

白雲淡淡飄過我的頭頂，我看到了。

我有三個可愛的孩子，夏天我最喜歡帶著他們騎著機車在山路上兜風，我都騎著九十ＣＣ的小綿羊穿梭在假日的重型車隊裡面，我的小女兒都會抓著我的頭髮大喊。

「yaba（爸），衝啊！ he lau ga（快一點）。」

我吞了一下口水，為了不讓他們失望，硬是把九十ＣＣ的油門當做九百ＣＣ的YAMAHA來騎，還好山路我熟，小女兒的天真，真是令我捏了一把冷汗。

大女兒讀國小一年級，喜歡跟我要錢買零食吃，一排上門牙已經出現黑黑的蛀牙，我都叫她蛀牙王，不過她笑起來笑容真是甜美。

夏天。

我背著我的孩子到冰涼的溪水旁邊游泳、跳水，我喜歡看她們浸在水裡的樣子，大大的眼睛充滿了水珠，我太太常常罵我說，沒有一個 yaba（父親）跟我一樣，每天不工作，帶孩子快樂地玩在一起。

我赤裸著上身，躺在大石頭上看著藍色的天空，這麼舒服的天氣，令人心曠神怡。

腦海一直想著太太的話，其實我希望有一份很好穩定的工作，最好是能穿西裝在公司上班，很可惜我只有國中畢業，很羨慕那個農校畢業的肥豬警員，有時候我們在一起喝酒，我都跟他敬酒故意巴結他，可是他太自傲了，有時候我感覺他有一點瞧不起我，讓我開始有一點討厭他。

當年不是家裡太窮，這個肥豬仔都能考上警校，我就不相信一年級到六年級都拿第一名的我會考不上，如果讓我考上警校當了警察，回部落第一件事，就在我的左胸上掛一個星星的警長警徽，把三角巾綁在脖子，腰上斜掛一隻史密斯的大手槍，戴上牛仔帽，穿皮靴、騎著野狼在部落巡邏，看見女孩子我就會停下來跟她們打招呼。

「嘿！girl. Look at my big gun！」

「talagai hobar batu su ke！」（哇！你的槍那麼地大！）

我雙腳微微張開身體歪一邊，左手微微壓低帽沿，快速拿起左輪轉了兩下扣下扳機，很帥氣地把那個肥豬仔的酒杯射破，把槍耍了兩圈插進槍套，給女孩們一個克林・伊斯威特的笑容，然後跨上野狼揚長而去。

我想，肯定留下一群年輕泰雅族女孩愛慕的眼神。

雨簌簌落在我家門前的地上，我看見了。

我最拿手的專長是割草，用我一雙歷經風霜的手，很輕巧地控制油門，讓牛筋繩發揮最大的旋轉力，無論是多難割的地形我都能把草割得很整齊，標準的耳下三公分，打到連根都爬起來跪在地上，甘拜下風。

我家裡有一部割草機，這是我所有家當裡面最寶貝的東西，我花很多時間來保養照顧它，簡直是把它當做是我的第二個老婆看待，還幫它蓋了一個專屬的ＶＩＰ工寮，裡面放著各種刀片、各種工具。

我的太太有時候看我對著它講話，還會吃它的飛醋，叫我乾脆跟它一起睡覺好了。我都很想跟我太太說，其實我已經跟它睡了好幾次，每次出去工作中午休息的時候，我都靠著它睡覺，聞著刀片上草的味道讓我很有安全感。

我很少用別人的機器，因為我不太信任它們，在很久很久以前。

我的一個 mama（叔叔）Behwi，有一次受雇去砍林務局道班的草，結果刀片砍到硬木頭，一下子刀片就像血滴子摘掉了他的右小腿，害他從醫院醒來伸懶腰的時候，看見棉被裡的腳怎麼少了一截，當場給他哭得死去活來，有一陣子他竟然異想天開要醫生砍掉另外一隻讓他們一樣長，這樣他就不用一直用跳的。

醫生當然不肯，我看見那個醫生的表情有一些冷漠，當然是不屑這個山地人的要求，如果當時我們幾個在場的年輕人圍住他，亮出我們招牌的抗日表情，冷冷地對著他說：「just do it! a gan gagai na ga!」（做！拿掉他的腳，不然……。）

我想，醫生可能二話不說，在病房打開鏈鋸就把他的腳給砍了。可惜我們這一代的tayal（泰雅族）已經進化沒有以前那麼凶悍了，我們很有禮貌地在醫生面前低著頭說：「mhai su sinsi!」（醫生謝謝您！）

這個mama出院之後，整個人就一百九十度轉彎了。以前他是很勤勞的一個人，上教會勤事工，大家公認標準的羊群寶寶，自從受傷之後，統統往酒那邊去，最誇張的是，他竟然用半截腳靠在電線桿旁邊公然尿尿，如果有人看他一眼，他就會大聲咆哮。

「看三小！沒看過大鵰嗎？」

不會吧！mama！原住民有人演《神鵰俠侶》的嗎？

有一次我去找他聊天，他說不要講那麼多《聖經》的道理，趕快去買一些三十六解脫他，我伸出手指加了一下，原來是叫我去買九（酒），我跟他說，你嘛幫幫忙，難道不知道我是雜貨店的拒絕往來戶嗎？說到這個部落黑店也真是，我只是欠個幾百塊就不給我再賒，真是沒有人情味的部落。這個長輩的態度真是消極。

沒有喝酒的mama表情很沮喪，他說人老了沒有用乾脆死掉算了，我不知道怎麼安慰他，看他的表情不像平常開玩笑，我馬上跟yata（嬸嬸）講要把農藥放高一點讓他拿不到，yata 竟然說，看 mama 這樣她也不想活了。

我看著兩個老人的表情很積極，開始有一點擔心他們堅貞的愛情，當下決定把他們家農藥都帶走，我終於可以理解，為什麼那麼多山地人平常沒事就把農藥當做可樂喝了。

我在他家找了半天，才發現這兩個老人家，家裡根本連農藥都沒有，原來是我太多心了，經過他們的菜園，才知道原來他們做一個經濟學的實驗，試看看沒有錢買農藥跟肥料的菜，到底能長到多醜。

我看見我自己。

我有一個很好的 mukan（漢人）朋友，國立大學畢業在高中當老師，我大部分的朋友都只有國小畢業，好一點的也有高中肄業，我還記得這個 mukan 老師第一次來部落，帶著一群童子軍來溪邊露營，我剛好跟我的孩子在游泳，他突然走過來想請我幫忙，我一臉自傲地回絕了他。

「sulai 啦，什麼溯溪、動植物辨識、野外探索的嚮導，蛇跟虎頭蜂那麼多，想給他腫起來喔。」

我看著他的眼神表現得很誠懇，雖然我的學問沒有他好，這些漢人是不是好人我一目了然，一個下午他的童子軍和我的孩子一起玩遊戲玩得很開心，我鋼鐵的心頓時融化了，最後答應了他。

接下來兩天，我推掉了我重要的公務行程（公路局的砍草工作），一起跟這群都市來的高中生在山裡面趴趴走，帶著槍在夜晚的寂靜獵徑上行走，這些沒有看過螢火蟲的孩子，竟然都很尊敬我還一直叫我老師，還有高中女生拉著我一起拍照，原來當老師這麼爽，早知道就去當老師了。

最後一晚，我跟這群年輕人一起跳營火舞，一起烤肉睡帳篷，躺在溪邊看星星，原來沒有喝酒的部落，看起來這麼美麗安靜，為什麼平常就沒有感覺到呢？

「雅衛，謝謝你，在山上生活兩天我都覺得自己是泰雅族人了，我想取一個泰雅族的名字，第一天你對我說那個什麼賴的，聽起來很不錯，那個 sulai 是什麼意思？」

我支支吾吾半天，低著頭小聲心虛地說。

「sulai 是飛鼠的意思。」

「不對啊，你之前不是說飛鼠是 yabi 嗎？」

「啊，喔，那個，是另外一種肛門比較大的飛鼠。」

「喔。」

其實 sulai 在泰雅族語裡是肛門的意思，他還一直興奮問我怎麼區分飛鼠的肛門，我開始被問得有一點緊張，還是假裝鎮定地指著山上說：「大致上飛鼠有兩種 yabi 跟 sulai，sulai 是大肛門的飛鼠，燒烤起來比較好吃。」

看他認真的表情，真是被他嚇出一身冷汗，原來大學畢業的那麼容易騙。

我，現在開始想他們了，在高中教書的他，不知道會不會帶那群童軍的學生來看我，因為我現在躺在冰櫃裡面，手指很硬沒有辦法打電話給他，最讓我掛心的還是我三個小孩，想跟他們說說話，可是我的嘴脣被霜給封印住了，我只是想跟他們說：「laki mu, Musa ku yabawutux sa la, gakai ta，lokah lahan yaya simu ge'yaba～」（我的孩子們，我將去天國，好好照顧你們的媽媽，爸爸真的真的很愛你們。）

後記：

寫給二〇〇七年夏天，因一場意外離開部落、家人、朋友，獨自走向hongu-utux（彩虹橋）的雅衛；泰雅族相信真正的人，是善良、勇敢、守護家人、對朋友守信，才可以走向彩虹橋到達祖靈之地。

記憶大潭

觀音大潭新村，一個在我記憶中既美好又遙遠的地名。

小時候的暑假，去外公家是全家一年中很重要的大事，一大早天微微亮，從部落下山走上一段很長的山路，搭上舢舨橫過石門水庫到阿姆坪，在路旁等上半天的桃園客運，到了大溪之後轉車到中壢，中壢再轉車到觀音終點站，下車後又馬不停蹄地走上一段路，一路波折來到了大潭新村，到了三合院的外公家都已經是晚上時刻。

等候多時的大人們趁著夜色，在晒穀場上交換禮物，外公、舅舅左右鄰居們都在等父親從山上帶來的美味德米麵（生醃魚），所有人圍著父親的麻袋口水直流，外公拔得頭籌迫不及待抓起一條魚一口放進嘴裡，顯露出泰雅族人天生灑脫的性格，大家爭相搶食地上的醃魚，每個人吮指回味的舉動是懷念家鄉道地的味道。

所有人在把酒言歡之際，圍著篝火唱歌聊天聽著父親帶來山上打獵的趣事，小毛頭的我們興奮地跟小夥伴們玩起捉迷藏，外公住的房子離大海很近，每每躲在林投樹下聽著海浪襲來的聲音，幽暗的深處增添了許多林投姐的想像。

在外公家，小孩子有很多時間跟表姐、表弟在滾燙的沙灘奔跑追逐嬉戲，坐在沙灘上遙望夕陽漸漸消失在海平面下的悸動。直到農忙結束準備離開外公家，舅舅送了一麻袋的毛蟹當伴手禮，回到部落大啖毛蟹的情景不知羨煞多少泰雅族獵人。

這樣鮮活的影像，對從小生長在山區的我，是從來都沒有過的經驗，但隨著年紀增長，對外公家種種美好的記憶也慢慢地瓦解。

水庫移民（reservoir resettlement）旅行（travel），遷徙（displacement）變成我的包袱。外公水庫移民的親身故事，也許是平凡的日常生活旅行故事，卻也詮釋了一段顛沛流離、最真實的生命歷程。

民國四十五年，政府開始興建石門水庫，為解決水庫上游淹沒區約二千多名當地住民，面積約一千零二十四公頃內的耕地與民房，政府沿臺灣西部海岸自彰化以北沿岸尋覓居住地，最後在桃園縣觀音鄉所屬之草漯、樹林子、大潭、笳冬坑、許厝港等處，發現綿延數十公里面積廣達數百公頃的保安林區可供使用。

民國五十二年石門水庫開始蓄水，大水淹沒大溪鎮相坪、八結、阿姆坪，以及復興鄉所屬水流東、新柑坪、卡拉、拉號等地，人們扶老攜幼進行大規模的移民遷移工作。

童年的夜裡，大人們都醉了，外公靠著磚牆喃喃自語，眼神充滿著泰雅族式的滄桑，述說刺骨的東北季風從海上往陸地吹，風沙滾滾淹沒稻田農作，每戶所分配的地不是海水倒灌區就是海埔新生地，滿是被木麻黃與林投樹隔開的分散農地，記憶中的山林、梯田從他記憶中慢慢淡去。

上天似乎對外公又開了一個大玩笑，一九八二年高銀化工被人發現將含有「鎘」的廢水直接排放進河流，造成鄰近的農地受汙染，外公的水田種出含有「鎘」的稻米，引爆了臺灣第一起鎘米汙染事件。外公跟舅舅的農田也被強制廢耕，政府再次規劃大潭成為東西向快速道路與臺電大潭電廠的計畫用地，迫使居住在大潭的居民再次搬遷，外公又跟著舅舅啟動遷徙／流離的模式。

對外公而言，在歷經三十年的遷徙之後，又在政府經建開發政策的驅迫下再次旅行，在外公的生命旅途中，漸漸成為一群現代的游牧民族。大潭新村所反映的種種現象，再也不是無奈的被迫與驅趕，而是，「日暮鄉關何處是？大潭海邊使人愁」的悲涼。

一位大潭泰雅移民的朋友沉痛說了一段話。石門水庫養育了桃園及大臺北區的居民，換來泰雅族人流離失所，石門水庫湖面的遊艇盡收商業的利益，我的族人卻整日與海風搏鬥，與鎘汙染同處一地，別人讀大學是仰賴土地資源供輸完成學業，而我是兩位姐姐做妓女支持我念完臺大。

對於像外公這樣的大潭人們，這樣看起來像是政府政策下的結果，但逝者已矣。記憶中外公的房子蓋在濱海的沙地上，漫天的沙土風塵滾滾，漫過一整排的防風林，長年在山上赤腳行走的我，不知道高溫海沙的滾燙，蹦蹦跳跳踩進沙裡，兩腳幾乎燙了半熟。

一九九七年三月十四日，〈柯里替巴宣言〉中控訴[1]：全球從一九五九年到一九八九年，全世界有高達三千萬人，由於興建水庫被迫「移民」。而根據一九九四年世界銀行資料顯示，在一百九十二個非自願搬遷的案例中，沒有任何一件指出，這些移民曾經因為遷徙而改善了他們原有的生活水準。

---

1 一九九七年三月，來自包括亞洲、歐洲、北美洲及南美洲等二十餘國家的代表，於巴西 Caritiba 集會發表〈柯里替巴宣言〉，並將這一天訂為「國際反水庫日」。

亞榮隆·撒可努

〈煙會說話〉（二〇〇〇）

〈尋父親記〉（二〇〇〇）

Sakinu Yalonglong，一九七二年生於臺東縣太麻里鄉的拉勞蘭部落（Lalaulan）排灣族。高中畢業後當過南迴鐵路的工人，現專職為森林警察。為了讓後代子孫能夠繼承排灣族獵人的智慧與風采，於部落成立「獵人學校」。對撒可努而言，有一個獵人父親，是他的驕傲與信仰，也是其創作的最佳題材與源頭。生動且富有感染力的文字風格，使讀者融入故事情境，體會排灣族的傳統智慧與獵人哲學。二〇〇〇年曾以〈走風的人〉獲第一屆中華汽車文學獎散文首獎，著作《山豬·飛鼠·撒可努》，獲得「二〇〇〇年巫永福文學獎」首獎，也於二〇〇五年翻拍成同名電影，許多作品更成為國內學校及美國哈佛大學、哥倫比亞大學中文系的指定閱讀文本，廣受喜愛。著有《山豬·飛鼠·撒可努》、《走風的人：我的獵人父親》、《外公的海》等書。

煙會說話

外公和外婆，在我的印象裡是一對很愛唱歌的老夫妻，至今兩人還是一樣喜歡喝著米酒，加上國農鮮乳和伯朗咖啡，有時候要我到雜貨店買皮蛋回來給他們下酒，酒下肚有了幾分醉意後，兩個人便開始對唱情歌，從排灣古調唱到日語老歌，再唱到「我為你頭痛，我為你感冒，我為你發高燒，送到臺東的省立醫院，原來是相思病……。」

外公說：「從年輕唱到現在，還是以前的歌好聽，有時候唱到一半，眼淚會自己跑出來，會讓我想念以前我的 vuvu 和爸爸、媽媽。這麼久了，小時候我記憶及生活的地方，因南迴鐵路的經過而使整個部落被迫遷村，原居的族人各奔東西，造成地方文化的喪失和流盪，祖先的遺骨也因為東部的開發，而重新遷往各處。」

外公敘敘述著過去他們為了逃避瘟疫，翻越山頭遷移到大竹（臺東大武鄉部落）的部落，而今為了南迴鐵路的建造，大竹部落的人又得遷移，而每一次的遷移，使得人愈來愈少，部落的文化和組織也因為在遷移的過程中流失，有時候進而接受了外來的文化，在矛盾與掙扎的過程中，很多下一代早已忘了「我是誰」，認同自己族群的意識非常地薄弱。部落的認同意識也在遷移而雜居的過程中，遺忘了很多祖先留下的故事和百合花的制度。

儘管如此，多次的遷移並未改變外公和外婆對傳統和文化的認同，雖因環境的改變，外婆還是吸著她的菸斗、吃她的檳榔，她總是說：「這才是我，我怕如果有一天我們的 vuvu 回來看我，會不認識我。」

過去住在外婆家，常跟著她到田園工作，或是到山上找柴燒。留在小米園過夜時，煮飯燒剩的火苗尚未熄滅，只看見炊煙裊裊地升起，外婆說這是要讓我們的祖先看見了，才會來找我們，看我們過得好不好。小時候記得外婆常用小刀切一塊肉丟到冒著煙的火堆裡，他說這樣子是為了通知祖靈，請祂們一起下來跟我們共享我們的東西，幫助我們年年有收穫、不要生病。煙是我們和死去的祖先共通的語言，如果當我們想念他們的時候，夜晚我們生火，冒起煙，煙會把你身上的味道帶到祖先的地方，祖先聞到了你身上的味道會尋著煙飄來的方向而下。假使你看到煙像百步蛇行走的樣子，那就是祂們來了。如果煙散到你身上，表示祂們確定你是祂的親人，祂們很想你，讓生病和惡靈不要靠近你。

同樣的故事也發生在我和父親上山打獵，過夜於野地的時候。當時，父親也燒著火，跟我說：「睡吧！我們的祖先待會會來看我們。」那時候我的心裡很害怕，「真的嗎？」我問父親。隔天一早起來趕路，父親說：「vuvu 祂們來過了，還幫我們找木材燒，繼續地替我們守夜。過去我們族人露宿野地時，必會燒火起煙告訴我們的祖先，以避免惡靈的侵擾，這是以前小時候，老人家說的。」父親這樣子說。

小時候我見過部落剛生下來的小孩。他們的父母會在小孩出生的第一個晚上，在小孩子的吊籃下，讓燒過的木材起煙，老人家說飄起的煙能把小孩子的味道帶到祖先的地方，告訴他們死去的親人，部落又多了一個小生命。外婆敘述煙會說話的故事，夜晚裊裊升起的煙是祖先和我們對話的語言；飄散在身體四周的煙，是祖先來過的表示。

過去跟著外婆一起住的日子，很慶幸地能聽到很多老祖宗的故事，伴我在童年的那段日子一起成長，也因為這些故事讓我體會到，生命中任何事物都有人性化和生命化的一面。外婆的故事在我心深處種植，她告訴過我：煙會說話，風有顏色；天上的星星來自於母親的眼淚；鹿的跳躍是新生命的到來；黃昏飛來的黑鳥是祖靈變的；當小米像波浪搖盪著，是表示死去的親人在小米上跳舞；如果你深夜害怕時，可以起火讓煙飄起，讓祖靈來找你。

我深信著我們的老祖先會循著我們生起的煙，來看祂的子孫。

尋父親記

「哥，我們走了很久了嗎？好累喔！能不能休息啊？肚子很餓呢！」

那年我記得我高一放暑假，等著要開學的前夕，帶著最小的弟弟上臺北找父親拿學費。多年之後我再次回想，當時上臺北，是我離開自己部落最遠的一次；好奇、恐懼、孤單、無助，是當時我對臺北的感觸和形容。在深藏的記憶裡，有如一部泛黃的影片；但只要一想起，卻如一部生動活潑的紀錄片般精彩。

國中畢業那年，我親愛的母親在一次送我上學的途中發生車禍，成了後半生都躺在病床上的植物人。家裡的經濟情況本來就不是很好，一下子如沉斧入水一樣，掉到谷底。父親為了維持家計和三個小孩的學費，及醫治母親欠下的醫藥費，只有離家北上做板模工。

一年後，我親愛的母親在我面前掙扎著，等待死神。在親人的團聚後，終於離開了人世。母親的離開對我們也許是一種解脫，然而在死神要帶走母親的那一刻，我感覺到母親掙扎得好厲害，有很多的不捨及不願意；沒有看到她的孩子長大、娶妻、抱孫，來不及跟自己的丈夫白頭到老。當淚水直落，哽咽的哭泣聲告訴我，「我的母親走了，走了，不會再回來了」，我才知道人類生命的脆弱和無力，當死神要帶走你身上的靈魂，是那麼地容易、簡單，不需要任何的理由，我開始體悟：人為什麼活？為什麼而生？又為什麼而死？難道我不能選擇如何死的方法嗎？我慢慢地了解，人只是世間的過客，所有的喜怒哀樂都是過程，讓我們老的時候能暢談人生經驗。

當時國小一年級的小弟還未搞清楚母親去世的事，而後在成長懂事的過程中才了解，自己原來是個沒有母親的小孩。上天是多麼苛刻和不公平，我心裡在想：「為什麼選擇的是我們？難道這就是所謂的考驗嗎？」多次的祈禱，上帝沒有指引如遺棄在風雨中的孤兒的我；無助、失望的我毅然放棄掙扎，只有面對現實，自己去承擔發生的事實。

母親出事時欠下的醫藥費、三個孩子的學費及生活費，一大筆的開支全落在父親一人身上。過去一起為這個家承擔、分憂的另一半走了，父親的脾氣愈來愈暴躁，常拿我們三個孩子出氣，動不動就挨打、被罵。當時內心深處的害怕、恐懼，沒有人能了解。直至現在，我還是害怕周遭的人對我大聲吼叫，那會讓我再次想起曾留在內心深處的恐懼和害怕。一年後，父親決定北上做板模工來平衡家裡的支出，後來又換了很多工作，一直到對臺北極度不適，直到返回臺東山上為止。

那年暑假快要結束，一整個暑假我們三個兄弟都在山上照顧鳳梨和釋迦園，未像部落其他的小孩利用長假到梨山砍草，或是到工廠打工。父親打電話到祖父家，要祖父轉告我，叫我帶兩個弟弟上臺北拿開學要繳的學費，還有好幾個月沒繳的水電費及生活費。當時同父親做連續壁的幾個人都是部落一起過去的，如二姑丈、小姑丈，還有下部落的阿美族人。

要上臺北的前一天，父親打電話回來，要我到祖父家去接電話，電話的那頭傳來父親的聲音：「強（漢名的最後一個字），有沒有想爸爸？你們好不好？志偉、百勝都好嗎？」聽到父親的聲音，深藏在內心的想念化為哭泣聲。待我報完平安後，父親才安心地繼續說：「你帶百勝、志偉上臺北，爸爸想看你們，順便拿學費給你們，我們再一起去逛街。」

我心裡開始想著腦袋裡的臺北世界，父親又說：「如果你們來臺北找爸爸的時候，爸爸在西站附近的工地，我會在那裡等你們來，我又繼續追問，「爸，你們工地有沒有電話或是更明確的住址？」父親像是有點不耐煩地告訴我，「工地怎麼會有住址、電話，反正你們下了火車，就問別人西站在哪裡，你們只要找到西站，就找到工地了，爸爸就在哪裡。我要上工了，」父親再次地提醒：「記得到西站的工地，我會在那裡等你們。」電話的那頭傳來「戴明福，上工啦，快一點！」的催促聲，父親像是已將交代一切清楚似的，便掛上電話，而我卻感到茫然，腦袋還在想著，父親說的西站在哪裡？天呀，沒有住址、電話，我又不住臺北，西站在哪裡，我怎麼會曉得要怎麼找呀？

心裡嘀咕著，便跑去跟小姑媽說明天中午我們三兄弟要上臺北的「大」事，小姑媽便要我帶一些衣服、山產和自己親手做的「起拿ㄈㄨ」（用小米做成長條狀的粿）帶給小姑丈。

「姑媽，你有沒有爸爸他們公司的電話和住址？」

「有哇，可是沒有工地那邊的住址。」小姑媽便拿了一封寫著╳╳營造公司印好的信封給我，我心想，這下子心裡可以安心一點了，到了陌生的臺北若找不到工地，至少還有公司可以找。

晚上便和百勝、志偉商量北上的事情。「大哥，我不想上臺北，我想留在學校練田徑。」百勝說，所以北上的，就只有我與小弟志偉。隔天早上我便寫了紙條，留了二百元給大弟，因為他一大早就到學校練習去了，回來的時候我與小弟已經上臺北了。

火車在北迴鐵路上行駛著，窗外的景物由熟悉到陌生。八個小時的車程，小弟一直問我，「我們什麼時候到，我們要看到爸爸了嗎？怎麼這麼久。」而後又睡他的大頭覺，醒來之後又是同樣的話，「哥，快到了嗎？臺北有這麼遠嗎？」

而我心裡卻一直不安，心裡開始擔心，到了臺北之後要怎麼下車，姑媽給我的地址眞的能找到父親嗎？我們會不會迷路？聽說臺北的人很會騙山上來的人……這類的問題一直困擾著我。火車一站駛過一站，有好多的站名還是第一次聽過，覺得很稀奇，又好笑。到臺北之後已是晚上九點多了，下火車之後人好多，牽著志偉不知道要怎麼離開，心裡還在懷疑，眞的到臺北了嗎？身上背著、手上提著大大小小的東西，傻傻笨笨地站在人群當中，心裡開始緊張，我們要怎麼走出去？人群穿梭在我的視線中，好羨慕他們知道回家的路。

「哥，到了嗎？」我精神不集中地回了小弟的話，「可能到了。」志偉又問，「為什麼沒有爸爸呢？」

久久之後人潮散去，只剩我和志偉及放置在地上的行李，遠遠地聽到，「喂！你們兩個要去哪裡？」

「我們要去找我爸爸，你有沒有看到他？」志偉天眞地跟收票員說。「我是沒有看到你們的爸爸，要找到你爸爸總要出了這道門，收了你們的票，上階梯到上面，才能找到你父親。」我懷著期待的心情，對著阿偉說：「志偉，爸爸可能在上面等我們。」

臺北霓紅燈閃耀，花花綠綠的世界，突然出現在我的眼前，複雜交錯，令人眼花瞭亂。看著時間，哇塞！九點多了，這時候山上的人應該都睡了，這裡的人不睡覺嗎？我帶著志偉繞著臺北火車站走來走去，都未看見父親的影子。志偉又問，「哥，為什麼沒有看到爸爸呢？」

「等一下爸爸就會來了。」我對著小弟說。

「眞的嗎？」小弟回到行李上坐著，瞪著大大的眼睛，東看西看，而我卻感到一片茫然，臺北那麼大，是不是人太多了，父親找不到我們。我與小弟兩個人就呆呆的不知所措，等了很久，才鼓起勇氣去問別人西站在哪裡。對方回答，「對不起！我不是臺北人。」我又再一次鼓起的勇氣，「請問你知不知道西站在哪裡？」「喔……喔，西站，你們現在的位置是火車站的東門。」我帶著志偉提著行李，朝著那位恩人指向的地方走去。

「阿偉，爸爸可能在哪裡等我們喔。」、「哥，是嗎？」到最後我與志偉跟行李坐在一堆，一直在等，卻一直等不到父親前來，我愈來愈害怕，心中那股莫名的恐懼，壓在內心深處，好無助，「爸！你到底在哪裡？」好想放大聲喊出，讓父親聽到。眼淚在內心滴落，這才想到姑媽拿給我們父親營造公司的住址和電話，心裡想著，也許公司知道父親他們工地正確的位置和父親在那裡吧。打電話到父親的公司，沒有人接電話，我與小弟兩個人就提著一大堆的行李，循著信封上的地址找去，一路走著，一路找著，又一路問人……。有些人覺得很不可思議，那時候由火車站到忠孝東路五段有多遠我並不知道，手上拿著看不懂的臺北市地圖，只知道圖上的距離很近，直到一位快要做阿媽年紀的女人在問話當中才告訴我，「唉唷！『要瘦』（要死）！等你們走到忠孝東路五段，可能天都快亮了，坐計程車比較快。」小弟的雙腳也開始喊酸了，「哥！我們要走到什麼時候，我有一點點累。」我感到手上的行李、背後的背包愈來愈沉重。

父親曾告訴我，如果在臺北坐計程車，要找外省人開的車子，要看起來老老的那一種會比較安全，不要找年輕的，很危險，會把我們賣掉。計程車一輛一輛在我面前駛過，我沒有招手，只是很用心看著開車的「運將」是不是老老的，有些運將遠遠地看到我們的行李便用大燈示意我們，「運將」停車之後將車窗搖下，「孝臉仔（年輕人），去哪裡，說說看嘛。」

我心想這個運將不是外省人，又自己停車，一定不安好心，我便對著「運將」說：「沒有啦，我們在這裡等人，等一下就來了。」現在想來，那位應該是好心的司機，才把車子開走。但那時候我心想，好險喔！如果上了車，不知道會被載到哪裡，可能還未見到父親，就被賣到工廠做童工了。

臺北街上的人愈來愈少。車子不再像剛出火車站時那麼壅塞，大馬路也好像變大了，走著、走著……我看見一部車門寫著「榮」字，舊舊又有點破破的車子，裡頭小燈還泛黃地亮著，我走向前，便看見頭髮有點泛白的司機數著鈔票將車子熄火，好像要休息的樣子。我敲著門，裡頭的司機慌慌張張地把賺來的錢收進口袋裡，拍了一下，才搖下車窗問我：「有什麼事嗎？」

「老伯我們想坐車。」老伯在我們身上打量著，一定也猜出來我們是山上下來的，老伯問著「要到哪裡？」我便由口袋抽出寫著父親公司住址的信封拿給他看，「喔，忠孝東路，」老伯遲疑了一下，「好，上車。」

上車後，志偉臉貼著車窗看著窗外的世界，「哥！這裡沒有天空，怎麼看不到星星？」外省的司機聽到小弟說的話笑了一下，「小老弟，你們打從哪來的？」

「我們是臺東來的。」老伯又說：「你們是山地同胞吧，你的小弟很可愛，說話很有趣，我以前也在臺東做兵，臺東好耶，空氣又好，姑娘也漂亮又好心、善良。嘿嘿……」運將笑了笑，「臺東好，我喜歡，臺東也是我的老鄉，今天碰到你們，也算是我的老鄉，待會兒我一定送你到目地的門口，算是對臺東的情感，好不好？小老弟。」

心裡浮現父親對我說過的，「坐計程車要坐那種司機是外省人、老老的，他們不會騙別人。」的確，我碰到的是一個好運將，我專注地由車窗看著路段的牌子——忠孝東路五段。

「老伯，我在這裡下車。」老伯這時候開口，「小老弟，我剛才不是說過嗎？要載你們到目地的門口嗎？」車子又在比較小的路上行駛，穿過巷子，什麼弄、什麼幾號的，才找到╳╳營造公司鑲著銅的門牌，確定之後才下車。心想，哇塞，由剛才執意下車的地方開到這裡，還有這麼遠，好長的一段路，還好剛才沒有用走路的，不然走到這裡，我看天真的要亮了，那麼多的行李，不是累死就是重死。

老伯跟我道別之後，搖上車窗對我說：「小老弟，事事小心啊！」車子消失在巷子的轉角，我與小弟又重新佇立在陌生的臺北街道，提著、背著一樣的行李，面對著╳╳營造公司的大門口，眼角的視線寫著「有事請按此鈴」。

電鈴響了好久，才聽到有人穿著拖鞋下樓梯踏腳的聲音，一個年輕人由裡頭走來問著我，「你們找誰呀？」

「請問你們這裡有沒有一個叫『戴明福』的工人，他是我父親，我來這裡找他。」

對方卻用臺語回我：「某呢，阮技邊某這耶朗（沒有，我們這裡沒有這個人）。」

裡頭的人好像很無奈，似乎剛剛入睡又被吵醒，顯得有點不耐煩又不太理人的樣子，「我們公司的工人有好幾百個，都住在外面的工地，工人不住在這裡，都住工地。」我又問，「那請問你們的工地在哪裡，有沒有住址，我想去工地找我父親」，裡頭的年輕人有點火了，不太高興地回我話：「利這耶朗（你這個人）眞假無（有）夠番呢，我們工地有好幾個，臺北、臺中、高雄都有，連房子都沒蓋好，那來的住址、電話？更何況我又不太清楚公司的事，我怎麼會知道工地在哪裡，工地也隨時在換，我要怎麼告訴你？」

「吭」一聲，大門回復剛才來敲門的原樣，上樓的腳步聲告訴我，這下子全部的希望都落空了。「哥，那個人有告訴你爸爸在哪裡嗎？」、「沒有呢，阿偉。」、「哥，爸爸會在哪裡？」走出巷子，叫了一部說臺語的老老運將，將車直駛火車站。志偉累了，一上車就躺在我的大腿上，我也累了，卻不敢打盹，眼皮愈來愈沉重，老運將把沉睡在睡夢中的我叫醒，「喂，孝臉，靠哇（年輕人到了）。」原來我睡著了，我急忙看著車窗的景象，催促著小弟起來。「阿偉起來，下車了喔。」小弟還未清醒，嘴裡喊著，「哥，爸爸來了嗎？」

我們又回到火車站，繞了幾圈還是未見到父親的影子，「阿偉，你在這裡等哥哥，我去前面工地看看，爸爸會不會在哪裡。」阿偉又跟著帶來的行李坐在一堆，「哥，你要趕快回來喔。」走進工地，懷著父親可能會在這裡的希望，竟全然再次的失落，只有累了一天在黑夜休息的重機械，靜靜地躺在工地。我對著天空喊著父親的名字，「爸！你在哪裡，戴明福……我是志強啊！」

我開始害怕眞的掉淚，吶喊的聲音未聽到回應，心裡想，是不是今天就要註定睡在火車站了，心裡開始亂想，父親是不是來找過我們，找不到我們又回工地去而錯過了。還是以為我與志偉還未北上，不然怎麼不來找我們。回到火車站的西三門，小弟見我直奔過來，「哥，你怎麼去哪麼久，剛才一直有人跑來跟我說話，我都不認識他們，我都不理他們，沒有跟他們講話。」我問小弟有沒有看到爸爸，「沒有，哥，爸爸為什麼還沒有來？」我未回小弟半句話，心裡想著，爸爸，你究竟在哪裡？

「阿偉，你在這裡等哥哥，我再去附近的工地看一看，爸爸會不會在。」「哥，我想跟你去可不可以？我不想一個人在這裡，我好害怕。」提著行李，阿偉露出笑臉，雙手緊緊地抓住我的手腕，問我，「哥，爸爸會在哪裡嘛？」我心裡想著，我也不敢確定。到了工地的門口。走來去去，探頭探腦地看看會不會瞄到父親，這時候裡頭傳來操著臺語大罵的聲音，「喂！這裡很危險，更早、更早。（快走、快走）」我呆在原地，聽不懂他說的話，「利聽某喔？利來睡嚇（你聽不懂，你來找誰）？」

等了好久，我不知道該不該說話，又不知道該說什麼，我還未開口，說著臺語的老先生走出來，「技邊，某番仔做港愧，更早、更早（這裡沒有山地人做事，快走、快走）。」

我還是呆呆地待在原地，「番仔利眞假聽某喔，卡利共，技邊某番仔做歹志（山地人你聽沒有是不是，跟你說過了，這裡沒有請山地人做事）。」我眞的不敢相信我都還未開口，卻肯定得不到答案，我與志偉還是站在工地的門口，一直看著裡頭，看看會不會有父親的影子，老先生還是在那裡大聲罵著「番仔丟是番仔」。

「爸，我是志偉。」小弟對著工地裡頭大喊，工地的管理員又跑出來一直罵著，「番仔子，利叫蝦米，卡利共鬼拜技邊某利唾也朗、更早啦（山地人的孩子，你叫什麼，跟你說過幾次了，這裡沒有你要找的人）。」我的希望又再次落空，附近的工地也找遍了，答覆卻都是一樣。我們眞的累了，好無助，害怕和恐懼慢慢地侵蝕我內心深處一直鼓勵自己要勇敢的精靈。沒有人能了解。我記得當新光大樓聳立在火車站附近，成了大臺北的地標時，多年後我再次北上，佇立在天橋上望著新光大樓，才想起那一棟大樓還未聳立在我面前時，我曾經帶著小弟到過那裡找過我父親，還被別人叫番仔。

我牽著小弟，走在路上想找睡覺的地方，想到旅社休息，又怕身上的錢不夠支付，我與志偉都累了，坐在人家騎樓下休息，「哥，好累喔，可不可以休息，我肚子好餓呢，我想吃饅頭和喝紅茶，可不可以？哥，剛才我們經過後面那個亮亮有寫『7』的店，窗戶旁邊，我看到他們有賣饅頭，哥，為什麼那個『7』的店那麼晚了還不休息，他們不用睡覺嗎？很奇怪呢，部落的吳上和阿幾啦（部落商店）晚上都要睡覺。」

我拿了三十元給小弟，要他自己去買紅茶和饅頭，小弟買回來之後對我說：「哥，那個『7』店的饅頭好貴喔！他好像有騙我，上老阿公（商店老闆）賣的饅頭只有八塊錢，又很大一個，那個『7』店買的小小的，又很貴，一個十五塊錢。」小弟亮著手上找回來的零錢。

「給你當零錢。」

「眞的嗎？哥，那這個五塊錢是我的了喔。」

「阿偉，我們在這裡休息一下，再去找爸爸好嗎？」小弟點著頭，大口、大口地喝著，吸食著他買回來的饅頭和紅茶，而我又累又餓，這時候顧不得了，把小姑丈的「起拿ㄈㄨ」偷偷的拿來吃。

「哥，為什麼我們都找不到爸爸呢？」我對小弟說，「今天我們找不到，明天再去找。」小弟又問，「如果明天找不到怎麼辦？」我順口說，「那我們就回家啦。」

「哥，等一下我們睡哪裡？」小弟一連串的追問，讓我覺得有點不耐煩，「等一下我們到火車站的地下室休息好不好？志偉，那裡有椅子，可以睡覺。」

「哥，又要去那邊喔，是不是明天睡覺起來後就可以看到爸爸了？」天眞的小弟對著我說。我心裡想著，明天能不能見到父親我眞的不知道，這時候的臺北像哭鬧過剛平靜下來的小孩，愈來愈安靜，車子、人都少了，只有閃爍的霓紅燈還亮著。

深夜凌晨，臺北火車站的地下長廊像睡死的長龍，穿梭的人不見了，只有一些無家可歸的乞食者和流民占著一方屬於自己的地方，早上和現在的情況簡直不能相比，如同兩個極端不同的世界。為了不放棄最後的希望，壓抑心裡的害怕和恐懼，想再試試最後一次的機會，我對著小弟說：「阿偉，你在這裡等哥哥好嗎？我到上面找爸爸，你要乖乖地坐在這裡，不要亂跑，有人問你跟你說話，你都不要理他，知道了嗎？」小弟睜著大眼睛點著頭，「啊……哥，你會很快、很快回來嗎？」志偉坐在椅子上，短短的排灣族雙腳在那裡搖晃著。「哥，你要快點回來，我會害怕。」小弟叫住了我要上樓梯的雙腳，我回過頭點著頭說，「哥哥很快就會回來，你不要走開喔，不要亂跑……」

我同父親一起上山打獵過，父親曾對我說過獵人教材的課程，叮嚀不識山路的小孩，若是不識山路，迷了路，就待在原地，等人回來找你，如果你亂走，會讓自己又累又餓，就容易被「庫瑪死」（惡靈）牽走，就很難再走回來。

想想現在的我，不就是那個又累又餓，已被「庫瑪死」牽走的人嗎？我在火車站繞來繞去，還是找不到父親說的臺北西站附近的工地，當時自己真的好孤獨、好無助。站在火車站的西門口，幻想著父親一定會來。時間一秒一分地過去了，沉重的眼皮快要閉上，帶著我去找瞌睡蟲。猛然驚醒時我竟蹲坐在火車站西門口的位置，失望的我還是未見到父親。心理開始亂想愈想愈害怕，難道已喪失了與父親的默契嗎？最後，我仍堅信回到火車站，父親一定會回來找我們。

走下火車站地下室的階梯，雙腳沉重，心裡想著待會要怎麼告訴志偉，還是未見到父親的事實，當走到地下長廊的最後一個階梯，久久才會意過來小弟一直叫著我，當我回過神來，望著小弟時，我看到周圍有幾個警察先生低著頭，對著坐在椅子上仰著頭的小弟說話。我看情形有點不對，第一個念頭在腦子裡打轉，小弟是不是做了什麼不好的事，為什麼周圍突然來了這麼多的警察。我立刻跑向前，對著警察先生說：「請問有什麼事情？」

「這小弟是你什麼人？」

我答覆著，「他是我小弟。」

「喔……我們以為他是走丟迷失的小孩。」警察先生又問，「你們怎麼會在這裡？」

「我們在這裡等我父親。」

「可是一直沒有等到？你們知道嗎，這裡晚上是要清場的。」

我心裡想，這裡不能休息，那我們還能到哪裡去？正在徬徨地想著，警察先生又說話了，「如果你們不走，你們會被鎖在裡頭，到明天早上第一班火車到達時，門才會打開。」

我心裡想，我們自己已經沒有地方能去了，又這麼晚了，就算門明天才開，我們也累了，想就地休息。警察先生丟下最後一句話後，身影便遠遠地在長廊盡頭逐漸變小而消失。我低著頭用大腿夾住合併的雙手，眼淚輕輕地落下，「爸，你在哪裡？」「哥，你在哭嗎？為什麼頭低低的？哥，我相信爸爸一定會來找我們的。」無助的眼淚滴在志偉的手背上，「哥，你流眼淚了呢。」時間像長廊般停止，沒有任何的聲音，好靜、好靜，空氣流動的聲音似乎都能隱約地聽到。而小弟坐在椅子上抖動著雙腳，頭不停地往長廊的盡頭看去，將一頭像看穿了，才換個方向注視另一頭長廊的盡頭。「哥，你看！爸爸來了！」我還以為小弟在跟我開玩笑，在他的頭上敲了一下，對著小弟說，「這個時候你還有心情跟我開玩笑！」

「哥，你不相信，你看那裡！」望著小弟指向長廊的盡頭，那個不是爸爸嗎？父親的身影被淚水模糊，父親愈走愈近，小弟衝向父親，光著腳丫未穿上鞋子，回過頭叫著我，「哥，眞的是爸爸。」我永遠記得，到現在還是忘不了那一刻——在即將放棄等待的絕望中，又再次體會到生機的到來。小弟又回過頭叫著我，「哥，爸爸啦！」

火車站的地下室只有我們父子三人，父親遠遠地由長廊那一頭走來，身上的衣服都是泥巴，腳上穿著雨鞋，頭上戴著黃色邊邊，寫著××營造公司的安全帽，父親說的第一句話是：「原來你們是在這裡喔！爸爸一直在工地等你們，一直在想，怎麼都等不到你們，還以為你們迷路了，走失了被別人帶走，爸爸不放心，才想到你們可能在火車站，果眞被我猜到了。」我和小弟不管父親身上的泥巴，緊緊地抱著父親，所有的恐懼和害怕好像一艘迷失的船，終於找到了等待靠岸指引的燈塔。小弟問父親，「爸，你為什麼那麼久才來，我和哥哥都一直找你，我們很害怕，怕找不到你，剛才大哥都掉眼淚了，眼睛溼溼的。」

父親看見我們疲憊的樣子，對我說：「累不累?走，到爸爸的工地休息。」父親背著小弟，我提著行李走在後頭，要上樓梯前我回頭望著，長廊好靜、好靜，像散場的電影院，而剛才我們父子三人，不就像是長廊的最後一幕散場的電影？

到了火車站的大廳，才知道二姑丈、小姑丈及下部落的阿美族人都動員起來，找我和小弟，我們的出現才讓他們放下不安的心。走回工地的路上，天都快亮了，父親搖醒睡在背上的小弟，「阿偉，吃麵好不好？」父親、二姑丈、小姑丈和我、小弟，五個人在路邊攤吃豬腳麵線，那時候我還未吃過豬腳麵線，心想原來豬腳麵線那麼好吃。吃過後姑丈看我很疲憊的樣子，催促著父親早點回工地，讓我們休息。到了工地之後只見一片泥濘，和累了一天尚在休息的吊車、卡車、挖土機。父親休息的地方是好幾個人擠在一起的貨櫃箱，擁擠的程度就像睡到半夜起來方便，都會踩到別人的身體。隔天睡到下午，父親跟公司請了一天的假，我們父子三人到西門町逛街。父親說，前年也跟母親來逛過西門町，但此刻母親已不在；同樣的地方，讓父親回憶起過去，觸景傷情。

第一次到西門町的感覺，覺得比豐年祭的人還要多，有點不習慣，每個人都穿得非常流行，只有我們父子三人十分不協調，一看就知道不是臺北人，一定是山上來的人。那時候父親給我買了第一雙我覺得趕得上流行的皮鞋，到現在已過流行，算算也有

七、八年了，但穿那雙皮鞋的次數卻不超過兩位數，至今再一次地穿上那雙皮鞋，都會讓我想起我帶著小弟上臺北找父親的情景。流行雖然已過，但內心的記憶和感觸卻一直隨著時間，永不退流行。

多年後，為什麼這件事我還一直記著，主要的原因是因為在那個過程中，一個山上來的人要去面對的是不同環境和不一樣生活步調的人，對周遭陌生的種種感到又害怕又恐懼，但又必須面對心裡的害怕；那種感觸相信沒有人能了解、體會，除非也有跟我同樣遭遇的小孩上臺北找自己的親人，才會有著同樣的經驗。當時上臺北找父親所發生的每一個過程，都讓我感觸良深。在我成長的生命史當中，這些過程都是很難忘的經驗。

後來我才明白，父親當時在電話裡頭說的那個「西站」，指的原來是臺汽公司的西站，而我卻會錯意，把火車站的西門當做西站，而在會錯意的過程中產生了一串難忘的尋父親記。

如今，我常常一個人佇立在臺北火車站附近的天橋，望著高高聳立在前的新光大樓，回想我帶志偉上臺北找父親的情景。

幸光榮

〈味覺紀事〉（二〇一五）
〈我在博愛特區的這一天〉（二〇一六）

Tiang Matuleian Tansikian，迪洋・馬督雷樣・丹西給岸。一九七二年生，南投縣信義鄉雙龍部落（Isingan）布農族。小學就讀純大拇指學子的雙龍國小，國中就讀水里信義原漢各半的民和國中，高中讀埔里高中，之後北上就讀警察專科學校，畢業後即落地為北原一族迄今。

國中時期，覺得「會寫字說故事」是很厲害的事，自此養成了寫作的習慣，童年時期山林部落中的古老傳說與奇聞逸事是書寫最初的養分來源，書寫對他而言「是一種紀錄，為了留下自己與族人的各種生命樣貌，為了證明很多人事即使消失了，也依舊存在」。

味覺紀事

妻以神農般的信念與堅持對我展開了一連串試驗，其目的在與我的代謝症候群抗爭。面對妻渾身散發著的沛然莫之能禦的神聖光輝，我不由自主地只能服膺其下。然每每在吞下眼前又一盤無油無鹽的清燙綠花椰之前，我都感到齒後舌塊上的數千個味蕾在悄然騷動，我猜測，這多半是因為那些我曾經嚐過的眾多轟轟烈烈的滋味。

味道，是種很執著的記憶，我們在某個時空裡懷抱悲傷或是歡愉的情緒去品嚐，那一刻的滋味就從此刻印在大腦的迴路裡，成為一種厭惡或是鍾愛的習慣。每個人的生命裡，總有許多人、事與某些味道緊密地聯繫著，儘管物逝人非，這些過往卻能透過味道被紀念。

已記不得第一個讓我舌尖興奮震顫的，究竟是什麼味道，我想應該是母親幽暗子宮裡那汪清澈羊水的溫潤。我以此浪漫的臆想來營造味蕾們第一次活動時可能有的感動姿態，畢竟在此味覺的開元時刻，確實能用溫柔多情來言述。

我知道母親深深地愛著我，從十六歲的她背著高燒中的我徒步走上幾小時到水里鎮上就醫一事，我就確切地明瞭著。但嚴格說來，在家裡眾多的手足裡，我也確實是最常被寄養的一個。年長的大哥已有協助農事的能力，幾個弟妹們又尚且稚幼地離不開母親的哺育，唯有處在尷尬隙縫間的我最具有被外放的資格。於是，阿公與阿嬤位於合流坪上的工寮，就成了我的第一個寄居之所。那片玉米、小米與龍鬚菜隨著季節的交替遞延而成的土地的色毯，便是我八歲以前的生命裡最為清晰的布景。

據家中長輩口述，幼兒時期的我身患怪病，起因為當時貪玩的我對著庭前燃燒著的火盆撒了一泡惡作劇的尿。此大不敬之舉犯了族裡禁忌，從此我就變得痴傻，一入夜雙眼也無法視物。其時每當夜幕落下，家裡的大人們就急忙外出尋我回家，因為沒人牽引的我，就像瞎子一樣寸步難行。或許因這祖靈的懲處，幼兒時期的許多記憶對我來說總是零散而片段的，然而我卻如此清楚地記得，在那一個日光眩人的上午，有數名身著軍裝的阿兵哥及穿著卡其色制服的警察出現在一向只有泥土、黑狗與凹陷鐵鍋的工寮空地前。

這一群穿著制服的男人大舉搜索著附近的山林，在搜尋未果之後遂前來告誡阿公與阿嬤，若他們獲悉小兒子的音訊務必要盡速通報。mumu 原本就乾瘦的軀體在來人面前越顯佝僂，她沉默僵立在初夏亮晃晃的日暈之下良久良久，彷彿只有額角滑落的汗珠才能證明她還活著。我深刻地記得，這一天的山巒色澤異常明媚，流曳著深淺不一的光影，而我也似乎聽見了在很遠的山谷之下的濁水溪奔流而去的轟然聲響，在我凝望mumu 的那個片刻，震得我暈眩且汗流滿身。這一年，我六歲，那是小叔第一次逃兵。

其實在警察到來之前，阿公和阿嬤的生活公式在入夜之後便已開始出現反常。在整個世界靜得只剩下山林細語的深夜裡，他們沒有一如既往地躺臥在我身旁的竹管床上安穩地發著呼嚕，而總是以母語在輕而冗長地交談著，偶爾還有沉默地只剩嘆息的片刻。這時候，窗外的風與林葉颯颯然的響聲就躡足而來，充溢滿室。老人們低沉而細碎的耳語透過竹管床暈染過來，變得很不真切，而當時的我還太小並且也實在是太睏了，所以我始終沒有聽清楚他們究竟在說些什麼，我只隱約察覺，這改變全起因於一件怪事。

老者們總是習慣遵循其規律的生活步調，每日清晨，我也一向跟著他們在微涼的霧與露水裡來到山谷邊上的梯田裡農墾。然不知從何時起，田裡眾多繁瑣的農事開始在我們到達前就被完成一大部分，一切就像童話故事裡描述的：來報恩的小精靈替鞋匠完成了靴子。我相信我們的田裡也有一隻這樣的精靈，所不同的是，這個精靈獲得的並不是可口的小圓餅，而是 mumu 刻意遺落地以姑婆芋葉包裹著的山獸肉脯。在警察與士兵來過以後，mumu 開始每日都將食物藏於我們置放在田裡的農具中，偶爾也會用早期的尼龍提袋將食物吊掛在田裡的矮樹上。那些松鼠、飛鼠或水鹿肉是我童年時期十分孰悉且盼望的味道，平時沒有太多肉類可食用的我們，這些在陷阱裡或獵槍下取得的食物，是很重要的營養來源。我一點也不覺得野生獸類的腥羶體味難以入口，反倒是松鼠那類堅韌如橡膠的外皮十分困擾著年幼的我，因此我時常必須先扯下牠們的硬皮再加以咀嚼。mumu 留在田裡的肉們，總是最豐厚味美的部分，為此我曾經與她吵嚷不休，但 mumu 卻始終沒有多說些什麼。

接連持續了好幾天，留下的食物總是不翼而飛，田裡的農事也不斷地被完成，於是 mumu 終於確定了她與阿公的猜測及懷疑，她開始對著山林及溪谷一遍遍地喊著：「Lauhuwen，回家了啊！Lauhuwen，快回家來啊！」她的語音迴盪在遼闊的天地間，蒼老粗礪地幾乎可以在任何肉身上劃下一道道血口。

數日後的深夜裡，睡意朦朧之間，我聽見阿公與阿嬤在哭泣著，偶爾還帶些責罵的低語，然後我警覺到有人走近了夜盲的我，靜靜地靠在我身側，好一會兒之後才說：「大哥的第二個孩子都那麼大了啊。」翌日清晨，小叔像什麼事都不曾發生過地與我們坐在工寮前聊天吃飯喝酒，甚至還跟著我們下田去，直到日暮時分，阿公和阿嬤才一起挽著小叔的手臂，緩慢地走向等候著的警察與軍中來人。

關於小叔為何逃兵，家中親族們有的說是因為想念老家與父母，也有的說是無法適應軍中生活。而在他潛逃的日子裡，時常偷偷地回來幫日夜掛心的年邁雙親完成農事，也在那些我們不知道的所在，悄悄地咀嚼著母親深刻的掛念。

在那之後，小叔陸續又逃了幾次，每回也總是落得被逮回軍營的下場。他第一次逃兵時，我還沒上小學，等到他終於服完該有的兵役及刑期回到部落裡時，我已經是個高中生了。

那是個閒散慵懶的下午，休假在家的我蹲坐在屋旁的石階上，眺望對面山頂隱約嶄露著的慈恩塔，口鼻中徐緩吞吐的輕煙不斷自眼前升騰。就在此時，遠遠的我望見一黑瘦短小的男人提著背包拾階而上，他的頰側蓄滿落腮鬍，目光炯然如炬，褐黑皮膚上的汗水因為折射著日光而發亮。當這中年男人終於來到我面前，他問了我的名字，接著跟我要了一支菸卻不點著，只是注視著我說：「恭喜你也領菸牌了。」這於我無異是種男人之間的認同，因為在我們部落裡，只有已具有經濟能力且能為自己負責的人，才夠資格抽菸、喝酒、吃檳榔。從此之後，每回我放假返家時，除了會記得在路邊小攤幫爸爸買檳榔，也不會忘記幫小叔買包新樂園。與小叔一起在庭前矮牆邊抽的菸，是青春期末苦澀、嗆辣又帶點驕傲的滋味。

小叔返家之後，就在自家的農地裡幫忙，偶爾也會跟著林班到中央山脈上工作，這期間他也曾與另一原住民女子產生過愛情，但終究因為我們不知道的某些原因，這短暫的愛情逝去一如永不復還的溪水。據說小叔為此消沉了好一陣子，農事暫告段落或林班無工可做時，他便獨自一人帶著獵槍、酒與食物隱入山林裡，狩獵並療傷。在我的記憶裡，小叔的形象就宛如一匹豹子，難以捉摸並且孤僻狂暴。他的輪廓粗獷鮮明且皮膚黝黑透亮；小腿的肌肉隨時呈現賁張之態，精實的肌肉也同時在他寬廣的腰背上形成一優美如溪壑般地凹陷弧度。他就是個澈底的高山原住民，同時也是個真正的獵人，我們從不懷疑他有著能獨自在深山裡過上十天半月的本領，所以當他以破碎不堪且浮腫蒼白的姿態出現在親族人眼前時，眾人皆愕然地說不出一句話來。

會發現小叔失蹤，是因為他沒有在預告歸來的時刻裡返家。在遲了兩日之後，部落親族們開始動員眾人前往小叔的獵場尋覓。我們首先在隱密的獵徑上發現了小叔的隨身背包與獵刀，背包裡裹覆著的是已肢解並烤乾了的獵物。他們同時又在一旁的山谷陡坡下察覺了矮樹叢與地被植物曾遭受掙扎與擾亂的跡象，循著這線索，就在峭壁下方，湍急濁水溪的上游之部，發現了小叔的藤編大型獵袋卡在岩岸。一行人下到溪谷裡，看見袋裡一匹被捆綁著的美麗水鹿依舊僵直著任由溪水掏洗，而小叔卻早已經失去了蹤影。至此親族們心中已有了最壞的預想，部落裡的年輕人們，沿著濁水溪一路往下游尋去，最終在民和村附近的淺灘上發現了小叔的遺體。小叔面朝下，身軀因為卡在岩石間形成了不自然的U型弧度，他的七竅皆覆滿泥沙，臃腫難辨，肢體軀幹也因沿途不斷遭受激流礫石的衝擊而多有缺失。我望著已趨平緩的溪水汩汩地拍打著小叔的衣服，破碎得幾不相連的布料還兀自柔美地漂游，彷彿在替曾經的著者蒼涼地告訴來人：我就在這裡。

小叔的死因眾說紛紜，有人猜測是癲癇發作，有人論斷是因背負著活體水鹿匆忙趕路而失足，無論事實究竟如何，真相在那一刻裡對生者來說似乎也已不是那麼重要了。小叔一生眷戀山林，能在他最孰悉的獵場以一名獵人的樣貌殞命，或許是上天所能為他譜寫的最完美終章了。

行至髮鬢皆白之年，回首漫漫來時路，赫然發現自己在每一個時期裡所嚐過的滋味，竟是那麼驚人地與我生命的起伏相呼應：從嬰兒時期的純粹，到青壯年的莽撞嗆辣與放蕩糜爛，再到如今不惑之年的多所拘束、乏而無味……眾多的味道就這樣以隱喻的方式標誌著我生命的年輪，講述我此生的故事。有時我禁不住會想，如果也從味覺的角度來謄寫小叔短暫的生命，在那些記述裡，究竟會以什麼滋味為主軸呢？

小叔對我來說是家族譜系上一塊缺失了的拼圖，他的人生有近三分之一的日子是在禁錮的形式裡度過，而當我終於有機會好好認識他時，他卻又消失得太過倉促。這塊拼圖是永遠地失落了，儘管我努力想透過書寫替他留下些什麼，但我懷疑這最終也不過是一些空泛貧乏的文字罷了。

今日的午餐時刻，員工餐廳裡供應有肥軟油亮的紅燒三層肉，我端著餐盤掙扎著是否該在妻的監視之外偷偷放縱一回？入口即化的肥肉觸及齒舌的感受還那麼挑逗鮮明，彷彿大口喝酒吃肉的日子就在昨日！然此時，口袋中的隨身小盒裡，長期服用著的藥丸們滾動的聲音竟突然震天價響了起來，驚乍中我也只能一抹頸後冷汗迅速離去了。

入座後，掙扎著吞下了一口已過水的無味的高麗菜，就在這一瞬裡，我的舌根併同眼眶卻突然沒來由地感到一陣滾燙痠疼了。

我在博愛特區的這一天

he-za das-a ka-lu-a an-sa-kang be-nu
有一隻螞蟻背著大樹豆
ni-du mak-du an-sa-kang
扛不動了
mus-ka ding-ke-ding
只見牠的頭歪了一邊
（我們都是小螞蟻，即使明白現實會壓垮了身體，但我們總還是堅強地扛著。）

——布農族童謠〈卡社〉

天空藍得很純粹，甚至連一絲白雲都沒有。那一片騷動著綿延而去的蟬聲就這樣鬧開了整個夏季，祖先曾討伐過的太陽，此刻以復仇的姿態在炙烤著人類世界。即便是站在樹蔭下，我身上的反光背心及重逾十公斤的槍帶裝備也輕易就使我連底褲都汗溼了。

這是一個平凡帶點悲情的日子，在博愛特區寬廣平整的道路旁，我值勤，偶爾一恍惚就會不自覺地看起行道樹上的枝杈裡是不是祕密地藏有白頭翁的窩巢。盆地的氣候一入夏總是悶熱得很，四處都在蒸騰著蜃景，眼前的車道在高溫下望去就像被潑了整片的水，顯得格外地平整明亮。前方不遠處，有人群在喧騰嘶吼著要求所謂正義，穿戴了傳統服飾的部落耆老們在豔陽下沉默地陣列著，他們與我同樣承襲有原住民的名。這也是我之所以站立於此的原因，一直以來，在上位者總是實行著一種以漢治漢、以番制番的策略。然我此刻只想站在這角落裡權充一不顯眼的存在，如果可以，我寧願透明。凱道上那些宛如詩歌的族服紋飾在日光裡跳躍著美麗的色澤，它們跳進了我的瞳孔衝撞了我，以至於我的眼角突然間就漫出了一股痠澀。

抬頭仰望，行道樹的枝梢在這時突然出奇得安靜，看不見鳥雀在吱喳跳動，只有數不清的葉面在掙扎折射著潑辣的日光。老家的山林卻從不寂靜，站在獵徑上閉著眼用心聆聽，腦海裡就能展開一整個森林疆域。恍惚裡，我想起了幼時在部落山林裡捉野鳥的情景。

小時候，我們若找到一窩初孵化的雛鳥，並不會急著要將牠們帶回圈養，孩子們會辛勤地前往探看，待成鳥將幼雛們哺育至人類手養也能存活的階段時，我們就會悄悄地披著夜色攀上樹去將鳥窩一舉攻下，抓回的鳥們便能或養或賣。當時我們最常抓的鳥類大約就是綠繡眼、白頭翁及十姐妹，因為牠們結巢的樹種一般都不高，對孩子來說取得容易，若幸運遇有遊客將幼鳥買回，獲得的零用錢還能去雜貨店奢侈地玩一次抽抽樂或吃一支百吉橘子冰。我想著一定要記得告訴女兒這段往事，因為最近她老是吵嚷著要去鳥店裡買一隻羽色豔麗且價格昂貴的折衷鸚鵡。這種花錢買寵物的想法，在我們那個年代裡真是件令人匪夷所思的事，正如我曾經無法理解，為何在我們抗爭成功以前，部落裡的族人們要踏上前進中央山脈 la fu lan 的返鄉祭祖路時，竟然必須接受層層阻擋與盤查？日子表面上是以進化的姿態在前行，然而許多本該存有的卻以光速離我們遠去。

我工作所屬的轄區性質特殊，轄內大小政府機關林立，一直以來也都是各種陳抗組織的兵家必爭之地，我們一向都被要求不應該帶有任何立場與感情。然而，當我看見部落裡的族人們竟成為我必須前往管制與整肅的對象時，除非我能化身成為石頭，否則我週身流動著的屬於 Bunun 的血液與靈魂如何能被隔離呢？那場來自家鄉的抗爭，我記得很清楚，也是在這樣的盛夏。

那一天，為了管制原住民的抗議活動，身為原住民的我照例被編派騎著警用重機出勤了，才剛臨近徐州路上的政府要地，遠遠地就看見表哥及住在老家隔壁的堂叔在烈日下流淌著汗。灰髮堂叔自鼻孔噴發而出的鼻毛們還是一樣生氣蓬勃，他並不勤於修剪。

堂叔總是說，祖先給我們這樣的樣貌，是為了要我們在高山裡能更容易地生存下去。堂叔看見我到來，絲毫無視於我身上的制服與裝備，伸手就將我自警用哈雷重機上拉下。我有些緊張，以為堂叔會要求我褪下執法者的身分，加入他們捍衛部落權益的陣列。然堂叔卻只是苦惱萬分地說：「Alung，你們這裡怎麼都買不到檳榔跟保力達 du！我們找了好～～～～久都找不到餒！」聽見這似乎完全放錯重點的抱怨，我啞然失笑了，此時才終於感覺情緒不那麼緊繃。曾經，在阿公所說的古老紀事裡，高山布農族為了生存，於崇山峻嶺裡滋養出了慓悍善戰的性格，我們的男人可以毫不畏懼地砍下侵入我們獵場的敵人的首級，在森林裡和最凶猛的熊豹與山豬生死搏鬥；我們的女人可以在最險峻的山林之地開墾農耕，將我們的孩子哺育成天地之間最強的勇者。所以我知道，布農族人其實可以很強悍，也因此我戒慎恐懼著，深怕這場陳抗的衝突會一觸即發。

所幸這一場來自家鄉部落的抗爭是溫和、歡樂，甚至帶有美感的，即便面臨著世代居住的家園可能將要被納入國家公園領地且從此生活起居都得遭受管制，部落裡的族人們還是深怕給別人帶來麻煩似的，只是自己規矩地席地而坐，唱著我們的歌。一起執勤的漢人同事見了這宛如露天音樂會的場面，戲謔地對我說：「阿幸，你還不趕快加入！去報一下戰功啊！」我很想，真的。眼前我親愛的布農族人們，浸潤著汗水的黝黑肌膚在烈日下透著寶石一樣的光，團結而平和地唱著世代傳承的古調，這古調聲聲深深重擊著我。我禁不住要想，若是這場抗爭爆發了衝突的場面，我究竟是要掏出警棍去壓制動亂中的我的族人們，還是轉過身來與他們一起抵抗手銬、束帶與噴射而來的強力水柱？一直以來，我都以我的工作為榮，但總是在這樣的瞬間，我無法抗拒地就陷入了被撕裂的痛楚裡。

這場陳抗勤務幸運地在和平裡落幕了，回分隊前我特地先繞去轄區裡一熟識的檳榔小攤，請老闆幫忙送些保力達跟檳榔去陳抗現場。當晚，我就跟我的親人朋友們會合，一行人以我們的話談笑打鬧著，相偕至林森北路巷弄裡的原住民卡拉ＯＫ店去歡飲歌唱。那一刻，我們不再需要站在對立的彼岸，驚懼著是否下一秒彼此就會變成敵對的陣營，因為在那一刻裡，脫下制服的我所面對的，只是久別後愉快相擁的一家人。

對向車道變燈了，我不得不從回憶的深潭裡急泳而上。都市裡的車陣在這時候總會急躁如沙丁魚群般地蜂擁而出，陣仗驚人。喜歡在部落裡順著山徑無動力滑行而下，愉快地享受撲面微風的我，一度無法適應這步調。有輛車大概是沒有注意到我的存在，違規闖了紅燈，於是我示意讓他靠邊停下。這名駕駛的氣焰一點也不亞於此刻的頂上烈日，一下車就表示認識某某要員並且作勢要打電話求援了。我只能低頭點擊著警用掌上電腦，順帶條理分明地陳述駕駛人的違規事項及其權益，因為我一點也不想看他出油、冒著汗，以及盛怒中夾帶輕蔑的臉孔。我感到溼透的內衣黏膩地吸附著我的脊背，汗珠在警帽裡順著髮絲滾落，突然間，十分懷念起裸身躍入雙龍瀑布時，渾身皆被水流溫柔裹覆的那陣冰涼與無拘束。一直到最後，該名駕駛人始終在咒罵警察只是有牌的黑道以及警察搶錢，而我只能禮貌地遞上罰單並且善意地告知：如果不服取締是可以去申訴的。

送走違規人，我又再度回到了人行道上的樹蔭裡，這時候我發現有隻褐灰色的松鼠從樹上輕巧地溜下，一轉眼卻又竄到公園的圍牆上了。剛到都市時我曾經訝異，這裡的松鼠竟然不怕人。在都市裡，經常可見帶著孩子的媽媽們看到松鼠落到地面吃食時，就興奮地指著讓孩子快看快看！而這些生活在都市中的松鼠也早已習慣並且期待人類的存在了，牠們之中有些甚至會刻意靠近人類以獲取足夠的食物。但是在我們的山林裡，松鼠其實是種警覺性極高的獸類，每當我們進入獵場，遠遠地便可聽見松鼠自濃密樹梢裡傳來一陣連續、短促且極具節奏的警示聲。有些較為聰敏狡獪的松鼠，甚至會利用警示聲響引誘獵人遠離牠們的巢穴，以守護窩裡尚未長成的幼獸。山林裡的松鼠多以植物的種子及果實為食，部落的獵人會在牠們行走的路徑上設置陷阱並擺放食物來誘捕，歷代祖先傳承下來的經驗告訴我們，部落獵人常用來布置陷阱的果實中，尤以玉米及百香果最為松鼠們所喜愛。

一直以來，松鼠對部落裡的人們而言就是一種皮肉堅韌且味道獨特的可食動物罷了，我們將松鼠去皮之後烤乾收藏，松鼠皮及蓬鬆的尾部可加工成為裝飾品，而烘烤後的肉乾則隨時可以用蒜末與辣椒拌炒之後下酒。我們曾經是獵人與獵物的關係，可是在這個沒有一點微風的炎熱的下午，我突然悽惻地了解到，我們跟松鼠其實都是走在同一條道路上的——親近人類與敵視人類的松鼠，順從於體制及反抗著體制的人們；我們皆是無可避免地被大環境分裂了的群體。即便我們都明白，松鼠只有在山野裡才能保有牠原該有的樣貌；而獵人一旦失去了獵場即無法被稱為是名獵者，但在現實與生活的難關前，究竟我們該選擇輕易可以舒適溫飽的道路，還是應該勇於挺起胸膛去反抗一切加諸於我們身上的不道義？又或者，其實，我們根本就沒有選擇的權利。

這隻褐灰色的松鼠始終在圍牆上來回不停地奔走，我記得曾經在某個報導裡讀到，松鼠若是食用過多的人類食物，便會長時間呈現亢奮反應，其狀態就如同人類所患的躁鬱症。這或許可以解釋為何我眼前的這隻松鼠會顯得如此躁動不安了。

在我還來不及意會的時候，這隻褐灰色的松鼠突然一骨碌地竄下並往滾燙的柏油路上奔去，牠怵然靜止於筆直寬廣的車道上，一動也不動。為了投射於其上的某部分的自己，我覺得我應該走向前去將牠趕回行道樹上，然在我還未能跨步而出以前，一輛疾駛而來的高級跑車瞬間就將牠輾成一地碎片了。不遠處，有綠繡眼傳來嘲笑一般地啁啾，且樹梢裡的蟬噪也倏忽就炸開成磅礴一片，於是前方那些要求正義實現的吶喊，最終還是在這陣巨大的唧唧然裡被蒼白地淹沒了。松鼠和正義皆已壯烈犧牲，我這才悲傷地體認到，制服下的我依然只能怔怔地站立在原地，任憑這城市的車潮與已然遠去的我們的自由，毫不留情地自我眼前奔流逝去。

Nakao Eki Pacidal

〈生番家書：故事（Kakimadan）〉（二〇二〇）

〈我們以前的老人〉（二〇二〇）

〈莫河以北，黑山以東，誰在那邊相聚？——和解與歸還，以澳洲國家影音檔案館為例〉（二〇二一）

拿瓜，一九七四年生，花蓮縣光復鄉太巴塱部落（Tafalong）阿美族。國立臺灣大學法學士，美國哈佛大學科學史碩士，荷蘭萊登大學歷史學博士研究。二〇一七年定居荷蘭，投入翻譯、寫作與原住民族運動。二〇〇五年至今，有多部譯作出版，從大專教科書、學術專論到科普文章、臺灣史等，橫跨人文與自然科學。

Nakao Eki Pacidal的書寫含括原住民元素、奇幻穿越、歷史宮廷、ＢＬ等。作品曾獲臺灣文學獎原住民漢語短篇小說金典獎。除了文學創作，也與郭書瑄等合著《新荷蘭學：荷蘭幸福強大的十六個理由》。著有《絕島之咒：臺灣原住民族當代傳說第一部》、《韋瓦第密信》等書。近幾年，也在「鏡文學」平臺以連載方式展開長篇小說撰述，目前共有十二本書上架。

生番家書：故事（Kakimadan）

這封信來自萊茵河下游距離出海口七十五公里的瓦爾河畔，
北緯五一．五〇度，東經四．五八度。

親愛的兄弟們：

這是我第一次在給你們的信裡用上經緯度。一旦這樣寫起來，這個季節七小時的時差變得更加抽象了。

昨天我沿著運河散步，走在這季節難得的光雨當中，思索近日想寫的一個短篇歷史故事。故事地點在倫敦，時間是一八一一年，場景是一間不算寒酸的小旅店，一個初來乍到的青年旅人將在這裡目睹一樁文學史上的軼聞。因為這場景的關係，我看著光亮的運河水面，邊走邊考慮是否要使用當時當地慣見的文學手法，比方說，書信。是否該讓這青年旅人坐在窄小的旅館房間裡寫信，以此展開這個故事呢？

親愛的朋友，來到倫敦已經兩天了。我住在一間不算寒酸的小旅店，有親切的旅店主人、溫暖的餐廳和紅茶、前後忙碌十分勤快的少年幫手，房間雖小卻很整潔。但我在抵達的當晚就注意到，旅店主人的女兒似乎很不快樂。她大概十五、六歲，身材瘦弱，膚色蒼白得好像即將淡去，但不論何時雙頰總是泛著紅暈，看來惹人憐愛。她靜靜坐在櫃臺後，等待用餐或留宿的旅人叫喚，很少主動說話，但綠色玻璃珠一般的眼睛讓人感覺藏著委屈。我從她父親的叫喚中聽到，她的名字是哈麗葉……。

這樣的開頭會不會太過時了？我邊走邊想，雖然我不無援用這個手法的正當原因，畢竟將在故事中現身的是個英美文學史上的大人物，不僅熟悉這樣的文體，自己也不少以這樣的形式創作。

想到這裡的時候，我感覺腦後突然熱了起來，南邊的陽光在轉瞬間燃著我的頭髮。在那一刻我意識到，在書寫逐漸普及於歐洲已經好幾百年的十九世紀，小說已經不再是罕見的文體，但「說」故事的本身依舊具有廣泛深刻的影響力。許多小說以書信為敘事的媒介，有些故事從頭到尾都是一個「我」在私人信件裡訴說經歷與見聞。這代表了什麼？

然後我想到劇院，那莎士比亞的舞臺，啟幕之前總是有人上前致開場詞，演員一般抬起掌心朝上的左手，好像介紹什麼不得了的東西：

「您進入劇院，來觀看莎士比亞的舞臺上，即將展開的一齣新的悲劇。準備吧，觀看的人，風將要從演員的背後毛骨悚然地吹下臺……」

那是一種固定的形式，一定要有人上臺把故事說開。然後有一天，致開場詞者竟然在哈姆雷特和赫瑞修說話時跑上舞臺。

「正好，」哈姆雷特王子看著致詞者點頭，「這傢伙會告訴我們演員不能保密，什麼話都說得出來。」

致詞者卻彷彿沒聽見王子的話，漠然轉向觀眾：「這悲劇若是演不好，可要請求諸位的原諒，在下先在此施禮。」然後他就俐落地下臺去了。

哈姆雷特不禁愕然，「這是開場詞，還是指環上的銘詩？」

「呃，這詞很短，王子殿下。」

「嗯，跟女人的愛情一樣。」

致開場詞者與舞臺上下若即若離，這就算是很稀奇的場景了。不然的話，理當有個人走上舞臺卻抽離舞臺，對臺下介紹行將上演的悲喜荒謬劇——這是個故事啊，總得有人在前景大聲說出來，「這是個故事！」

不是嗎，兄弟們？——面對面地說話，這場景在多麼長的時間裡都是文學的自然，雖說未見得就是文學裡的必然。而這確實有其道理，因為除了天生有物理性缺陷的情況外，所有人都自然學會說話，卻未見得都會讀寫。讀和寫並不自然，那是被創作的活動，被訓練的能力。

中世紀的歐洲只有很少的人在經院裡塗抹抄寫，那之後的數百年間，書寫隨著印刷的發展愈加普及，但即使到了十九世紀，小說家們依舊不自覺地活在久遠以前傳遞下來的記憶，一種過去的氛圍裡。那是火塘故事的場景。歐洲文化的小說（novel）是一種創新，是脫離火塘邊面對面說話的過去，轉向紙筆尋求安頓的活動。

但就算他們有意如此，在相當的時間裡，小說家還是不自覺地安排一個說故事的人，例如瑪麗雪萊筆下的十八世紀，那寫作失敗而意欲探險北極以建立名聲的華頓船長。他寫信給姐姐，講述了法蘭克斯坦那駭人聽聞的作為。

在故事裡安排一個說故事的人，文學上所謂的框架故事，正是千百年前的火塘故事。這些歐洲作家或許相信自己已然盡了身為創新小說家的責任，但即使在創新的書寫過程裡，他們還是自然援用古老的手法。火塘故事由一個人向其他人面對面的訴說，十九世紀歐洲小說家的小說裡則有人援筆寫信，向遠方的人訴說故事。

那念頭之溫暖，和陽光一同燃燒我的頭髮。

說故事的慣性，人類的語言天性，這些文化的本能是多麼強大。今天我們所推崇的文體，那些電影式的敘述手法，必然會被一、兩百年前此地的文學家視為粗俗無文：「怎能這樣呢？你作為一個人的溫度在哪裡？如果此事與你無關的話，你又說他做什麼？寫他做什麼？」

然後我想起索福克里斯的悲劇。伊底帕斯王不是海神波賽頓的子孫嗎？有一天他去到德爾菲，得到阿波羅的神諭，卻是弒父娶母的可怖情節，於是他就從底比斯逃跑了。他走上德爾菲神殿時是怎麼說的？

德爾菲的守護者，光明的音樂與真理之神，我是海神波賽頓的第六代子孫，請你看在他的雲車叉戟風暴波濤的份上，給我指引吧。

這不就是說故事者與故事中人的關聯？——自己必然是故事的一分子，不論究竟是以何種型態關聯起來。因此我們今天熟悉的第三人稱觀點雖然創造出中立的敘事觀感，卻也永久撕裂了人與他的言語之間的連結。

你們能夠想像有一天我們當中的某些人，以太陽的達達罕或太陽的吉哈克為主角創作故事嗎？他們也是天神的子女，也跟伊底帕斯一樣生活在人間。這一道儀式的疆界該被掙脫嗎？突然之間我被眼前熟悉的西方文明凍住了。生平第一次我體會到潘朵拉的盒子致命的誘惑，「打開那盒子吧，拿羅紀和拉拉岡創作更多的故事[1]。」可是一旦打破了禁忌，是否後果不堪設想？無限增生的故事是否終將淹沒我們？就算從一個全球的範圍來看，歐洲人已經貢獻了一條文化與歷史的途徑，那後果至今難以論斷，或許我們能做出的貢獻是謹守這條界線？

1　太陽的達達罕、太陽的吉哈克、羅紀和拉拉岡等，都是阿美族太巴塱部落祖源傳說中的人物。

今天的溫度降到十度以下，又被風吹去了五度，但我還是沿著運河散步，想著這個問題，再度回到室內卻開始輕微地發燒了。過大的溫差和太冷的風果然還是不行啊。還有沒說完的話，我再寫信給你們。再會了吧。

我們以前的老人

O ko itiya'ay a mato'asay no mita

嚴格說來，我的朋友「波」其實算不上是我的朋友。幾年前我們偶然在網路上結識，後來發現我們共通的朋友不少。但這些年來我們始終沒有見面。我對他這個人幾乎一無所知——只知道他是西拉雅人，還有，一段時間以前，他的阿公過世了。

阿公過世對他來講不啻地裂天崩。他在社群媒體上自顧自地寫道，若不是要照顧阿媽，他大概會隨阿公一起去了。那情緒之強烈，讓他身邊所有人都安靜下來。沒有人能安慰那種澈底的崩潰，因此大家都保持沉默，等待他慢慢復原。

他那種崩潰於我而言並不陌生。幾年前，我的阿公去世了，九十八歲。當時我在遙遠的北國異鄉。那是涼意還很重的四月下午，日光還很高的時候，我收到爸爸的訊息，「阿公過世了。他高壽離開，你不要太難過。我再告訴你喪禮時間，到時候你向東方祭拜吧。」

我簡短回覆「知道了」，然後立刻上網搜尋最近一班直飛臺灣的班機。

三天後，我在濛濛細雨中來到九重葛攀爬的阿公家門口。我站在那裡呆看院子和屋裡的許多人，有一種現實被抽離的感覺。從今往後，誰會每天衣著齊整地坐在那客廳裡，在族人探頭進來打招呼時微笑回應？客廳的擺設架上已經褪色的照片是誰的少年形影？那相片旁著和服的日本娃娃今後還會一直帶著開朗的笑容跪坐在那裡嗎？

萬里奔喪的我透過細雨看著再熟悉不過的阿公家、再熟悉不過的部落、再熟悉不過的家人和族人，心中卻升起無以名狀的陌生感。

這整個世界都變得不一樣了。

阿公是日本時代的人，他有族名和日本名，也實實在在受過嚴謹的日本教育。他的長壽就像一扇窗，從小到大我從那裡窺看日本時代，卻在他過世後猛然醒悟，他不是觀看日本時代的窗口，他就是我的日本時代——那種格格不入的異樣感來自一個時代的終結。

「日本時代結束了啊。」等待著阿公喪禮的那些天裡，我經常這樣自語。

因此波的崩潰於我心有戚戚焉。我不清楚阿公對他而言的意義，但我可以想像那種時代終結的動盪，和餘波平息之後恍如隔世的茫然。也許他的阿公告訴過他西拉雅的過去，就像我的阿公教我歌謠和祖源，於是在他心裡，阿公就是西拉雅，是一去不返消失部落的孑遺，而不是地名或人名，也不是不論哪種語文寫就的史料。活著的老人是陽光之下行走的過去，在土地上投下陰影。那當中絲毫沒有鬼魅的薄弱或渺茫。

在世的老人是活著的祖先，祖先是土裡的老人，這是直接鑲嵌在語言裡的深層概念。雖然我們從小這樣理解著，但老人真的被埋入土裡時，那種連同過去一起被剝奪的感受不是感傷，而是疼痛。用我的一個朋友「埃」的話來說，是被活活剝去了一層皮。這樣的痛苦超越身體，連精神一併殘酷的折磨。

那一年，埃的阿公過世時，我恰好在部落裡。他護送遺體回到部落的那個清晨我去看他，一見到彼此，立刻抱頭痛哭起來。

埃的阿公比我的阿公略年輕幾歲，生前兩人是相熟的朋友，因此我們兩家可謂世交。而那天我和埃一起站在屋外明媚的冬陽下，感受些許溫暖，分享剝皮的疼痛。

「我們好像被老人牽著，也稍微往土裡靠近了。」有一天我有所領悟，這樣對埃說。

但這一切對不同文化的人來說可能匪夷所思。我在美國和歐洲都曾被人問過，為什麼原住民那麼尊敬老人。

「原住民把老人當成聖人，這一點讓我很困擾。」某個歐洲漢學家這樣說過。

「原住民不會把老人當成聖人。」我糾正他，「我們沒有聖人的概念。老人是老的，就只是老而已——當然還包括了人變老時也會獲得的其他東西，也就是各種各樣年輕人不知道的人事物。」

我可能沒有就老人的概念說服過任何一個西方人，但從臺灣的眾多民族到庫頁島的尼夫赫人，到阿拉斯加的因努特人，和中南美洲的阿茲特克與印加人，和南非草原上的卻薩人，以及斯堪地那維亞的薩米人……，所有原住民都有差不多的老人概念——人與過去之間存在著一種連結，那連結以老人的形式生活在所有人之間。深夜裡，火塘邊，故事往往由「我們以前的老人」開始。

希望這故事可以流傳下去——關於故事都從我們以前的老人開始的故事。

莫河以北，黑山以東，誰在那邊相聚？

——和解與歸還，以澳洲國家影音檔案館為例

原住民的世界裡，事物與事物如何連結？意義如何產生如何存續？澳洲國家影音檔案館以時代的反省為基礎展開的「和解行動計畫」如何融入原住民的世界，被接受咀嚼從而在記憶裡恆常新鮮、保有意義？我思考這個問題，假想自己在疫情嚴峻時分離開居住的北國荷蘭，踏上南方大地，以意念為雙腳，在澳洲的曠野和城市走一條認識與思索的歌徑，這篇文章就是將歌徑文字化的產物。

模仿歌徑的敘事展開之前，有一些給非原住民讀者的提醒：澳洲原住民的歌徑和世上所有原住民族的口傳一樣，具有高度流動的特性，從文字傳統的社會看來，通常顯得紊亂無序，其實「紊亂」並非原住民口傳的實際結構，而是讀者與說者不置身同一邏輯秩序造成的偏差印象。

要避免這種誤差，讀者在閱讀之前可以先牢記一條原則：口傳敘事並非線性展開，一個人名、一個事件或一個地點被提起，未見得因為本身有何情節要展開，而是因為有

下一個環節要觸及，如此說者的言詞才能在聽者耳中開枝散葉，形成一片存在的庇蔭而將人全面籠罩。又好像將歌徑之歌轉化為徑的活動，在漫長的行腳過程中只專注於實踐，等待意義在抵達終點時油然生成。

沙漠，歌徑，被走入存在的道路與記憶

綠色灌木點綴紅色砂岩大地，這是既乾硬又生機盎然的地景。烏魯魯岩（Uluru）拔地而起，彷彿火燒。白色雲朵飄浮在藍空，向巨岩投下陰影。這沒有標記向四方延伸的土地隱含著看不見的路徑，是廣袤沙漠與藍色海洋的人間連結。若用當代語言來表述，那是澳洲原住民的眾多歌徑（songlines）之一，是他們以歌謠形式「加密」的道路指南。歌謠不僅形容沿途風物地景，以利行者辨識，也指示食水如何取得，凶險如何避免，各部族的疆界何在，其間可通行和不可通行的關鍵等等；歌徑的資訊之豐富總令外人嘆為觀止。

在外人眼中，這條歌徑長達三千五百公里，可被大致標記在澳洲地圖上，但對當地

原住民來說，這是記憶與雙腳的途徑，無從被測繪定位，只在每一次行腳中甦醒。

歌徑的意義在於實踐。如果沙漠中人不再循徑前往遠方的海洋，看望鯨豚與波浪，如果濱海的人群不再跋涉進入沙漠，造訪烏魯魯岩和卡塔丘塔（Kata Tjuta），這條歌徑將在記憶中煙消雲散，再不能落實於土地。換句話說，將歌徑理解為一種中立的知識並無意義，歌徑的內容與其用處相互依存，密不可分。不被行走的道路就不存在，就算被畫上地圖也不存在。

外人很難知道廣袤的澳洲大地上，究竟有多少歌徑因為不被實踐而永久消失了，不過確實有人試圖保存歌徑，或者，以可資保存的方式窺看歌徑。

例如二〇一六年的紀錄片《沙漠野犬》（Desert Dingo），紀錄五名阿里瓦人（Alywarr）由他們所在的北領地阿里庫隆部落（Ali Curung）出發，循野犬歌徑（Dingo Songline）跋涉四百五十公里造訪聖地的旅程。

當然，十三分鐘的短片無法涵蓋路程的種種細節，不過鉅細靡遺本非重點。既然歌徑的存在繫於實踐，歌徑就無法以客觀知識的型態被存入影片。作為一種保存和記錄活動，《沙漠野犬》於是既有意義又無意義。

博物館，檔案館，迷途在首都領地

七月正值南半球的冬季，澳洲首都坎培拉縱不下雪，溫度也常低於十度，或徘徊於冰點上下。流貫南北坎培拉的莫隆格洛河（Molonglo River）在此形成曲折的柏利格里芬湖（Lake Burley Griffin），嚴冬裡湖水作墨綠之色，十分呼應湖畔半枯半榮的草地。

許多國家級機構以這精心規劃的首都為家。莫隆格洛河北岸一個伸入伯利格里芬湖的小半島上，座落著乍看奇形怪狀的澳洲國家博物館。這個二〇〇一年啟用的博物館建築群以繩結為基礎概念，以建築師拉嘉（Howard Raggat）的話來說，「澳洲的故事不是一個故事，而是許多故事的交纏」，反映世紀之交的澳洲開始面對殖民過往的意願，當前館藏也包括澳洲原住民與托雷海峽島民的歷史（histories）[1]。

與國家博物館隔湖相對的是國家圖書館和國家美術館，此地有滑鐵盧橋聯通莫河北岸，與舉世聞名的澳洲國立大學只有不到十分鐘的車程。大學毗鄰黑山自然保護區腳下的國家植物園，坎培拉大學更在黑山西北，再往北就脫離首都領地，進入新南威爾斯州。

在沒有疫情的年代，盛夏時分總有許多人來到此地，造訪山坡上以「夕陽」為名的戶外電影院，在落日餘暉中觀影，享受草坡郊遊的悠哉。但在嚴冬七月的此刻，喬木與草地同等蕭索，向東的山坡下是一片灰白，清晰與曖昧兼具，就像兩公里外那棟簡約古典主義的高大建築——原本是一九三〇年代為國家動物學博物館所興建，因此入口處有許多本地動植物主題的裝飾雕刻，如今則被一九八四年起遷入的新館所方便詮釋為某種原住民意識。

那令人肅然起敬的建築是澳洲國家影音檔案館（ＮＦＳＡ），是專門收藏影音資料的國家機構，標誌是一隻面對著資料館縮寫名稱的笑翠鳥，令觀者興起一種錯覺，彷彿本地原生的笑翠鳥正以滑稽的笑聲宣告ＮＦＳＡ為自己的地盤。

ＮＦＳＡ館藏三百萬筆影音資料，那短短十三分鐘的《沙漠野犬》也在其中。館方自認工作不僅止於影音物件的蒐羅和收藏，更是以「多元方式分享」並「為未來世代有所保存」，這樣的使命感符合我們這個時代的政治正確與人文精神，但在歷史上並不新鮮。

---

1 澳洲（政府所承認的）原住民族大致分為原住民（Aboriginal Peoples）和托雷海峽島民（Torres Strait Islander Peoples）兩類。原住民族是複數，歷史因而也是複數。強調複數是目前全球原住民族共通的立場，其最初目的在於反駁殖民者的論述。

在一九八四年NFSA遷入現址前，這棟建築本身也曾見證過「為未來世代有所保存」的時代信念。這座形制宏偉對稱的簡約古典主義建築起造於一九二四年，計畫供作國家動物學博物館使用，後來這個機構改制為澳洲解剖學研究中心，在一九三一年建築落成時遷入，成為澳洲知名解剖學家麥肯錫爵士（Sir Colin MacKenzie）收藏的管理者。

麥肯錫爵士在二十世紀初年熱心從事澳洲本土動物的解剖研究工作。他恐怕本土特有動物正迅速奔向物種滅絕的深淵，開始收集製作動物標本，最後這標本收藏大到負責首都規劃建設的聯邦首都委員會為此大興土木。

不過麥肯錫爵士的標本不僅只於最初的有袋動物和鴨嘴獸、針鼴等單孔動物，還擴張及於靈長類，或者更精確一點說，是澳洲原住民的遺體——麥肯錫爵士的解剖知識雖然先進，但他的人文思想畢竟屬於那個殖民年代，他以為澳洲原住民就跟其他的本土動物一樣，是較人類低等的動物，也跟無尾熊、袋熊、鴨嘴獸等動物一樣即將滅絕。於是在一九三〇—五〇年代，大量埋葬在墨累河（Murray River）沿岸的原住民遺骨被挖掘，並送往澳洲解剖學研究中心，是科學狂熱年代「為未來世代而保存」的努力。

澳洲解剖學研究中心解散之後，原住民的遺骨被轉移到澳洲國家博物館，也就是拉嘉所設計、被學者譽為「澳洲巴洛克」的後現代建築，既質疑建築的可能性，又藉由建築創造出「狂喜的悲觀主義」，儼然世紀之交的澳洲側寫。

今年正逢澳洲國家博物館建築落成二十週年，拉嘉在紀念日前首度對外透露當年祕辛：就在博物館建築即將揭幕前不久，有人發現博物館建築外一排別緻的裝飾別有玄機，竟是以盲人點字寫成的「sorry」。當時的澳洲政府為此大發雷霆，要求撤下抱歉字樣。拉嘉回憶當時情景，「說他們生氣那是太含蓄了，他們根本憤怒到神智不清」，最後他迫不得已提出妥協方案，以金屬圓盤局部遮住點字，讓一切更像是裝飾而非道歉。

作為知識的儲存所，澳洲國家博物館於是絲毫不錯地展示毛利學者史密斯（Linda Tuhiwai Smith）在《方法學的解殖民》一書開篇直指的難堪事實：「研究，是原住民世界最骯髒的字眼。」

史密斯的大作初版於一九九九年，正值當代政治與人文思想風向轉變之時，不過還要到將近十年之後（二〇〇八），澳洲政府才首度向原住民族正式道歉，也要等到再下一個十年，道歉和遺體及文物歸還才成為主流聲音。

正如澳洲國家博物館線上期刊《認識博物館》二〇一一年的一篇文章所指出，儘管二十年來的發展已經建立起一種「歸還的哲學」，但「歸還的實務尚在發展，每一個歸還事件都有其獨特之處」。

不過，自那時起到現在的歸還事件多半被記錄下來，與其說是因為這些事件的獨特性，還不如說是現代知識體系作為一種文化，本來就有「保存」和「建檔」的內在欲望。NFSA作為國家的影音檔案館，自然沒有在這些往往被形容為「歷史性」的事件中缺席，而成為相關紀錄片的主要收藏者，也果然如公開宣示的，「以多元方式分享」這些影音資料。

二〇一八年的紀錄片《刻骨銘心》（Etched in Bone）可能是NFSA「以多元方式分享」的影片中最為知名者，片長七十二分鐘，講述美國史密斯研究中心歸還澳洲原住民遺骨的過程，在澳洲、大溪地和美國的多項影展中都受到好評。

觀眾可能在觀影之前就先注意到作為影片主要視覺意象的人物——削瘦的身材，老去的面容，黝黑皮膚上的陶紅塗彩，豔陽下白得發亮的鬚髮，那是阿納姆地（Arnhem Land）原住民保留區的原住民耆老納伊谷（Jacob Nayinggul）。

在《刻骨銘心》即將上映的時候，導演、製片兼旁白托馬斯（Martin Thomas）告訴澳洲廣播公司，是納伊古決定拍攝這樣一部紀錄片，這影片「實在是出於他的衝動」。

納伊谷是這樣一個人物，在經常有熱帶氣旋生成的阿拉弗拉海（Arafura Sea）和青蔥大地的背景前，象徵著接受道歉與和解的一方，也象徵紀錄片拍攝的正當性。而在每一個道歉、和解、歸還的計畫裡，必然都有這樣的人物。幾乎與托馬斯宣稱紀錄片出於原住民的意願同時，距離阿納姆地四千公里的遠方，也有類似的事件發生在首都坎培拉。

二〇一八年九月二十七日，NFSA首度宣布展開「和解行動計畫」，並在NFSA的臉書頁面分享一張極具象徵意義的照片：一名身材高大的白人男子和一名黑髮的原住民女子在鏡頭前切蛋糕，背景是初春九月還滿是枯葉的樹木，放著蛋糕的黑色長桌上整齊堆疊許多小冊子，封面和蛋糕一模一樣，有大大的「和解行動計畫」字樣。那黑髮原住民女子是NFSA主責原住民連結計畫的經理詹慕斯（Tasha James），男子則是NFSA的執行長穆勒（Jan Müller），兩人握手同切一塊和解行動的蛋糕，不僅象徵殖民國家與原住民族的修好與合作，更突顯這計畫有原住民的參與，並非出自國家機關的一廂情願。

原住民不可能拒絕迎回前人遺骨，不可能拒絕國家的道歉，不可能拒絕為國家機關有所擘劃，甚至，像納伊谷（部落耆老）和詹慕斯（都會精英）這樣的原住民，也不可能拒絕作為一種和解象徵而粉墨登場，以免這態度被誤解為認可過去的殖民暴行。於是很少有人意識到：當國家館所展開和解行動，開始歸還遺骨、文物或影音資料，所歸還的不多不少正是這些具有實體的物件，但相關於那些實體而存在的記憶或文化並不會隨著物件被一併「歸還」。

物件就是文化，紀錄就是歷史，這樣的想法並非原住民世界的成立方式。對原住民來說，過去只有一個載體，那就是活人的回憶和面對面的口傳，而且每一次都必須由活人講述，由活人聆聽，在每次講述中維繫代代相傳的大體，並隨個人而有細微的變動。這偏差是被人性的溫度所熨貼，是每個口述者活過的痕跡，不能被穩固的文字或逼真的影音所替代。

就像歌徑，即使土地依舊在那裡，一旦實踐不在了，歌徑也就不在了。

莫河以北，黑山以東，誰在那邊相聚

ＮＦＳＡ啟動第一次和解行動計畫之後兩年，自荷蘭延聘來的執行長穆勒宣布辭職，理由是新冠肺炎疫情使他無法頻繁往來荷蘭和澳洲，迫不得已而在家庭和工作之間選擇了家庭。他離開坎培拉時，他與詹慕斯共同宣布的和解行動計畫已經結束，ＮＦＳＡ新的（二〇二〇年—二〇二三年）原住民策略白皮書也已經出版，名為《通向祖先之路的命脈》，是帶有原住民思維色彩的標題，書中並揭櫫ＮＦＳＡ作為國家的檔案館在新時代的使命，用主責的詹慕斯在書中的一句話來概括，是要「採集、保存、分享（原住民族的）文化遺產」。

那之後不久，澳洲總理莫里森選在二〇二〇年的最後一天宣布修改澳洲國歌歌詞，目的是讓國歌反映澳洲的團結精神，並代表澳洲的原住民族。澳洲廣播公司形容這項改變具有「歷史性」，但實際上澳洲國歌只更動了一個字，將 for we are young and free（因為我們年輕且自由）改為 for we are one and free（因為我們同一且自由）。

更動一字的國歌歌詞在隔日（二〇二一年元旦）生效，受到全球各大媒體的讚美報導，卻無人追問何以 We've golden soil and wealth for toil（這裡有多產的黃金沃土供人拓墾）和 For those who've come across the seas／We've boundless plains to share（這裡有無盡的原野給渡海遠來的移民）的歌詞依舊原封不動[2]。

2 澳洲國歌也在那之前的十二月中成為爭議報導的主題。那是世界盃橄欖球賽紐、澳、阿根廷三國系列賽的最終場，由地主澳洲隊出戰阿根廷，開賽前唱國歌時，特別安排了一位尤拉（Eora）原住民學生以尤拉語領唱，之後再由眾人合唱英語版。澳洲原運界對此反應不一，其中特別發人深省的意見是：唱得很好，但一首歌換了語言，並不會改變歌詞的意義。

二〇二〇年十二月三十一日，坎培拉天氣晴朗，白日最高溫二十四度，是個宜人的夏日，是沿著莫隆格洛河散步的好日子。走上ＮＦＳＡ所在的阿克頓半島（Acton Pennisula），眺望遠處的山丘與藍空共築的風景，雲影有如關於坎培拉的一大迷思，翩然降落在綠地。

早在十九世紀歐洲人移民至此，就流傳著坎培拉（Canberra）之名源自當地努納瓦原住民語言（Ngunnawal）的說法，但名字的確切意義卻眾說紛紜。

一九二、三〇年代，澳洲學界一度爭議坎培拉的語源與意義，當時的流行傳說宣稱坎培拉在努納瓦語意為「相聚之地」，努納瓦原住民耆老則說，坎培拉在努納瓦語中意指「女人的雙乳」，是分立於坎培拉平原東西兩側的安斯利山（Mt. Ainslie）與黑山的遠觀形象。

不過這個頗具實用意義（辨識地標）的說法未能符合殖民移墾的浪漫，如今鮮有人知，相聚地說則廣為流傳，最獲群眾青睞，也被ＮＦＳＡ採信並用於官方網站中對其所在地理位置的說明：「歷史證據顯示，莫隆格洛河平原、黑山及其支脈，現在稱為阿克頓半島的地方，過去是此地原住民會面的場所。」

一九九〇年代初期為澳洲政府編纂坎培拉地方誌的吉勒斯比（Lyall Gillespie）曾在

書中明言，關於這個地名的意義存在著不同的說法，但「相聚之地」的解釋「比較合適」——合適於一個未經允許強行移入的人群的需要，也符合他們的異族想像——顯然且同樣的想法依舊於今合用，才會為ＮＦＳＡ所擁抱。

大半年過去，國歌改一個字的新聞已成舊聞，如今又是嚴冬七月。站在ＮＦＳＡ古典風格的大門前眺望——坎培拉，雙乳之間有河流經、其上國家機構林立的小平原，蕭瑟冬景當中，是誰在這邊相聚？講的是誰的語言？訴說誰的故事？

與其說原住民期待著與國家的博物館或檔案館有所和解，不如說期望看到這些國家機構放棄宣稱和解，因為即便所謂的和解過程中有原住民參與，國家或國家機構依舊不能代表原住民全體主張和解活動的雙向性。

且若果真有一條和解之路能夠容納雙方，在那條路上應該優先歸還的恐怕並非人骨、文物或影音資料，而是土地。有了土地和自我管領的權力（是權力而非權利），原住民才能漁獵於山林海洋，或者走出廣袤沙漠的歌徑，透過持續實踐而維持文化的生命。

沒有人會覺得生命力旺盛的文化必須被記錄保存。今天各種國家館所致力於保存分享原住民文化，恰正說明了這些文化可能即將消亡。而這股保存的熱忱何其眼熟，不就跟當年的麥肯錫爵士一樣？而這消亡的原因何其眼熟，不也跟麥肯錫爵士當年一樣？

在所有可能被歸還的事物當中，國家最不可能歸還的就是土地。於是這終究是一個關於權力的故事，而不真正關於文化。